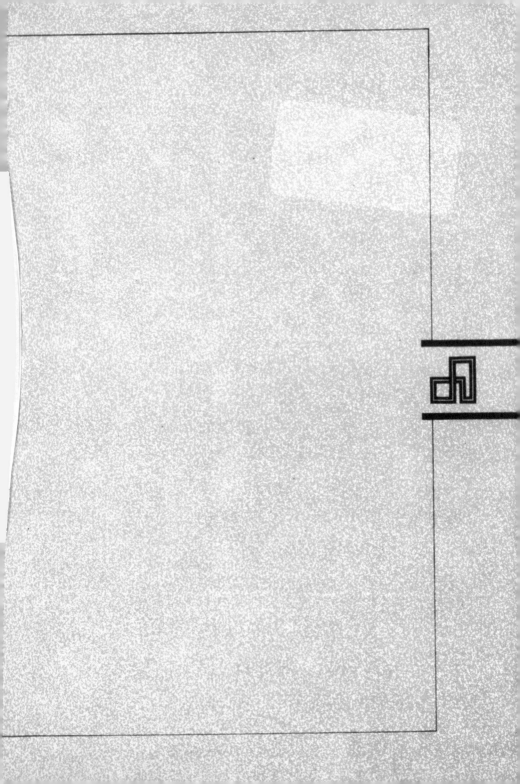

九歌文庫71

九十二年小說選

陳雨航 主編

九歌

《九十三年小說選》

年度小說獎得主

甘耀明

作品

〈匪　神〉

93年度小說獎

得獎感言

甘耀明

小路分歧，我糊塗地走入那條小徑，穿過森林後不是草原，不是湖泊，也不是一艘古老的飛船。

那是什麼？我因目擊了一切，失去詮釋的能力，只能藉文字沉默。

至少文字還活著，古老的孑遺咒語，還原了草原、湖泊甚至一艘古老的飛船，森林被命令前行，快速地前進。是的，我又回到那條小徑，沉思過的石上，至少已沒有美麗的歧路了。

寫作安頓了我青春遲疑的靈魂，但真的，我卻不知道會被引領到哪。

至少，文字能呼吸，代替了我。

目錄

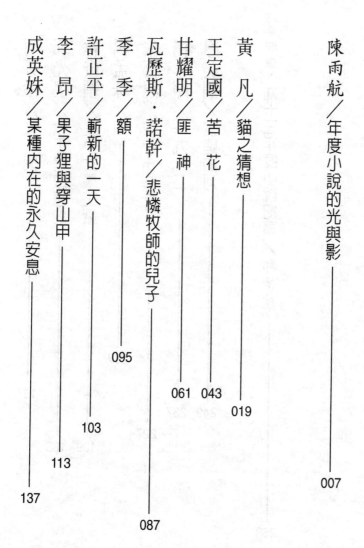

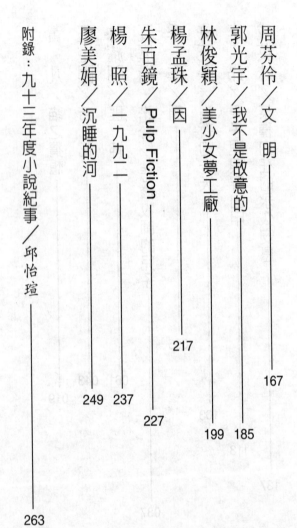

年度小說的光與影

陳雨航

一

總的來說，這一年一如往年有許多好小說可以一讀，值得一讀。這是接近完成這件編選工作時，浮出心頭的第一個感覺。

其次，寫得好的、讓人動容的小說畢竟還是較資深作家的作品為多。這裏說的資深是寫作經歷，有的作家其實很年輕，或者才三十歲上下，但已有近十年的寫作經驗了。

二

好的小說總是以文字吸引人（或者說是魅惑人罷），即使是像我這樣帶著工作的心情，想很快掌握狀況的人，通常在不知不覺之間，被消溶了那一點動機，回過神來時，已經是閱讀了相當的長度且進入小說的情境裏，這也就到了欲罷不能的地步，文字的魅力有如此者。

有些小說家的文字魅力是讓人無法抗拒的，如詩的文字，帶著隱隱的節奏感，竟是「如歌的行板」了。

然後是小說表達的內涵或意義。有的小說會讓人深思許久，雖然在閱讀終了的那一刻你已經自覺掌握了小說的意涵，但往後仍會有更多的衍伸和發現。另外一種狀況是即使讀畢的一刻已經足夠清晰了，但還是會讓人低迴再三，久久不能或忘，也許，這就是所謂的感動罷。

許多小說承載了現時的社會景象，以這一些殊像來反映普遍的人性，從而引發讀者的共鳴。作為一個時代的見證者來發言，原也是小說家的一個任務，何況再加上發掘人性、描寫人性呢。

還有許多小說裏突出的人物、精采的場景，在在強烈的衝擊我們，那樣鮮活的「演出」往往令人深植腦海。

……

當然，前述這些都是事後歸納出來的一些標準。你開始閱讀小說的時候，是不會管這些的，看小說哪要有什麼既定的標準呢？

有時候，一些有創意的荒誕不經的小說，即使有一些部分你不能接受，但還是會不禁擊節讚賞的。

三

小說發表的園地，較之過去萎縮的現象已存在多年，既已存在多年，就應視為一般現象。以現有園地而言，企劃編輯的走向使得專題製作及其他文類增加，而小說相對減少了。有時候也只是此消彼長。小說還是在那裏，有相當的數量，而且依我看，成績也還是很不錯，既多樣，又具質感。

如果就主要文學媒體發表的小說數量的消長來做一個長期性的統計和觀察分析，說不定會是一篇不錯的碩士論文。十幾年前罷，我曾經順手計算了某一份文學雜誌該年的小說發表篇數，中長篇不算，短篇小說就有五十幾篇，遠比報紙副刊多。

現在大概不會有這麼大量的小說園地。但《自由時報》副刊可能是一個令人驚喜的例外，它發表的短篇小說在質和量上都很可觀。

據說有許多年輕寫作者有關於發表的焦慮感，媒體一般性的發表對新人作家而言自然不太容易，但在編輯求新的心情下卻相對的有特別的發表。其中最著的是行之多年（從近三十年到十幾年）的聯合報小說獎、中時文學獎、明道文藝學生文學獎、聯合文學新人獎等等。而各地方文學獎和特定主題文學獎近年來所在多有，有些報紙副刊對上述文學獎得獎作品的發表亦有高度的配合。

除了文學雜誌和報紙副刊，網路披露和直接出書是另外一些發表方式。

多位年輕的寫作者，經由文學獎的屢次上榜，不旋踵已為文壇所矚目，成為中堅作家幾是指日可數。

沒有事先設定，但最後的結果是這一本小說選集裏的新人作家都是從文學獎裏出現的。

四

在廣泛的閱讀當中，看到幾位小說家的長篇或系列在進行和完成。

名為「小說選」大概意含著不避長篇，前此的編選人也常將長篇選段收入。但出版社也賦予編選人自由度，我想，長篇選段推薦給讀者不失為一個方法，但為完整考慮，就還是都選短篇罷。

這一年裏，幾位停筆多年，這幾年才復出的小說家，繼續以沈毅的姿態寫作和發表，令人印象深刻。

黃凡繼《躁鬱的國家》後，在過去的這一年推出他的另一個長篇小說《大學之賊》，同時也發表了幾個中短篇〈聽啊，錢的聲音多雄壯〉、〈三十號倉庫〉、〈貓之猜想〉等，力道依然雄渾。

王定國持續專攻短篇小說，在《聯合文學》二月號的個人專輯裏一口氣發表了三個短篇小說〈苦花〉、〈孤芳〉、〈沙戲〉，另外在《自由時報》副刊發表〈囁嚅〉，篇篇功力十足。

另一位是阮慶岳，這一年，他以豐沛的寫作能量出版了長篇《凱旋高歌》之外，也發表了為數不少的小短篇，相形於他連續的幾部磅礴長篇，小短篇恰似大師的素描，有另一番趣味。

五

這本小說選，選編了十五家小說。是編選人，也就當然有推薦的意思了。我試著以自己的理解來引介這十五篇小說，並且努力避免涉及太多具體的情節，以免讀者閱讀時失去發現或逐漸浮現的樂趣。但願以下的引介能有一點企及剪接高明的電影預告片，只引起興味或大致瞭解背景，而不影響閱讀。

楊照的〈一九九二〉表達的是一個（小說家自己的語言）永恆的失落，這永恆的失落沒有呼天搶地的哀慟，只有悽愴的笑容。西方和東方；歷劫餘生者和加害體制一員的後裔，作者高度的想像和觀照以不同地方的日落場景貫穿，成就了這一個比死亡更悲哀深沈的作品。

季季的〈額〉述說在政治高壓下生離其實是死別的動人愛情故事。作者似乎刻意用素樸的文字、轉述的手法來淡化（其實增強了）這種感情。相對於其他的文類，小說多半比較冰冷，這篇小說在結束之後，似乎尚有餘溫，難道是因為這位小說家兼成就於散文？

李昂的〈果子狸與穿山甲〉敘述的是第一人稱作者小時候家裏父親嗜食奇珍異獸的經歷。這篇近似散文的小說最動人的地方竟不在吃而是細節描述上所醞釀出來的光影和氛圍，我們聞不到那些食物的香味，但似乎感覺到那些防空壕、庭院、籬笆、以及昔時那些人物所帶來的懷念時光氣味。

成英姝的〈某種內在的永久安息〉則是另一篇以氣氛見長的小說。一個黑道老大（是位生活優雅、讀世界文學名著的老大哦）跑到菲律賓去，目的並非那麼特定，情節也不那麼複雜，卻有一種說不上來的詭異氣氛，帶一點「法國新浪潮」

電影的感覺，雖然生活裏大概不會有這樣的黑道大哥，但我寧可信其有，在小說裏經由作者的說服也就成真了。

黃凡〈貓之猜想〉由貓為媒介，描述了一個準愛情情節，想要說的大致是忠誠、愛、欲望的失落，然而這一切最後都歸諸無邊的寂寞。小說的起始和結尾各敘述了一次貓為主人守墳絕食的故事，故事完全相同，然而不同敘述者的表情各異，似乎象徵著不同時代對忠誠或愛的詮釋。小說家展現了他對社會的深刻觀察和批判，一如既往。

在〈美少女夢工廠〉裏，林俊穎以「三言兩語就勾勒出一則傳奇」的功夫，在一個婚禮席上的背景裏，勾勒了幾個女性的傳奇。「那個默默純情的黃金時代一逝不復返矣／若還沒有到手，必定是這世界虧欠於你，你何妨大方的伸手就拿就搶就要／聽見心跳，還要還要，還要更多，更多／最後是你獨自一人。最後。」林俊穎的文字簡煉，意象鮮明，節奏感強烈，筆鋒辛辣準確，又彷若帶著末世的預言，令人驚奇和驚悚。

〈嶄新的一天〉裏，許正平為參加過學運的所謂五年級生思考著「革命」後的種種。真真正正地鬧過了一場革命嗎？你如果不是在鏡頭前成為時代的寵兒，就將只是大眾、沒有名姓的人。然後，你是上班族，你分明有稜有角有個性，一旦融入人群，便面目模糊，只有在失業時尋求自己的存在。

一樣是描繪上班族，許正平著眼的是內心的存在，郭光宇的〈我不是故意的〉更著墨於人間的煙火。〈我不是故意的〉以這幾年的電話詐騙起始，說的卻是良知與社會達爾文主義的衝突和掙扎，以及人性終不可避免的妥協。無獨有偶，主角之一的阿娟竟也是學運出身，當理想折翼，生存起來卻似強者。郭光宇的人物刻劃和語言掌握十分生動，文字熟極而流，全不似新人。

周芬伶的〈文明〉既是一個成長的故事，也是一個家庭的悲喜（？）劇。除了第一人稱的文明而外，她的弟弟、母親也都發生了許多事，……然而就像那場挖土機開馬路拆房子那一景，當一切向前進行，似又迎向一個嶄新未來的那一刻，有的東西——重要的東西卻永遠失去了。「她美好的童年，早熟的青春，還有還有說不完的辛酸與甜蜜……」。

楊孟珠的〈因〉和〈文明〉有相類的部分，除了都是父母姊弟的家庭組合之外，也是以女性下一代的視點觀看家庭裏的「不良」上一代。筆調帶著喜感的〈因〉對於文學、網路、家都有充滿嘲諷卻又真實的描寫，最令人絕倒的莫過於母親將離家然後變成植物人的父親迎回家在客廳裏照顧的「儀式表演」。許多通俗的情節，在作者的筆下都重新活過來了。

◎陳雨航

廖美娟〈沈睡的河〉是和樂的小家庭裏有了外遇後的平常情節。作者不論是描寫丈夫和妻子的部分都脫離不了少年時代的關係和回憶。較特別的是這裏沒有劍拔弩張的爭吵，竟還是維持著一貫的和樂方式。女主角則開始嗜睡和沈緬於回憶、夢境。我們會問，如果有（宗教或心理等）排遣，消極和逃避會不會也是另一種面對問題時尋求解脫的方法？這是這篇小說引發的小小思考。

王定國的〈苦花〉以山溪水潭中夜釣溺水而亡屍體的發現，展開仿如溯溪而上的情節，死者和民宿老闆娘的視點次第披解並不那麼「羅生門」的前塵往事。我們只能浩嘆因果之間在事前事後都是當事者和他人難以理解的，而纏亂的線結、卡在石縫中的掙扎就不只是非常孤獨寂寞非常忍辱負重的魚種苦花的迫切而無助的痛苦了。

瓦歷斯・諾幹發表的多篇作品裏慣常有著夾敘夾議或先敘後議的形式，很有為族人發聲並留下紀錄的意圖。這一篇〈悲憐牧師的兒子〉是風格較不同的一篇，略帶調侃語調的介紹牧師的眾兒子和一些軼事，接著是主角小兒子光明的拼圖式「部落小歷史事件」，很特別的是最後一段用阿城〈棋王〉裏的警語重組出他自己的結論，倒像是呼應了古典中國小說中教化式結尾的傳統了。

在全民反共檢舉匪諜，在退此一步即無死所的《南海血書》人手一冊的時代，台灣與大陸早就以空飄氣球互通了。每年東北季風盛行之際，就是台灣北部山區政治傳單與生活小物件落下的時候。甘耀明的〈匪神〉用這樣的背景的客家山村做底，以卡通式的鄉人、神祇、童言、村語……等等編織出帶一些諷刺但更多無厘頭式的演義。多少國仇家恨、政治意識、童年往事、鄉野傳說，盡皆消解在充滿天馬行空的想像力、爆笑逗趣熱鬧到不行的這一齣「甘記金光布袋搖滾」裏。

〈Pulp Fiction〉（低俗小說）是昆汀塔倫提諾的電影片名（台譯：黑色追緝令）。朱百鏡的〈Pulp Fiction〉以五段拼貼，高明的剪接成這個小短篇，雖然簡短，彷若未竟，但因為是眉目，也就即刻瞭然了。生動的父與子，眷村子弟，土台客，時光的煙塵，……我們似乎可以嗅到五段拼貼之外廣大時空的氣息。

引介了上述的十五篇小說之後，我以為文本理應留給讀者，完整的評論就留給評論家吧。

六

還有一項年度小說獎要決定，我們將這獎項贈與創作力豐沛的新起小說家甘耀明，預祝他的明天。

七

謝謝這本選集裏的十五位作者，小說家的心血使這本集子豐富且生輝。也要謝謝各相關報刊雜誌的編輯朋友以及九歌編輯部的鼎力協助。

黃　凡／
貓之猜想

鄧楨樺／攝影

黃　凡

本名黃孝忠，台北市人，1950年生。著作有小說、專欄、政經評論等二十餘部，是目前為止獲得《中國時報》、《聯合報》小說首獎最多次的作家。部分作品被譯為德、日、英、法等國文字，並獲國際文壇普遍推崇。曾於1992年暫時停筆，2002年復出文壇。復出後第一本作品為長篇小說《躁鬱的國家》，隨即獲得金鼎獎、中國時報2003開卷好書獎等。第二年出版《大學之賊》，被認為是「台灣長篇小說的里程碑」，並獲得聯合報2004最佳書獎及中時電子報網路版年度十大好書獎等。

從前有一隻貓，主人死了，牠守在墳墓前，夜以繼日、不吃不喝，即使有老鼠走過，牠也不加理睬，就這樣過了半個月。

「後來呢？」

「餓死了。」我母親回答。

那時候，我年紀還小，我母親說這個故事給我聽，說完哭了起來，我這輩子都記得她的傷心模樣。

等我成年後，也把這個故事說給別人聽，但沒有人相信。於是我養了一隻貓，我儘量對牠好，也許有一天我死後，牠會守在墳墓前，但不必絕食，肚子餓了可以就近抓老鼠吃。

這隻貓因爲毛很長便取名大毛，活了三年感冒死了。所以我又養了一隻，同樣對牠好，並取名二毛，希望牠能繼承前輩遺志，隨時準備替我守墓，讓大家跌破眼鏡。

一

我在一家量販店家具部當組長，早晚餵貓，一天兩頓。但我從不在自家店裡寵物用品部購買貓食，因爲有一次我發現他們把過期食品換了標籤。寵物部的那些傢伙從來不尊重動物，我聽過他們討論動物是否具有靈魂的問題。

第一位說：「我認爲除了狗、貓以外的動物都沒有靈魂。」

第二位說：「還得加上豬。」

第三位說：「牛也有靈魂，不過雞沒有。雞只會莫名其妙喔喔叫，另外老鼠也沒有，老鼠雖然聰明，卻盡做壞事。蟑螂更不用說……。」

我再也聽不下去，便湊上前說：「蟑螂不是動物，蟑螂是昆蟲。」

讓他們留下來繼續定義動物和昆蟲的區別，我回到自己的部門，做每日例行的販賣工作。

很有可能我是公司裡唯一在工作中獲得樂趣的人，因為我最喜歡聞新家具的味道。這些氣味使我想起童年時那段物質匱乏的日子。那時候我跟母親多麼盼望能夠擁有一件眞正的「新」家具。我母親是市政府清潔隊雇員，拜我父親在工友任內往生之賜，長官們讓我母親接替他的工作，所以我母親總是懷著感激之心盡她的責任。當台灣經濟起飛之後，開始有人把一些尚能使用的家具丟棄，母親和我將它費心清洗一番，從此之後，我們狹窄的客廳便有了一組小沙發，一張摺疊餐桌和一把搖椅。這把搖椅新得不像會被丟棄的樣子，因此年幼的我，常常幻想一位坐在搖椅上的老人，他戴著呢帽，頸繫黑毛線圍巾，兩隻枯瘦的手緊緊抓住扶手，深怕搖椅的晃動會將他摔了出去。

「媽，我猜一定有老人坐在椅子上死掉，」我說，「否則人家不會把它丟進垃圾車。」

「說不定人家發了財，」為了消除我的疑慮，母親毫不猶豫地坐上去，同時使勁搖著，「有錢人會換電動按摩椅。」

「我將來一定買按摩椅給妳坐。」我大聲說，一邊在心裡發誓。

如今公司的運動器材部就有好幾把這種椅子，搥背、按摩、搓肩膀，樣樣都來。只可惜我母親早已作古。

二

今天報上的一則新聞，使我下班時未曾望一眼那排昂貴的按摩椅（新款按摩椅常使我駐足良久）。醫藥版上斗大的標題說：「你家的貓也會得骨質疏鬆症」。你見過坐輪椅的貓嗎？你知道骨質疏鬆症有多可怕嗎？你能想像鼠輩們大搖大擺地經過貓面前說：「來追我吧！」這種事嗎？

於是我匆匆離開公司，前往「夢幻貓世界」購買有添加鈣的貓食。

所謂夢幻貓指的大概是櫥窗內那幾隻白色小波斯貓，這些貓雖然血統高級，毛長得像狐狸，卻一點也沒有給人夢幻的感覺，倒像只現實世界中圓滾滾的毛線球，現在這幾只球正在追逐嬉戲，我站在櫥窗前看了一下。就在這當兒，一個清脆的聲音從後面說：「對不起！」

我閃身讓在一旁，心裡想這地方是寵物百貨店可不是寵物醫院，急成這個樣子？果然欲速則不達，這女郎由於一手提著貓籠，一手抱著貓，無法打開門，情急之下，居然伸出腳踢那扇門。

「讓我來。」我說，一面伸手推開門。

女郎偏頭一笑，這是張年輕、漂亮的臉，頰上還有兩個小酒渦，不過動人的笑容後似乎有些——對了，是那雙眼睛，她注視你的樣子，好像你是來自另外一個世界的人，此外，她的眼角還噙著幾滴淚珠。

女郎必定很愛她的貓，所以才一手提籠子一手抱貓，這麼大費周章。可是她的表情竟是如此淒美，這背後也許有個動人的故事吧？

我不知不覺隨著她走向櫃枱，聽到她跟老闆對話。

「寄一個星期可不可以？」女郎說。

「沒問題，一天兩百塊錢。牠叫什麼名字？」

「小玉米。」

我和老闆同時驚咦一聲。

「我撿到牠的時候，只有手掌大小，」女郎低聲說，「正在啃一支光光的玉米，沒有人餵牠，好可憐。」

老闆將她的小貓放進櫥窗裡，讓牠和波斯貓混在一起，後者先用懷疑的眼光看著小玉米，然後伸出前爪試探對方，最後終於玩在一起。女郎將臉湊近玻璃，小聲說了幾個字。我一邊和老闆談論「鈣」的事，一邊留意女郎的動靜，她眼角的淚光給了我很深很深的印象，不過我現在確定那是因爲她捨不得離開她的貓。

一會兒後，她彷彿下了很大的決心，走回櫃枱，交了錢，面露堅毅之色，不再望她的貓一眼，推門出去。

我迅速結完帳，衝出門外，但馬路上一片空寂，只不遠處一輛亮著尾燈的計程車慢慢地消失在視線之外。

三

一星期後，我計畫當她去領寄養貓的時候，來個不期而遇。但個性羞澀內向的我，在寵物店三條街外，便折了回來。我又在床上躺了兩個鐘頭，直到隱隱約約覺得有什麼不對勁時，我即刻跳了起來，那時已是晚上九點，我跑往寵物店，躲在對街一根電線桿後窺看，令人欣慰的是：小玉米尚在櫥窗裡，這可愛的小貓仍在盼望著牠的主人。

我繼續等著，直到老闆走出來，四周張望了一下，再拉下鐵門。我若有所失地步行回家，但興奮的情緒業已消失。我想我不會再來等她了。到此爲止，可能這是老天爺的意思，話又說回來，眞正的生活跟電影情節不同——一段奇妙的邂逅並不保證會有奇妙的結局。突然之間，我明白了一點人生的道理，於是開始吹起口哨來，祝福她跟小玉米一切順利。

轉眼間又到了每月購買貓食的日子。下班後我前往「夢幻貓世界」。心想：隔了這麼久，小玉米必定被領走了。眞走運的貓！有這麼漂亮的女主人，無論到哪兒都有人獻殷勤。不像我和二毛，我帶牠到附近小公園玩時，常常遭人白眼。人類關懷動物是有選擇性的，漂亮的、稀奇的、有名的，總是受人青睞。反之則無人理睬。這就是這個世界的眞相，不論個人或團體都在做不同的選擇。運氣好的話，你會站在正義這一邊。

運氣好的話——我喜歡這句開場白。

於是我懷著曖昧的期望抵達寵物店。櫥窗裡僅剩一隻貓，牠半躺半瞇著眼睛，樣子既懶散又無聊，我湊近臉，赫然發現，竟然是——小玉米。

「老天！」我驚叫出聲。

小貓似乎察覺到我的叫聲，猛然弓起身子，大大伸了個懶腰，空洞地望我一眼，隨即恢復原先的姿態。

難不成奇蹟出現，我火速推開門，店裡亂成一團，詢問結果，原來「夢幻貓世界」剛剛結束營業（不景氣吧，我猜想），老闆告訴我，小貓的主人交了一週的住宿費後，再也沒消息。他不知該放生還是找人收養。

「說不定會回來要……。」

「我可以——」我搓著雙手，東瞧瞧西瞧瞧，忽然靈機一動，「貼字條，對，在店門口或附近電線桿貼字條。」

老闆詫異地望我一眼，伸出舌頭舔舔嘴角，「太好了，你眞正是個——善心人士，眞正的人道主義者。」

如此這般，我就同時擁有兩隻貓，兩隻雜色綠眼貓。

安頓好小貓後，我開始製作「尋主海報」，首先拍了小貓啃玉米的照片，貼在海報正中央，左上角寫了幾個大字「勿忘小玉米，主人。」右下角則寫上我的聯絡電話。這張海報，我複製了一百張，在寵物店附近一次貼上十幾張，一有風吹雨打便換新，預估可以撐上數年。

這堆海報確實維持了一年，這一年來，外面世界發生不少大事，美國佔領伊拉克、恐怖份子四處放火，「SARS」席捲東南亞、李登輝宣佈獨立時間表，自動櫃員機被大規模盜領……等等。這些所謂「大事」其實跟潮汐一樣，來了又走，走了又來，一開始會令你難過無比，後來便習慣了，你甚至會覺得那是必然的、不值得大驚小怪。就像雨天走在路上，被飛馳而過的汽車濺了一身水一樣。總之我把注意力放在自己的「大事」上。這一年來，我唯一的大事，便是每週例行檢查，「小玉米海報」，我隨身攜帶膠水、剪刀和備份海報。因爲不時會有人去撕它，也會有無聊人士把它當成留言板；像如此不堪的字眼——「幹你老母！」、「去死吧！」、「張大偉吃自己雞巴」、「貓肉火鍋廉售」。

從這些留言可以看出社會正在腐爛中，人們互相謾罵、猜忌、憎恨，「小玉米海報」上沒有出現任何鼓勵性的留言，更有那種不要臉的色情業者，按照海報的電話號碼打來，用淫穢的聲音說：「我是小玉米的主人，我這邊還有小金絲貓，純正白俄血統，你有沒有興趣？嘻嘻。」

願動物之神懲罰他們！

儘管海報帶來一些困擾，差堪告慰的是，二毛和小玉米逐漸相互適應，終至形影不離。

另外我在家具部的工作也有了進展，甚至傳言我將升任科長。

貓之猜想

◎黃　凡

在這種愉快氣氛中的某個晚上，電話響了起來。

「貓！」女人的聲音。

「什麼？」我一時意會不過來。

「我的貓。」接著一陣沉默。

「妳是金絲貓對不對？故意來嚇我。」

「我要我的貓，你偷了我的貓，我要我的貓。」

「莫名其妙，誰偷妳的貓。」我沒好氣地說，大概又是個半夜睡不著的無聊女人。（上個月，我接過一通電話，她說她受到海報的影響，打算用玉米自殺，我說玉米是隻貓的名字，不是眞正的玉米，她說不管玉米是眞的玉米或是貓的名字，她都想自殺。於是我騙她，每天吃十條玉米連續一個月，就會死，因爲玉米會有一種玉米酵素，不過我忘了告訴她，不要一個月，妳連續吃半個月，就會先胖死！還有一次，我拿起話筒，裡面一陣貓叫。

「什麼東西！」我罵道。

「喵、喵」這個聲音不理我的抗議，反而變本加厲「喵、喵，我是小玉米，我找我的主人，喵——。」）

「我的貓叫小玉米，一年前寄放在『貓世界』。」

「妳寄多久？」我有點覺得她可能眞的是小玉米的主人。

「一個星期，」她說，「後來我去了上海，沒辦法回來，這一年間，我打過電話給『貓世界』，但都打不通。」

「一年後妳才想到回來找——，」我總算弄清楚，「不過妳怎麼說我偷妳的貓？」

「眞對不起，我一時情急……。」

我接受她的道歉，我們約好第二天見面。

四

我們約在火車站廣場的「麥當勞」見面。「牡丹樓，好啊。」電話中的她說。我說什麼牡丹樓？她說在大陸他們都這樣叫它，說完咕咕地笑了起來，我也覺得十分愉快，只是我一夜沒好睡，翻來覆去地想著她這一年來的遭遇，好的壞的都有，最後我想起母親那個「守墓貓」的故事，想到這裡，我就睡著了，很奇怪，這個故事居然有催眠的效果。

第二天我起了個大早，刮完鬍子後，再替小玉米梳了毛，這隻雜色貓即將步入中年，毛色大不如前，因此我將凡士林塗在梳子上，梳過後果然外表光鮮，一副預備去「相親」的樣子。

我的「貓籠」是種老式的、手提塑膠製品，現在已經沒有人喜歡這種東西、最新的攜帶式貓籠使用FRP材料、芳香劑、迷你音響和配備能夠拖行的滑輪。

「麥當勞」客人不多，我點了一杯咖啡和一條玉米，將玉米放進貓籠裡，雖然貓已經不吃這種東西，不過此舉正好凸顯出我的體貼和幽默感。

咖啡喝完後，她才出現在我面前，她先逗那貓，跟牠說話，但貓沒什麼反應，只是懶洋洋地抬起臉頰，讓她搔脖子。

我乘機端詳她，她一身粉紅色套裝，美貌如昔，但有些地方不一樣了。我想了一下，終於悲哀地得到一個結論：這是個成熟的女人了。這一年來縈繞在我心中的那張臉、輪廓依舊，但可愛的稚氣卻已消失，她由少女成爲少婦的過程，竟是如此地快速，快速得令人不寒而慄。是的，這不再是我心中的女郎，不再是了。

「小玉米不認得我了！」她的驚叫聲將我拉回現實。

「想想如果妳拋棄一個人整整一年」，我安慰她，「再回頭找他，一開始他會理妳才怪。」

「我沒有」，她迴避我難以置信的眼色，「沒有拋棄。」

「破鏡也能重圓」，我說：「你們都得給對方一段時間適應。」

「多久？」

「我怎麼知道？」我注意到她眼眶微紅，因此收回舌尖上的刻薄話，「這樣好了，最近幾天妳一有空就來看牠，同時帶些好吃的貓罐頭，最好是加鈣的那一種。」

我不明白自己怎麼突然對她嚴厲起來，一年後還想回頭找她的貓已屬難能可貴，我怎麼會這樣？

最後我們同意，小玉米還是先由我帶回家（有個殺風景的聲音自內心深處響起：你奸計得逞了！）而她則必須經常到我住處看牠，直到重建感情。

記下雙方的姓名後（她的名字葉明佳，她的朋友都叫她葉子），我送她上計程車。就像那回在寵物店拋棄小玉米，她倔強、果斷的背影，依然是那麼動人，隨風飄揚的黑色長髮以及那兩只跟著步伐起伏震動的白色大耳環，則彷彿要發出聲音來。

我的內心為之激盪不已，但葉子從走出餐廳到登上計程車，中間不曾回過頭望一眼。目送她離去後，我低下眼睛瞧籠裡的貓，發現牠睡著了，就在這一刻，我泛起被遺棄的感覺——被這個女人和她的貓遺棄。

五

此後這一段日子，我陷入了某種「幸福」與「哀愁」交集的情境當中，我悲傷地想著：我肯定愛上她了：葉子——這個迷人的名字，這個音樂般的名字，命運與貓使我倆聯結在一起。這件事是如此奇特與浪漫（或許只是我單方面的感覺），以至於我無時無刻不去思考它的涵意；且不管別人的看法（對於愛情的見解太多了。）至少對我而言——一個注定乏味一生的生命，竟然憑空冒出了這麼個足以傳世的插曲——我該以「飛蛾撲火」的態度奮勇向前，還是繼續停留在探究眞相的階段（她獨自前往上海一年，棄她的愛貓於不顧，此中就有許多想像的空間），直到出現一個或幾個該死的男人，好讓我「知難而退」？

葉子常常在晚間七點左右出現在我狹小的客廳，她總是帶來豆乾、魷魚絲、雞爪等，我告訴她這些都屬於「零嘴」一族，絕對不能跟正餐相比。「管它的，貓也愛吃、大家都愛吃」邊說邊打開我的九十公升小冰箱，取出兩罐啤酒。「下次記得買青島啤酒」，她咬一口魷魚絲，「我在上海都喝這個。」

「妳在上海做什麼？」

「公關。」

「什麼樣的公關？」其實我不想問，在我的認知裡，公關是個彈性很大的爭議性字眼。

「公關就是公關，沒有什麼樣的公關。」

我並非那種喜歡追根究柢的人，於是改變話題，我們開始聊一些有意思的事，她告訴我上海的林林總總，我則回報她家具部的趣事。末了，我恭維她：「妳去上海一年，已經成了半個上海人，眞厲害！」她聽了十分高興，另外那兩隻貓也十分高興，牠們能夠吃到眞正的海鮮，而不是千篇一律的「寵物健康食品」。

就這樣過了兩個星期，她把貓帶走了，同時留下住址，希望我偶爾去探望她們。

說老實話，我和自己的貓「二毛」都很難適應沒有她們的日子，我倆一副無精打采的模樣，二毛經常趴在沙發上，兩眼茫然望向門口，我則隨時預備她們會突然造訪，所以每天下班後都去買幾罐「青島啤酒」，直到小冰箱塞滿了啤酒。這一天，我終於按捺不住，決定帶著二毛去拜訪她們，我事先打電話給她，她有些意外，不過還是很高興指點我路徑。我坐了一百廿元的計程車抵達市立公園門口。不巧的很，這當兒忽然下起雨來，我站在公園對面銀行廊下，一籌莫展，最後我取出地址條，正準備請教銀行警衛，一眼瞧見撐傘的葉子，快步走來。

「這把給你。」她遞過來一把傘。

我們並肩走進銀行旁的巷子。

「這裡地址編得亂七八糟，很難找，所以我要你在公園入口等，沒想到下起雨來。」

「最近午後常下雨，有些地方還積了水。」我說，一邊打量她，T恤和牛仔褲使她看起來俏麗極了，同時她將長髮束成馬尾巴，露出一截雪白嬌嫩的脖子，上面還停留幾滴小水珠。她發現我偷瞄她，便笑道：「你打電話來的時候，我正在做蛋糕，要先會做海綿蛋糕，再學做鮮奶油、裝飾水果，最後是非常難的舒芙里。」

「舒芙里？那是什麼？」

「我還不清楚。」她咯咯笑出聲來，馬尾巴拋到左邊又拋到右邊，T恤時而緊繃時而露出乳溝，她的乳房尺寸中等，但圓而飽滿，我快速一瞥，卻已深印心中。

直到進入她的公寓，我的心還突突地跳個不停。

這是間二十坪的公寓，家具、擺飾、桌墊、各種棉織品，都是「生活工場」的出品，單身上班族的最愛。

由於方才激昂的情緒尚未平復，我差點把她的貓忘記了。此刻，牠正躺在角落，二毛發現立刻過去打招呼，我則在客廳東張西望，室內佈置比我想像中高雅。

貓之猜想

◎黃　凡

葉子在廚房弄她的蛋糕——標準的新手，錯不了。因爲我聽到有什麼東西掉落地上，於是我小心翼翼地走到廚房門口，偷偷往裡瞧，眼前的一幕實在讓人啼笑皆非；掉落地上的竟然是蛋糕，上面的鮮奶油濺得到處都是，看到我，蹲在地上的葉子忽然哭了起來，兩隻貓卻適時衝進來，東舔西舔，亂成一團。

我也蹲下，趕開那兩隻貓。

「不過是個蛋糕」，我柔聲說：「等妳學會那個舒芙里什麼的，我們再來慶祝一番。」

葉子破涕爲笑，跟著我們一起大笑。

我告訴她以蛋糕作晚餐，似乎有些誇張，還是叫披薩來吃比較保險，她點頭同意，一邊說。

「我太笨了，這怎麼辦？我還要學作菜呢。」

這是句奇怪的回答，我不假思索地順著她的話說：

「你倒不如去參加什麼『新娘補習班』算了。」

突然的沉默加上她臉色的變化，我就是再笨，也應該明白毛病出在何處。

那麼，眞的有這麼個混蛋存在，無時無刻糾纏著我的愛人。披薩送來了，我們默默地吃著，我一面動腦筋搜尋有趣的話題，一面在心裡自責。然而，不知不覺中，這種自責轉爲強烈的恨意，我咬咬嘴唇，對著她哀傷的眼睛說：「婚姻是戀愛的墳墓」，這些常見的人生格言我蒐集了不少，但倉卒中只能想到這麼兩句，「人們因誤會而結婚，因了解而離婚。我認識一對戀人，婚前愛得你死我活，受點小挫折，便恨不得互餵農藥殉情。結婚後不到一年，某天妻子因為太忙便叫披薩當晚餐，先生回來了，打開盒子，發現是他最討厭的水果披薩，便大發了一陣脾氣，妻子說：『你以前不是最喜歡蘋果嗎，你還說我像蘋果一般可愛。』先生卻冷冷地回答：『我喜歡蘋果沒錯，可沒說煮爛的蘋果。』妻子聽完當下大哭出聲，罵道：『我只不過胖了十公斤，你就嫌我，說我是煮爛的蘋果，明天跟你離婚！』就這樣，婚姻只維持了一年。」

我細心觀察葉子的反應，發現她根本心不在焉，她用手掌撐住額頭，兩眼垂視桌面，披薩的笑話未能造成話題，使我的恨意加深，我站起來，轉頭看向窗口，但窗帘拉下，看不到什麼。我遂利用這個機會平復一下情緒，換上曖昧的笑容。

「妳的男友是大陸人對不對？」我故作平靜地問。

「沒錯。」她驚訝地抬起臉。

「共匪！」我不相信自己舌尖會吐出這樣的字眼，「以前是共產匪徒，今天是愛人同志。」

不知道是什麼原因，令自己開始胡言亂語起來，是那披薩還是蛋糕？我剛才若效法那兩隻貓撿食地上的蛋糕就沒事，我幾時變得如此挑剔？我過於期望今夜的羅曼蒂克氣氛卻反而害了自己，我忘記自己是個家常型的男人，讓女人有安全感的男人，而不比那個大陸混蛋、共匪、朱毛匪幫、史達林的信徒！

葉子瞪著我，她的眼神由驚疑轉爲混亂，我想我已經錯過了提供肩膀的良機。

就在這全面撤退的前一刻（隨便找個理由離開算了），電話鈴響了起來。葉子猶豫了一下，拿起話筒，我發現她的手因緊張而發抖，接著聽到她激動地說：

「你打來幹什麼？」

說完，葉子保持了一段時間的沉默，任憑對方自言自語，最後葉子忍不住冒出一句——

「共匪！」之後用力掛上電話。

葉子轉向我，臉上竟掛著該死的得意笑容。她從我這裡學到這兩個意義久遠且代表了族群仇恨的字眼，卻技巧、輕佻地運用了它，形成了打情罵俏的一幕。

「我不會原諒他，」葉子堅定地對我說：「永遠不會！」

干我屁事！我心裡說。不到五分鐘電話又響了，葉子讓它響了一會兒。

「我不接他電話，」她說，「讓你餓肚子，眞不好意思。」

「妳也吃一塊。」我抓起一塊披薩，匆匆塞下肚子。

「我不餓，一點也不餓。」嘴巴說著，視線卻不時瞟向電話。

當電話鈴又響起時，我再也受不了，立刻帶著二毛，起身告辭。

「啊！」電話仍在響著，葉子慌亂地抓起話筒，罵了句「共匪！」隨即掛斷。這時我已走到門邊，她露出不知如何是好的表情，我故作瀟灑地指著電話，自己打開門。

六

你可以很快忘掉一個女人，就像忘掉色情片裡那些搔首弄姿的AV女優。但是你很難忘掉那種爲愛受辱的感覺。更糟糕的是，我這兩樣都忘不掉：女人和受辱。

我照樣到公司上班，照樣餵我的貓，但是我的意識形態有了明顯的轉變，我開始討厭任何與「中國」有關的東西，我甚至不再同情「大陸新娘」。賣場有部分大陸家具，我也不再介紹給客人，我甚至偷偷說它們壞話。

至於對葉子，我現在處於愛恨交織的狀態，我想我對她的愛仍然不變，但這種愛加入了一點恨意，反使它更深刻了。我時時取出那些她跟小玉米重修舊好時期，替她們拍的照片，其中有一張小貓於她懷中入睡，坐在沙發上的葉子也猛打瞌睡，好一個安詳、和平的世界——我最喜歡這張照片，我將它放進皮夾子裡的透明膠套，好隨時看到她們。

葉子，我永遠無法平復的創傷——。

如此迷迷糊糊地過了八、九天，其間（大約是離開她家後第二天或第三天），葉子曾打來電話向我道歉，並希望我能「重新再拜訪她一次。」（什麼話？「重新拜訪」，當我是電視演員吃NG），我推說工作繁忙拒絕了。（我應該凶狠地表達我的恨意才對，我眞是個自己都瞧不起的孬種。）

這天晚上，我正在看新聞，電鈴響了，我打開門，沒料到是葉子，她神色驚惶，將「小玉米」往我懷裡塞（可能匆忙之下忘了放進籠子，就這樣一路抱著貓過來。）

「發生什麼事？」我也嚇了一跳。

「他來台灣了！」

「他是誰？難道是共匪？」

「你怎麼這樣罵人？」她用奇怪的聲音說，「你幫我照顧一下小玉米，我去別的地方躲躲。」

「妳可以躲在我這裡——。」我大聲說。

葉子搖搖頭，一手把我推進屋裡，關上門走了。

又過了一個星期，我接到葉子的電話，她說現在人在上海，他們言歸於好，但她覺得對我虧欠，下次回來會補償我。

「這樣好不好？」她說，一面耐心等我回答。到此為止，瞠目結舌的我，仍然一聲不吭。

「你有在聽嗎？小林。」

「我在聽……。」我如夢初醒。

「你相信我嗎？」

「相信什麼？」我完全搞糊塗了，我壓根兒不明白要相信什麼，所有發生在我身上的事嗎？

「相信我們是永遠的好朋友，你是小玉米的守護神，」她的聲音急促起來，好像有人在旁邊催她似的，「好，說定了唄，等阿拉回來，拜拜！」

七

就這樣，我又有兩隻貓了。但我僅有一只貓籠，因爲葉子沒有把小玉米的帶來。我不知道那一次她把貓匆匆塞給我，是不是出於一種設計？換句話說，「共匪」並沒有眞的登陸台灣。然而她只須跟我坦白，我肯定能諒解，犯不著搞這些戲劇性的動作。葉子啊、葉子！我情願相信「共匪」眞的來過。忽然之間，我有些同情起「共匪」來了，愛上葉子這樣的女子，都是一種冒險，她渴望結合又渴望獨立，她渴望安定又渴望變動，她是這個時代的縮影、一塊碎裂的拼圖。

就這樣，我決定開始過一種嶄新的生活。首先，我給小玉米買新貓籠，我把這件事當成「夢醒」的象徵，我告訴自己這不過是作了場荒誕、綺麗的夢，就像「夢幻貓世界」這麼個店名（到頭來這家店也關門了）。在某種意義上，葉子並非眞正存在，她只有在於自己軌道，而我們是兩個不同的軌道，正如不同軌道的人造衛星，相撞的機率近乎零。再說我收養小玉米，實在出於偶然、和保護動物的慈悲心而已。

因此，我開始試著和別的女孩約會，公司女性內衣部門有位圓臉女孩，我覺得還不錯，她叫素芬（名字聽起來很像她賣的胸罩），我們喝過幾次咖啡，我發現自己總是心不在焉。

然而這回戀愛胎死腹中的原因，主要在於那一天，我請她到我的住處，門剛打開，眼見客廳裡那兩隻可愛的小貓，她便裹足不前，一臉厭惡的素芬接著解釋她小時候被貓抓傷過，從此以後便對牠們敬而遠之。

「抓到哪裡？」我隨口問，覺得沒有什麼大不了。

「這裡，」她脹紅著臉，指指乳房部位，「還留有疤痕。」

我有一種想去解開瞧瞧那道疤的衝動，不過素芬已經轉過身說：「下次再來打擾了。」

我知道再沒有下次了，因爲我一送她到公寓大門口，她便用小跑步離去，像有什麼大野狼追她似的。

於是我又回復到「單身」狀態，我和兩隻貓的單身狀態。

這種狀態頗有「混日子」的味道，不過一晃眼也就過了半年。接近聖誕節的晚上，葉子回來了，她發誓再也不回上海，要跟小玉米廝守下半生。我半信半疑地恭送她跟小貓。說老實話，我根本不知道如何反應，我眼睜睜地看著她們離去，再用力把門關上，之後就像死豬般躺在床上，一直躺到次日中午。

這以後，我們又見了幾次面，逛街、吃飯，給彼此的貓選購聖誕禮物。可是，當我內心再度燃起「愛之火」預備燒向葉子時，她又將小玉米連著貓籠以及剩下的加鈣貓食一起丟給我。（這樣我同時擁有三只貓籠和兩隻貓。）

「我必須回上海，把問題一次解決，」她語氣曖昧，「等我回來，最親愛的小玉米和小林。」

最不能令人諒解的是：我的排名居然落後小玉米，她走後，一整個下午我都凶狠地瞪著小玉米，有一點要把牠抓來吃的衝動。

到了黃昏，我的怒氣火山一樣爆發了，我猛然抓起小玉米，奔向附近公園，閃身入樹叢，將牠「放生」。

我懷著解放後的輕鬆自由走出公園，並在附近的速食店用餐，看到菜單上的「玉米條」時，我心弦震動了一下，不過也僅只震動了這麼一下，我即刻恢復了愉快的用餐心情。

飽餐一頓之後，我回到家，將吃剩的雞塊餵貓吃，接著對二毛說：「今天你可以獨享大餐了。」隨後我打開電視，把腳擱在小几上，「二毛」跳上沙發，坐在右手邊，小玉米經常性的失蹤，使牠養成一種順其自然的態度，換一種說法，就是「無所謂」這三個字。

是的，葉子不在，無所謂。小玉米不在，無所謂。愛情結束，無所謂。生命空白，無所謂。是的，一切都無所謂、無所謂。

因此，我決定採取行動，與她們劃清界線的行動，將她們逐出我的生活的行動。我取出皮夾，把她們的照片放在桌上，打算點火燒它，在尋找打火機的當兒，我聽見二毛的叫聲，回頭一看，二毛正跳上桌，對著照片猛嗅，彷彿在尋找什麼。

「跟她們道別吧！」我對二毛說。

就在說出「道別」這兩個字時，我內心突然一陣淒楚，不自禁地終止了所有動作，呆呆地望著窗外，好像看到她們正在揮手離我遠去，我握緊雙拳，感覺到生命中某種重要東西正在流逝。

我痛苦地呻吟一聲，套上鞋子，奪門而出。

小貓依舊躲在公園的樹叢內，瑟縮成一團，我抱牠在懷裡時，牠還在發抖。

「我不會再丟掉你們，」我柔聲說，「絕對不會。」

八

整件事又回到了原點。不幸的是；小玉米回家後，不到一個星期便死了，下班回來發現牠僵硬的屍體。我傷心欲絕，心想是自己害死牠的，當天晚上，我把小玉米埋在遺棄牠的地方，同時撒了些玉米粒，希望來年那地方會長出玉米來。

這以後，我瘋狂地找遍市裡的寵物店，終於買到一隻和牠神似的雜色貓。我開始訓練「小玉米二號」，並且取出葉子的照片，日日告訴牠，這才是牠眞正的主人。

過了五個月四天，葉子回來了，一如往常帶走「小玉米二號」，但比上次更短，僅隔了三天，便把小貓送回。

也像從前一樣告別後，葉子竟反常地回轉頭，注視倚在門邊抱著貓的我，「我跟你說個故事。」她的聲音出奇地低沉，彷彿來自另一世界，「從前有一隻貓，主人死了，牠守在墳墓前，夜以繼日、不吃不喝，即使有老鼠走過，牠也不理不睬，就這樣過了半個月。」

「後來呢？」

「餓死了。」

但就在故事說完的一瞬間，我忽然發現葉子臉上浮出一抹神祕的笑意。

這是我永遠忘不了的笑容。

——原載二〇〇四年一月七日～十日《中國時報》

王定國／

苦　花

王定國

台灣彰化人，1955年生。曾短期任職法院書記官、文學雜誌社長、國會顧問，長期投身於建築業，現為建設公司董事長。文學起步甚早，曾獲全國大專小說首獎、時報文學獎、聯合報小說獎等。小說停筆二十餘年，於2003年復筆，著有《企業家沒有家》、《美麗蒼茫》、《我是你的憂鬱》、《沙戲》等書。

當他背對著晨曦浮上來的時候，鼓滿了水氣的短夾克彷如漂在水中弓起的貓脊。從他身旁淙淙撲落的急流，在山塊下方沖激出白霧霧的水浪，然後沿著潭口的石縫漸次篩慢了流速，平緩地流向卵石灘，流到揹著書包的兩個原住民小孩的腳前。

「好像是一條死狗。」皮膚較黑的說。

另一個靜靜凝注著爬滿青藻的石岩，漂浮物順著流向卡在那裡，當他撿起石頭準備朝它丟擲時，剛剛說話的那個叫了起來，「有頭髮在動耶。」

兩個孩子互看了一眼，同步躡起腳尖朝上游探試了幾步，身背壓得極低，彷彿那上面棲著一隻水怪。當他們終於辨識出那黑旋的髮鬃確定不是水草時，迅即返身朝著水岸上面的產業道路飛奔，背後的書包左右晃浪著，原本狩住草澤的水鳥一聲接著一聲啪啪飛了起來。

1

他曾經使過全力想要脫身，奈何石洞內好像隱藏著一股渦漩，看不見的力量緊緊吸住他的右腿，乃至當他像個翻栽的稻草人斜插在水中時，額頭敲鐘般同時打在岩角上。那時月亮縮得很小，只記得掛在岸邊的山是黑的，而山的旁邊有光，但那種光卻又蒙著一層陰灰，很像即將破曉，又似黑夜剛剛來臨。總之就是那怪異的光，突然給他帶來了臨別最後的啓示，他已經完了。

現在終於明白了，人怎麼去，不就像水一樣嗎？但究竟昨晚怎樣來，怎麼會在這裡，只

苦　花

◎王定國

是專程一趟散心竟突然掉進這深山，突然落入這冰寒的水底？現在他只不過是個靜止的龐然大物罷了，魚群在他腳底下戲游，闊嘴郎閃著牠漂亮的斑彩，他鬆脫在皮帶外的皮襬下有成群的石賓魚來來回回翻滾，竟然還有平常罕見、只有大雨後的濁流中才能偶爾釣獲的三角鮎也來試圖啄擊他的肚皮，三角鮎像一尾尾頭側有刺的小鯰魚，然而他卻一點痛覺都沒有了，就像山邊那片陰灰怪異的光所默示他的，他眞的已經完了。

一切都來不及交代，時間一到似乎就如同電源的開關突然往下拉斷，空氣中唯一殘餘的，是那麼天高地遠彷如陷入死靜之後的空盪盪的回音，那聲音很細，很像一縷秋深最後的蟬鳴。求救的訊號已經變成下沉的浮標，現在他能做的，只是把那耳畔僅存的回音連結起來。也許那聲音是民宿老闆娘阿麗留下來的，是此生所見最後的人，也是此生所聽最後的聲音。對的，是阿麗沒錯，昨夜九點過不久，他到樹下發動車子，阿麗候在平日攬客的小路口，他把前燈打開，照亮的是她淡紅色的睡衣。山村一入夜就特別冷了，何況四處的竹林間剛剛下過一陣雨，她輕揪著胸口的斜襟，倚近車窗大聲喊：「不要我帶路，那就自己小心啊，路頂暗蒙蒙攏是石頭。」

山溪旁當然到處都是石頭，五年來這地帶走過多少遍，數已數不清，只是一季沒來，芒草已高過山洪沖刷下來的石塊，甚至掩沒他停在產業道路岔口上的車身。雨後的月亮露臉了，但荒山野地卻還是一片黑漆，這樣的森冷之地早已汰盡人煙，平常遊客大多聚在下游處戲水，頂多幾個耐不住手癢的溯溪上來，也只是圍在靜水的潭面釣釣溪哥或長腳蝦，何況不到黃昏便又紛紛收竿歸營了。

對他來說這是第一次的夜釣。往常來到這山村總是先過一宿，天亮才出發，獨自一個在叢林裡穿進穿出，哪裡是最好的釣點，哪顆爬滿青藻的石側在幾時幾分之後索餌最兇，他一清二楚。那麼，臨時起意堅持要來摸黑爲了什麼，連自己都嚇了一跳。九時前一刻，他終於想起來了，那時民宿的門廊提早關了燈，外面只剩青蛙和蚯蚓在黑暗中交鳴，沒有其他外客的餐室裡擺滿一桌他愛吃的山產野菜，但他卻突然站了起來。他記得就是這麼說的：「我要去釣魚。」

阿麗並不是從開始就把手護在胸口的睡衣斜襟上，那開低的薄衫隨著走動間的擺晃，有時真像晚春初萌的葉芽在風中飄搖，空氣中不斷有風吹動，一會兒掀出她抖抖閃閃彷彿睨著看人的乳房，一會兒扯開她頸項下的鑿口，滑出一片雨後初筍剛剛剝殼般的皙白背肌。這樣的想像太可怕，沒有想到只是和阿麗酌點小酒，微醺後就把自己的思緒弄得如此猖狂，而且那想像還煞不住腳，明明她依然只是側坐旁面桌沿，恍惚間她已將她淡紅色的睡衣往上脫光，最後只剩一軀綿軟的肉身忸忸怩怩橫置在眼前。

許多年來早已不曾看過這般淫狎的幻影了，因此當他站起來的時候，當他突兀地表達「我要去釣魚」這樣的語氣時，他竟又同時聽見了內心的哭聲。他摸黑來到這個熟悉的釣點，原本就是爲了讓自己趕緊冷靜下來，沒想到現在卻冷靜得如同一塊冰。幸虧山邊慢慢有光，山雀紛紛飛出林子叫醒了他的靈魂，眼看著自己的後背像傾塌的白帆慢慢浮出水面，這一刻他才終於明白，這是命運。

2

鬆鬆軟軟才剛要睡入夢鄉，已經有人在外面叫門，門廊口喊完，跑到側院窗邊敲著玻璃，不久又繞到後面臨溪的灶口大叫，阿麗啊，妳有聽到莫？

是哪一個燒酒醉抑是神經病，透早天未光就在外口吵弄？她睷開眼，心裡咕噥著，發現還是躺在自己的床上，旁側也是空的，雖然幾年下來一直都是這樣，但昨晚那種什麼事將要發生的感覺卻不斷延伸，讓她心慌慌，床褥狂抓了一整夜，醒不醒，睡不睡，擔心方先生來敲門，敲得小聲怕聽不見，敲得大聲又怕他會不會是把悶酒喝醉了？

阿麗勉強爬起來，淡紅色的睡衣上胡亂搭上一件夾克，湊近鏡面一瞧，才知道昨晚臨時敷上的薄粉還在，像剝開的六月甜桃，擺著放著隔夜不就像這樣整張臉泛成了鐵鏽嗎？外面的越敲越急，是啥人家火燒厝？顧不得鏡裡這張臉了，一拉開門縫，村幹事阿不拉已經把臉貼上來，「溪仔邊死一個人。」

「啥咪人？」只是隨口漫應，心裡煩斥著，你胡塗找錯人了吧。

「身軀找無資料，大家攏講是妳店內的人客，警察、法醫攏來囉，妳趕緊查一下。」

「哪有可能？昨日拜三，你想咧，也不是假日，我這裡哪有可能有人客？」

村幹事搔搔頭，「這就怪奇，還有誰會跑來這個所在自殺？」

自殺？阿麗蹙起眉，感覺前面路口突然起風了，一大片竹林朝著山崁抖抖索索，頓時一股寒氣自她體內浮竄了上來。昨暝不就是在前面路口送伊離開嗎？她看了村幹事一眼，兩手捏著夾克領子迅快跑過餐室，繞過三十來坪大的停車場，平常供宿的六間木屋依序築在成排刺桐樹下，方先生每回住的最後一間，門口還開著他喜歡的白白慘慘的馬茶花。

車場空地不見他的車，門檻下也看不到他習慣擺著的拖鞋，但她仍然抬起手試探地輕叩，只是嗓音隨著剛剛差點跌跤的碎步或者淒淒喘喘的鼻息，早就變成尖揚的怪調，方先生，方先生。有些淒啞的嗓調浮在空中彷彿沾了冰冷的水氣，方先生，方先生，她的聲音變得濃濁了，張了手掌開始用力拍門，窗玻璃震出了回音。

八年前阿志死的時候也是這般景象，那時娘家阿爸留給她的這片田還沒改建民宿，結婚五年一直住在隔壁村的新洋房。那天一樣也是這樣低的氣溫，不同的是她在屋內，外面拍門的是兩個人四隻手，震得她摀住耳朵還是嚇哭了，「阿麗啊，妳頭家駛怪手栽落崁仔腳啦！」

她取來備用鑰匙遞給村幹事，自己摀著嘴縮在一旁。窗內木頭架上擱著行李袋，他習慣掛在左肩的相機和遮陽帽靜靜垂在牆中央，空氣中聞不出有人待過的氣味，推想昨日黃昏他來投宿一直到現在，裡面的東西都沒動過，床也是空的，枕頭和她親手疊放的被褥齊齊整整擱在角落上。阿麗再也忍不住，淒聲叫了起來：「伊眞正無返來睏？」

村幹事似乎鬆了一口氣，「伊叫啥米名？」

忙著掉眼淚，直甩頭，兩手不停地發抖。對方提來那個行李袋問道：「我打開看好莫？」

「你自己決定啦，不要問我啦。」

她立即退到門外，彷彿那袋子裡藏著她駭怕的答案。生還是死？喜或者悲？才剛活生生地來，哪有可能一夜就走了？她幾乎還聽得到昨日黃昏他開車抵達的聲音，她從灶房直奔而出，活像自己的丈夫從千年萬載的別離中回來了，只差不敢嘗試直喚他的名字。方先生！方先生！喜孜孜勾起嘴角輕喚著，她撩起圍兜拭著手背，對著擋風玻璃上斜映著的人影和樹影；但也只能癡癡傻傻不斷地拭著手背八萬次，笑得輕輕淺淺，好像內心的愉悅是偷來的。

這種愉悅是慢慢累積的，像她偷偷畫在本子裡的記號，算得沒錯便是五年他來過了十九次，來時總是獨自一人，靜靜地四處走走，靜靜地扛著釣具下到溪邊。說起他的家庭，眼裡都是笑意，有個溫柔體貼的太太，有個還在美國念書的乖女兒。一個彬彬有禮的人，談到自己的生活好像擁有了一切，阿麗聽著看著，從羨慕到忌妒花了整整兩年的時間。

感情是多麼難說啊，常常想起民宿剛開張時的景況，餐室裡一遇到假日就客滿，她忙著炒煮還要兼顧上菜，斗大的汗珠掛滿臉，場子裡跑跑蹌蹌像個生手的下女。偏偏就是常常有人喜歡衝著她盈盈嫩嫩的體態來吃吃豆腐，沒有人相信她三十出頭就當起寡婦，而且還是個撫養著四歲孩子的母親。食客中更有手賤的，趁她捧著熱湯回不了手，藉著閒聊比畫順便摸摸她的小屁股。生手做慣了，後來反而潑辣得比誰都厲害，再碰到摸屁股的，她不慌不忙，湯碗平靜無波擺上桌，拾起對方縮回去的那隻賊手，輕輕拍它兩下，這才使勁拖住，硬拉硬扯就是要看著整隻手掌浸入湯中。

她不僅學會了一大串粗賤的罵詞，殺雞剁鴨原本畏顫得如同纖手刺繡，如今也俐落得大大出名。感情眞的難說呀，半夜到來她就禁不住感嘆，當她秀裡秀氣看起來還像個大姑娘時，每天不缺那種狗狗兔兔的客人跟前跟後地追搭，那時她理都不理；等到三五年過去，臉變黑了，胳臂使粗了，反而自己挑上了別人。

挑上了這個方先生啊方先生。村幹事抽出行李袋裡的文件翻翻看看，好似對著她說話，又像自顧揣測著，「我看拿給他們自己去查吧。」

阿麗還是直搖頭，該說好或不好完全都亂了。阿志出事那天的景象，她被攙扶在山崖上，看著那熟悉的挖土機如同被支解的殘臂，明明那隻失控的鋼爪早已晃盪著懸在空中，她還是在一把鼻涕一把眼淚中暗自乞求那塞在操控椅下的只是別人。現在呢，一夜沒回來，而溪邊死了一個自殺的，這時候還能巴望誰當替死鬼——方先生啊，難道你眞正甘願夭壽短命，爲什麼偏偏欲騙我，啥咪婚姻幸福美滿？啥咪你有賢妻良母？我看你厝內的查某人是破婊啦，伊是討客兄啦，若不是，我千想萬想攏想不出，到底你還有啥理由一定欲走這條短路？

不敢想像這個噩耗要怎麼連上昨夜那突然浪漫起來的氛圍？像個小女子終於盼到遲歸的戀人，她慶幸著沒有其他外客，可以好好服侍他一個，可以把他愛吃的野菜好好擺上一桌。

苦花

◎王定國

盼了三個月又三天的阿麗，掌廚的動作充滿了節奏，一把鍋鏟在她湯湯油油孤單寂寞的灶房裡揮出了樂章，她同時聽見了灶口下方溪谷傳來的悠悠水聲，那麼奇妙，不再是擾人心頭。她好像還看得見這一股沒頭沒腦的快樂，雖然只是一個常客，沒摸過手，沒動過腳，但整個人就是無來由地讓她安心。就像曉慧五歲時發著高燒那一夜，幸虧剛巧他來，載著她們母女從小診所折騰到大醫院，雖然大她十來歲，抱著曉慧跑起來不管是跨著石頭路或者急診大廳中那白茫茫的世界裡，他都像個健步如飛的山中人。就是那一刻，她突然湧起強烈的意願，看見自己躺在那個懷抱中快樂地發著高燒，昏昏沉沉，睡著也行，死了也沒關係，因爲生活中其實早就沒有其他的依靠可以讓她想要活過來。

因而在這難得盼到的夜晚，不想理會外面何時落霜，冬季最後一波寒流到底多強，三十六歲的阿麗反常地換上睡衣，帶著不曾有過的羞赧以及她從思念中慢慢儲存起來的勇氣，佯裝無意地來到餐桌，卻又顯得過度地安靜，安靜得整個餐室只剩彼此所聽見的，對方的呼吸。

坐在他旁面的桌沿，她偷偷上過薄妝，胸前腋下散發著婚前婚後從未開罐的茉莉香水，淡紅色的睡衣讓她平素撐持著的悍氣瓦解了，雖然不致衰軟得低垂著臉，但是陪他喝點小酒的舉措卻像個剛剛掀開蓋頭的娘子，像初生的鳥喙輕輕沾水，像屋後那棵每到黃昏就開始害臊的夜合花。

她幫著挾菜，碗裡已有現宰的土雞肉，何況山芹菜和過貓已經填滿了大碗，她挾上的最後一把金針花終於溢出了碗口，也就在這個時候吧，她想起來了，他竟突然站了起來，酒紅的面頰對著牆面自語著：「我要去釣魚。」

想起這一幕，終於不由自主感到羞慚起來，幸虧村幹事早已帶著資料走遠，沒多久村裡唯一的警車也已經來回走過兩趟，奔馳而去的方向正就是昨晚他開車離去的地方。還有什麼好想的，死就死了吧，只是——爲啥咪，明明欲去自殺，偏偏揀我換穿睡衣的時辰，是我的睡衣使你想起人生苦海麼？抑是我身軀離離落落使你感覺人生無望麼？若是人生眞正苦海，也不應該酒菜吃一半，難道莫替我想，我不過是一個查某人，好歹嘛是遵守婦道的查某人，聽到你忽然間講「我要去釣魚」這款推辭的話語，我請問你啦，恐怕你在苦海比我較快樂啦，你莫替我想，我是不是還有面子活落去——想到這裡，淚水直撲下來，突然聽見屋後溪谷的急流，似乎正以從未有過的湍浪旋起了滾滾回聲，像晨起的無邊雨霧，將她裹住全身。

3

昨夜摸黑尋找的，不就是現在卡住自己屍體的這顆巨石？逆水的石面爬滿了青藻，那時手電筒一照，清晰可見硬幣大小般的噬痕，那是苦花利用下頷刮食的傑作。他經常採用這種辨識的竅門來尋找藏匿在巨石底下的大型傢伙，最佳紀錄是二十六公分長的大苦花，在一處小瀑布下方被激流沖蝕過的深洞裡。

剛認識阿麗不久的一次泡茶中，她曾經好奇，爲什麼特別喜歡苦花這類難釣的高山魚種？那時他沉默著，但是五年後的現在，不僅不再有機會來跟她解釋，也許現在的自己不就像一條被宣告滅絕的苦花魚硬僵僵地浮出水面了嗎？兩個學童跑走之後，四周慢慢聚來圍觀的村農，當他被兩名義工抬上岸時，警察立即在他周邊繫上警戒的黃帶，緊接著驅趕的哨子聲尖銳地響了起來。

公所來的女職員掩著鼻子，躲在別人的肩後說：「到底是誰呀，爲什麼半夜跑來釣魚？」

前面的肩膀說：「妳眼睛會不會看？妳看那塊大石，」那人指著溪中高起的岩磐，「距離溪岸最少六公尺有吧，何況水潭比較高，不是涉水到潭裡自殺，難道他半夜純釣魚，不小心落水，然後水往上流，把他沖到那裡面？」

岔進來的歐巴桑邊說邊看著警察，「伊講的眞對啦，聽講都市人越來越愛自殺，小小冤家一下就自殺，平均一點鐘就有一個，我一個阿嬸伊的親戚的小叔仔嘛是同款，伊——」，說到一半，被後面的大手拉走了，「妳娘啦，妳食飽閒閒是莫？屍體偎近近，講一牛車無驚伊聽到？」

他當然都聽到了。他唯一想說的是他沒有自殺，如果不是嘴巴塞滿泥沙，相信憑他滿腹的冤屈應該還能挺出勇氣把眞相說出來。當時雖然喝了酒，但那一點點醉意根本不算什麼，否則怎麼一到溪邊還記得套上釣魚專用的短夾克？夾克裡裡外外總共十六個小口袋，用來裝置鉛珠、子母線、小剪、日本伊勢尼魚鉤和轉鐶之類的線器，不到十分鐘他已經把兩枝十八尺長的釣竿分別繫好了釣組，爲了避免長夜漫漫的空等待，他在其中一枝的竿尖繫上點燃的香，接著將竿尾插在腳邊的石堆裡；另一枝則採取直感釣法，直接握在手上，任憑八錢重的鉛珠垂到水底，然後抬手繃直母線，等待吃餌的訊息傳到手中。

剛開始他做得多好，就是因爲這樣的熟稔，學會釣魚之後的第三年他就輕易的釣到了那條大苦花。然而，兩枝釣竿落水就緒後，這才感覺身體內外突然顫抖了起來。天空只是幾點寒星伴著濕濡的缺月，落映在看不見的激流中只剩鱗片般飄忽的折光，而對岸的山是那麼黑，黑得太過突顯以致看起來像隻魔掌對準了他的臉龐。大約就是這樣的緣故才讓自己隱隱顫抖起來的嗎？起初以爲是另一枝竿尖上燄紅的香點在顫動，是苦花瞬間就餌的強烈訊號，爲了換個角度瞧，他偏偏顛顛站了起來，但那訊號很快就消失了。

彷彿整個世界都消失了。似乎就在眞正陷入黑暗的瞬間，才發現到原來整個世界只剩他自己。那燄紅的香點因爲風的吹拂，一層層卸開它的餘燼，好像只剩越來越衰弱的呼吸在風中抗拒著。這時他才發覺根本不該來，不該來這莫名其妙的夜釣，或許更不應該來這一趟匆匆忙忙的旅程。多麼希望還能回到今天中午的十二點四十分，那時女兒還沒離開，餐廳人多，他提高聲調央求著：「妳就讓我當個主婚人吧！」

如果可以重來，他願意再懇求一次，時間不急，她回台北的火車班次隨時都有。然而她還是藉故要走，回台灣的假期只有五天，很多雜事要處理，要陪男方家長去挑些東西，還要親自跑法院把公證時間敲出來，還要——。他只好趕緊看著她的臉，三年音訊全無就回來這一次，酷似愛貞的這張臉似乎很快又要消失了。爲什麼偏要挑麥當勞這麼吱吱喳喳的地方相聚，他現在明白了，她是爲了要分開，藉著人多嘴雜，車聲加上杯盤聲，可以把話說得很快，不需任何表情或感情，而且把話說盡只需三兩句，然後把原本隱藏在心裡的繼續隱藏起來。

「就這樣了。」她說，兩手一攤準備站起來。

「我應該出個面，別說以後在路上碰到自己的女婿還認不出來。」

她轉臉看看窗外，然後對著玻璃說：「出國念書的時候我答應過你，結婚一定會讓你知道，現在我已經遵守了諾言。」

「我也記得，」他垂下臉，看著自己的鞋尖。廠長任內辦完優退後再也沒有穿過這麼光鮮的鞋子了。鞋面黑得發亮，見面之前特地親手打造，第一層拭淨塵埃，第二層敷上油膏，待它自然風乾，接著拈住沾水的棉花反覆推摩。完工之後重新再來，第一層直接敷上油膏，待它自然風乾，同樣拈住沾水的棉花，像不斷地推摩許多年來生命中不斷積累的塵埃，一遍又一遍擦拭，相信總有一天終於可以把心裡的苦痛擦光。

是鞋面亮得使人恍惚嗎？他突然接不出下文，但時間那麼緊迫，她那緊挽著皮包的樣態看得出來隨時會走，那麼——其實他到法院還是查得出哪一天甚至幾點幾分的公證時間，只是不能明說，以她從剛剛見面到現在一再牽制出來的距離，已經擺明父女兩人今後只會更糟，她終於找到一對翅膀，他則注定要在往後的歲月單獨看著自己的毛髮慢慢掉光。

當他還在思索著如何表達語重心長的一句什麼，她已經站了起來，「那我走了。」她說。

這才發現她已長得比自己還高，也蓄了長髮，挑染的細絲映現了窗外透進來的光，他不得不跟著站了起來。

想到這一走絕對是更遠更久，眞想趕緊拉住她，就像拉住許多年前她的母親一樣。但她走得極快，刻意不回頭，明明聽見他跟上來的腳步聲……。往火車站的方向，人來人往的騎樓，走了幾步之後她終於停了下來，冷冷地問道：「你要做什麼？」

他本來要說，我開車送妳去車站。但他嚇了一跳，她的聲音仿似從沖蝕千萬年的深洞中迴旋出來，那麼冷冽空盪。她猝快地停腳轉身，兩人差點撞在一起，那張臉逼近放大，近得看似熟稔，其實近得非常陌生，陌生到很像他最後的世界中所剩下的最後一堵牆。因而在那大庭廣眾的牆角陰影下，他只好隨意指指騎樓外停得滿滿的車海，晃晃手中的鑰匙，然後低著頭說：「沒做什麼，我去山上走走，去釣魚。」

計畫中並沒有上山度假的打算，何況過了週休二日，星期一很可能就是她公證結婚的喜日。但他已經發動了車子，只好開始發呆，車子走走停停，前進後退突然窒礙得如同多年歲月一直在腦海中停格糾結的生涯。車子直行，朝著她的方向，當他看見了噴水池，已經接近火車站尖塔的大鐘下，突然瞅見她站在行李庫房的尾端面對著牆，雖然只能隱約看見她的背影，但從她折起的手肘明顯可見她正摀著臉低泣著，兩個肩頭不斷抽動，似乎連她的長髮也跟著顫抖了起來。

想要返回今天中午的十二點四十分，爲的便是搶救這一刻，漫長的生命中也許只有幾個重要的瞬間，何況這是最後一個了。他相信愛貞曾經也是站在深夜的許多看不見的地方吧，也是這樣摀住臉低泣著。母女兩個都有酷似的神韻，從背後看，那顫抖著的千絲萬縷彷如瀰天大霧，直到現在依然籠罩全身。如果生命中的幾個重要瞬間都能搶救，那麼誰不願意跑回愛情中的天荒地老，他絕對願意切斷和一個女人偷偷賃居的那三個月，切斷那光溜溜的瞬間。永遠不敢或忘的那一幕將不再重來，女的可以把床下的衣褲穿回去，他也來得及把所有的狼狽全部帶走。那麼愛貞呢，他想，突然出現在門口的愛貞將也不會抖泣著從那之後再也不曾見過的肩頭，她不必驚惶顫泣，不必一直後退、後退、後退，後退到永遠的黑暗中。

然而最後他還是把車繞出了圓環。爲什麼自己的人生只剩釣魚這條路？黑暗中他一隻手懸空握住釣竿，另一隻手伸入夾克藏在胸口，穿過水面襲來的冷風緊緊將他抱住，不斷在一片死靜中呼號。

4

最後趕來的檢察官，穿過人圍走近他的腳前，「家屬呢？」朝旁邊的警察問道。

「還在連絡，長官。已經找了很久，恐怕死者最近搬過家，身分證上面的資料還是舊的。」

檢察官朝產業道路岔口下方一塊高起的土丘指指，「找不到家屬，那站在上面哭的是誰？哭得那麼傷心。」

「那是附近一家民宿的老闆娘，」腋下夾著一卷雪白布幅的村長走了過來，「死者是她的常客，可能已經變成老朋友吧？」

「請她過來問問！」檢察官說。

阿麗啊，阿麗啊，旁邊幾個多事的齊聲喊了起來。阿麗發現突然那麼多人同時轉頭朝她瞧來，嚶泣著的聲音立即在喉頭嘎住，只剩自己聽得見殘留在內心的吶喊。她已經在土丘上等了許久，這裡是下到溪邊唯一的路口，他那婚姻幸福美滿的太太要是會來，不就早該露臉了嗎？這時她失望地走下土丘，反而在眾人的注視下爬上產業道路，準備到雜貨店買些紙錢燒冥紙啦——我想的無錯啦，伊確定是歹查某啦，若是真正美滿幸福，早就有人一路啼啼哭哭來點香燒冥紙啦，我早就知影，過去攏是騙我，騙我莊腳查某是莫？——這樣邊走邊思索，猝然又是一陣鼻酸襲來，根本聽不見後面的叫喚聲。

「這就怪了，如果不是家屬，那又受到什麼刺激？」檢察官板回臉，朝著躺在地上的他溜了一眼，「張法醫，你好了嗎？找到什麼問題？」

一直在他身上捏捏揪揪的瘦高傢伙站了起來，看著剛剛填寫的資料說：「生前落水，外傷只有一處，但是傷口並不深，研判起來不足以致命，而且看起來不是鈍器所傷，應該是水的衝力太大，撞到石頭。」

苦花

◎王定國

「既然現場都找不到打鬥痕跡，陳屍處又是要涉水才到得了，這不就是自殺嗎？」

「檢察官眞是英明。」

「那就好了，村長，村長，你那塊白布拿過來把他蓋上吧，太陽快出來了。還有，那個誰？張警員嗎，查出來了沒有？」

被叫喚的警察剛剛收了無線電，碎步跑過來，特地壓低了嗓門，「報告長官，還是找不到死者其他家屬，只有以前的管區打聽出一個消息，他的太太十幾年前早就跳樓死了。」

啊，那就叫救護車先把人送走吧，檢察官蹙起眉，喃喃中收閉了嘴，轉了身準備離開。這時一直躺在地上的，他的靈魂或者他的軀體，突然伸手扳住檢察官移動中的腿腳，以致對方一個踉蹌跌坐在雲白的菅芒中了，人群中譁然一聲響了起來。

如果可以表達，他想說幾句話，他眞的沒有自殺。當時他清醒得很，既然明白再也回不到中午的十二點四十分，也回不到多年前那些應該搶救的瞬間，最後當然還是要一個人孤孤單單自己走回來。那時醉意早就消了，只不過眼前還是一片漆黑，但也就在這個時候，竿尖上那紅燄的香點突然開始抖晃，連竿尖下的母線也明顯地發出繃緊扯拉後如同風颳過樹梢的聲音。他丟下一直握著的手竿，迅快抓起另一枝的握把，拉力沉篤、游晃、來回掙扎，是一尾超級傢伙，是讓他苦守多年，一直想要突破先前紀錄的大苦花。

現在他要說的是——牠突然鑽入石岩下的深洞裡了。他慣用的一向只是零點八號的母線，如果強行拉扯必斷無疑。因此，他希望檢察官能夠理解，也多麼希望世人願意體會，那不僅是破他紀錄的苦花，也是唯一能在高深海拔、冷冽水域等等惡劣環境中存活的高山魚種。因此他決定涉水而去，幫牠打開纏亂的線結，而不願只是任牠永遠卡在石縫中掙扎。有什麼困難的結是解不開的呢？當然，事況是那麼緊急，他來不及脫下鞋襪，水溫冰冷到極度，如同導電般不斷有刺寒的冰鑽紛紛射入全身；但那眞的是非常孤獨寂寞非常忍辱負重的魚種，如果還有機會表達，他多麼希望世人能夠理解……。

只是因爲這樣的緣故，所以走入潭中。

——原載二〇〇四年二月號《聯合文學》

甘耀明／

匪　神

甘耀明

台灣苗栗人，1972年生。東海大學中文系畢業，目前就讀東華大學創作與英語文學研究所，曾任小劇場編劇、記者及教師等。著有小說集《神秘列車》及教育書《沒有圍牆的學校》（與李崇建合著）。曾獲聯合報短篇小說獎等。

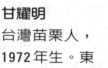

天頂的百來顆匪球大如目珠時，主任簡直快嚇崩了，煞猛的在民眾服務站棚頂拉起第三顆風球，誓言捍衛關牛窩存亡，然後扭頭對身旁的黃專員嘶吼：「小黃，情勢迫在眉睫了，你還他媽的給我欣賞風景。」黃專員依在女兒牆邊，才張口，耳中就跳滿鬼颼風聲，驚說：「主任，快看，匪神攻過來了。」「匪他媽的屁，這是共產黨的愚民政策，要是這招有用，我們早就反攻大陸了。」主任說罷，扭身扎向風裡，摘下鼻囊上的黑墨鏡，就著顫巍巍的牆垣俯瞰：在那兒，村長騎上野狼機車，尾後掛了一群怒讀的人陣，正蹦來蹦去的追逐匪神，好似殺風的民族，偏向虎虎的風窩中衝去。主任看了，一口牙擠得嗶啵歪響，怒說：「愚民，全是一群愚民，我們的保密防諜教育徹底失敗。」說罷，衝下樓，跳上福特千里馬轎車，把油板一躪。千里馬的四輪蹄撇轉，奔向關牛國小。

那正是禮拜六放學前的班會期間，導師站在台上灑口水，要求我們下禮拜每人繳三百張匪單，還三申五令，不准亂看匪單。話沒說完，我們的頸根被一股尖聲折向操場。主任的福特千里馬嘎停在球架下，一身沒著影的飆到訓導處，衝著教書先生大喊：「關牛窩快淪陷了，全校緊急集合。」然後指著服務站棚頂的三顆紅球，又說：「戰備提升狀況三。」校長跑來，猛折腰板，恭敬說：「是的，是的，麻煩大了，主任您消消氣。」「何只麻煩，我看關牛窩會成為台灣第一個淪陷匪區之地，你們就回家等著啃樹皮吧！」語罷，校長深知嚴重，嚇得魂都要散了，連忙說：「什麼大事？」「緊急集合，給我緊急集合。」

也只是一刻間，關牛國小數百位學生就樁立操場，插得跟秧苗般整齊。主任惡豺豺站在司令台，吼道：「萬惡不赦的共匪就要赤化關牛窩了，你們看，」他指著上空星散的飛球，足足有乒乓球大小，說：「下禮拜，每個人繳一公斤的匪單。」一時間，人聲吵得熱呼呼。我的同學寶福露出油亮的牙耙，藉機說：「那無是飛球，那是天公放屁卵啦！呵呵。」我趕緊撕下嘴上寫有「說方言可恥」的撒隆巴斯，一掌拍貼在寶福的嘴，說：「捉到你說方言了，輪你當鬼，哈哈。」寶福快氣爆了，扯下撒隆巴斯，兩眼暴凸，大聲吼著對我說：「這匪諜，你完了。」然後啪一聲黏上膠貼。

「說得好。這匪諜，你完了。」主任衝下司令台，狠狠的切開人群，一把揪住寶福，又說：「寶福說得好，自古漢匪不兩立，就是要這樣。」

寶福嚇得雙腿打扭，牙板捉對砍殺，直到主任幫他撕下嘴上的撒隆巴斯，忽然勇氣上身說：「主任，我，我，我們要打倒匪諜。」

「你當然要打倒匪諜，你眞是模範生。」

寶福越說越開懷，忽然竄出一句鬼打神來話，說：「主任，我們更要打倒匪神。」

主任聽到匪神兩字，狠狠黏上寶福的撒隆巴斯，對大家叫道：「根本沒有匪神，那只是個幌子，要是有神明往共匪那兒靠的話，眞是老天沒眼。」話才說完，圍牆外鑼鼓喧天，村長駕著野狼機車忽隆一聲衝入校區，大喊：「阿共神來咧！事情大碼條啦！」然後要大家操傢伙打匪神，戮力將祂趨出關牛窩。主任不信，雙腿猛然企立，人也叫道：「身爲村長竟妖言惑眾，要是早幾年，就被拖去槍斃了。」說罷，只見一大攤的影子從天而降，匪神在上，衣袂曠然，神情碌碌，在滔滔山風中，把人群一一睥睨。匪神之後，一群村民手持能見血的傢伙，匡匡啷啷，欠債似的追來，也將情緒吼得比風還響亮，簡直把地皮當彈簧床跳，恨不得跳上天去摘殺匪神。

主任連忙大喊：「那是共匪的愚民政策，我早就見多了，不要給村長騙了。」

「那無是阿共神是麼該？主任莫憨了。」村長叫道，把油門催得狼吼。

匪神越飛越低，像顆炸彈投入人群，關牛國小的師生轟然散開。村民連忙闖入，將兵械刀器試向天空，攪得學生像一潭沸水揚揚，還不罷手的人，手上器械丟得光影斑駁。校長見大事不妙，慌喊：「空襲，空襲，趴下。」師生連忙捂頭暴竄，蟹行颼颼。忙亂間，只見匪神朝主任的福特千里馬切降，狠狠的在車窗上蹬出一張破裂的蜘蛛網，悠哉的揚空而去。

眼見愛車陷入災難，主任終於怒喊：「匪神，你這搞破壞的匪神，敢動到太歲頭上，給我打下來。」他快將麥克風捏爆了，又喊：「我在此宣布，成立『獅潭綏靖剿匪神司令部』，以恩主公廟為總部，長期抗戰。」尖銳的聲音一遍又一遍擴飛上天。

數十年來，關牛窩上空掉下無數異物，全冠上「匪」字，匪球、匪單、匪餅、匪糖、匪衣、匪屎、匪神及霏霏匪雪，全拜這裡的縱谷怪風。風入關牛窩，夾在兩插天山間，尋無出口，這邊闖，那邊蕩，遲早會飛得發癲，飛到癱軟，恨不得一頭栽死在山壁上，還頂爽活。強勁的波羅旋風，從沒有讓飛鳥一次撲過兩山頭，「飛鳥十撲」造就關牛窩八大風景之一。主任頭一次來到關牛窩時，就見識了旋風的厲害，那時，他在台三線上駛著千里馬，車後擋風玻璃貼上「檢舉匪諜可獲獎金三百萬元」。冷不防，前頭貨車掉出來的一尊神像，千里馬這鐵畜生連神鬼都不分，就來個硬碰硬撞去。祂被撞飛了好幾轉空翻，目珠當下瞎了一隻，竟趴在路邊嗚呼都哼不出了，裝死抗議。主任賊慌的跳下車看，心肚想：撞神總比撞鬼好多了。趁四下無人，連忙把祂丟到路邊草叢中，正愁慮現世報時，一說就有，一坨鮮屎長眼似砸來，炸攤在後擋風玻璃上，便心喊：「搞破壞的共匪，給我滾出來。」他老早就聽聞關牛窩高度赤化，學童用毛匪語錄配飯吃的傳聞，這一切遲早會給他擺平。那時，我阿公還沒昏睡五年，他牽牛經過，看著一臉屎臭的主任，問：「麼該事呀？」主任瞥見牛臀又噴出熱騰騰的糞，深覺阿公放屁先推託，便說：「關牛窩的牛眞厲害，屁股一提，簡直是九〇迫擊砲。」主任敲了一下擋風玻璃，又說：「把我的車，炸出一坨大眼屎啦！」阿公見罷大笑，說：「奈是牛屎？是飛機屙的屎啦！」然後，指著天頂上一架飛機尾的白泡泡雲氣，又說：「看，飛機在滮尿啦！滮尿時兼拉屎是正常的。快快去恩主公廟拜拜求平安。」主任仰頭，就被嚇得矗腳，天空點滿一枚一枚的小匪球，少說也有百來顆，彷彿老母雞C119飛機灑下的散兵，當下開車回民眾服務站，衝著門口笑迎的黃專員，急說：「來啦！來啦！不得了啦！」「你總算來啦！馬主任，歡迎，歡迎。」「歡迎？這兒快淪陷啦！趕快提升戰備。」連忙衝上服務站棚頂，豎立四顆飛球，並與各專員研討清敵政策，直到中午。

當天中午的歡迎宴，面對圍桌的鄉長、農會總幹事、鄉代主席及各村長，主任一再要求提升戰備，說得大家猛打鼾欠，正好佯裝把飯吃。直到主任吞下一整瓶的私釀草莓酒，才撩動舌鏟，將這早上的笑話又猛火爆炒一遍：什麼風入關牛窩，早就被山壁磨成刀般銳利，一疋風是一把刀，萬頃風萬萬都是刀，關牛窩成了風刀山。飛機過刀山，鐵定嚇得打屁漉尿，洩屎是必然的。主任說罷，大家都醒了，拍桌爆笑，杯盤樂跳。只有我四伯——關牛窩村長聽出蹊蹺，話語中的憨阿公就是自己阿爸，滿腦火煙，卻也只能陪笑說：「主任，你給匪屎砸到啦！趕快去恩主公廟拜拜，求平安。」主任聽罷，內心從此有個定數，關牛窩人不是草包就是腦殼包草，連忙應和說：「天上會掉下來匪屎，那肯定是『科學小匪俠』拉的。」連忙披上過膝的披風，又說：「像吧？要是哪個人心兒想我馬主任是匪諜，罰喝一杯。來，我先乾爲敬。」說罷，大家拍桌搖頭，好似乩童發功，連忙說哪像呀！又連忙吞酒唱和。未料餐後散會，主任竟被關牛窩的學童誤認爲萬惡不赦的匪諜。

那時，他提著一膀胱袋的尿，對著路旁的野草掃蕩，才瀝好，就發現菅草縫中坑藏了人影，就有些心思了，連忙矮過去看，果眞是小匪窩孵了兩隻小壞蛋，另有一尊早晨被自己撞瞎的神像。只見一位胖小子、一位瘦小子正在拜神，瘦小子吥出樹乳糖渣，塡平了那神眼窪洞，由胖小子執麥克筆，爲神塗出一隻黑不溜丟的大目珠。這一畫，嗚呼哀哉，落難神左是一隻小賊眼，右是一隻黑牛眼，兩眼歪對。奪下麥克筆，瘦小子給神的左眼圈幾筆，又把右眼筆下去。胖小子搶下麥克筆，再給右眼添加墨色，更顯得左眼小器。兩人來來回回鬥筆，互不相讓，最終才滿意點頭。落難神終於有了一雙水汪汪的卡通眼，每隻眼能塞下一打活蹦亂跳的小星星，眞像電視上的小甜甜。畫好目珠，兩人從掛樹的匪球上卸下敵資——匪衣數

匪神

◎甘耀明

件、匪糖匪餅數盒及匪單數十斤，給神穿上匪衣汗衫一件，供上匪糖匪餅，又把匪單當金紙燒了。兩人更比賽磕頭，給神敬上天地雷響的磕頭，叩到腦漿都快糊塗了，說什麼只有自己一輩子服侍祂，爭到兩人打成一股難分的麻繩，哭得兩眼水汀汀。

主任實在看不下去，國家的小棟樑都憨歪，這下去還得了，當下跳入賊窩點化。他還沒開口，胖小子倒先搶說：「匪諜，兩百萬，兩百萬。」主任一聽，馬上痛批：「匪你個頭，倒是你們兩個成了小匪徒，為匪作倀，快把這些匪資丟掉，棄暗投明。」「那神明怎麼辦？」主任心思一亮，胡謅：「當然放生，看祂穿了匪衣，都快成了匪神。」兩小孩吃了仙丹似的，腦袋果然聰明，連忙把神繫上匪球的垂繩。忽然間，一陣風捲來，說也極厲害，給神尊踏風梯、撥雲架，瀟灑上青天了。

神尊才離，主任就批教這兩位小傻蛋，說：「我這哪兒是匪諜裝，是防毒裝吶！」說罷便戴起手套，奪下小孩手中的匪單，又說：「這些全是有毒的，有輻射，摸了必定中毒，趕忙去投胎吧！我戴墨鏡，穿披風，全都是為了防毒。」「這麼毒，那一定比楚留香對手石觀音更可怕。」「你開竅了，真厲害。」主任的蜜糖話一餵，兩孩子像蜜蜂兜跳，決定也回報主任一個天大的秘密，他們豎起食指，擱在嘴上：「噓，其實共匪有兩種喔！」主任一聽，喜孜孜說：「又開竅了，說說看，哪兩種？」胖小孩連忙撿起匪單，觸雷似丟掉，又用竹枝挑分了兩堆，指著「建設偉大祖國、從解放台灣開始」、「中南海新氣象」、「美麗的青海草原一望無際」到「長江黃河的呼喚」的匪單說：「這是富共匪，吃得肥肥的。」主任一頭霧水，先猛啄頭應承。胖小孩又指著另一堆「五代同堂共享團圓樂」、「安和富麗的寶島是中華民國的模範省」、「耕者有其田創造農村新氣象」到「大家牽手一起迎向經濟奇蹟」的空飄宣傳單，說：「這是窮共匪，餓到連字都亂寫，寫到烏茲麻膏，看不懂。」主任聽罷，氣到蹦天高，怒喊：「你這、這、這王八蛋，這哪兒是窮共匪，這是愛國單，這是咱們空飄過去，風向不對飛回來的。你們敵我不分，簡直亂來吶！」說罷衝向千里馬，油門一開，一陣亂蹄離去，留下兩位憨朘朘的小子。他們不是誰，瘦的正是我，胖的必定是寶弟。

第二天，主任風風碌碌的奔到學校，趁朝會，硬是跳上司令台訓導一番，指著上空百來顆匪球，說：「看，戰備提升狀況四，那一顆顆匪球裡都有炸彈、毒氣和毒藥，這裡早晚會炸翻。」才說罷，主任也自己嚇一跳，那些匪球比昨日降得更低、更大、更危險，也令自己更興奮。主任知道這正是自己來的目的，當初的縣會報上，聽聞關牛窩到處是匪聲匪影，當下請調治理，如今他已查明來源，匪源全來自日日夜夜空降的匪球，那載滿毒化的毛賊思想，遲早將關牛窩赤化。這次，他絕對不會讓關牛窩沉淪下去，要痛擊匪球。當下，他右手狠捏出拳頭，宣布撿匪單「五不」：不看，不想、不聞、不問、不亂碰，更提出獎勵制度，以兩公斤起跳，一公斤為基數，分別可獲得哈比書套、小天使香水鉛筆、無敵鐵金剛磁性鉛筆盒、科學小飛俠雨衣到達新牌可分離式書包。聽罷，秧插的幼苗個個立正，給主任來一百響掌聲，巴不得有根竹竿手，好把匪球一個個捏爆，撈他個幾把匪單換獎勵。主任見大家精神好，有朝氣，雄赳赳又氣昂昂，更吐著飽滿的聲音，將來都是好棟樑，立即吩咐黃專員火速從車上搬出成堆的「南海血書」，一人一本，不必搶，要大家也多看看課外讀物，作文才會寫得好。

當全關牛窩孩子巴望匪球降落時，匪神倒先來鬧場。祂一身汗衫過身，飛起來是劈哩又啪啦，真像掌中電玩的小精靈，一下東，一下西，在天頂遊遊蕩蕩。主任老早就發現祂，但不放在眼裡，真正危險的是那些匪球。那天，他在服務站行事曆白板前，粘上百來顆紅殼及藍殼黑磁鐵，研究兩軍在我領空如何消長，他用望遠鏡瞇了窗外，終於下結論，管他紅的藍的白的黑的，凡是瞄不準、看不到、打不到，統統都有嫌疑，算是匪球。也就是不管好卵、壞卵，先丟到垃圾桶再整理。正當他滿意微笑，用麥克筆把藍軍塗紅時，黃專員衝了進來，喊：「大事不好了。」黃專員目珠才溜，就拈起桌上一粒紅殼，甩力往白板拍去，又說：「就是祂，匪神正空降恩主公廟啦！」這猛拍，只剩大紅殼一顆，其餘磁鐵落滿地。主任也隨滿地的鐵丸子怒跳，杵著黃專員說：「要是有匪神，那我不就是匪頭了。你被村民洗腦了，亂來。」「可是，可是……。」「可是我主任偏不信這套。」「但是關牛窩村長已成立『打匪神部隊』了。」主任一聽，煞猛跳上車衝向恩主公廟，決定好好導正大家的觀念，還沒到宮廟，就看到匪神蹲在風疋上，要尋好地方歇歇瘦屁股，煞被沸揚的村民嚇得團團轉。車還沒停穩，主任早就蹦出車門，衝著村長說：

「村長，這不過是一尊普通的神。」

「普通？」村長把伐刀一拄，講：「你看那神目珠這麼大，會食人的樣子，台灣奈有這種神？這無是阿共神是麼該神？」

「眼睛大，也不能說是大陸那飄過來的。要說，也要說是美國神呀！是漂洋過海來的。」

主任說到自己也快笑岔了。

「米國人跟阿共建交了，好得不得了。你看那目珠這麼大，其實是米國人的雷達，給阿共裝在神明上了，要來偵測關牛窩。」

主任一看，匪神目珠大雖大，但天頂的匪球更大，當下決定要提升到狀況三，隨即說：「村長，我有一計，咱們等祂一落地，來個甕中捉鱉，抓了祂以後，大家可以一起面對匪球，那才眞正是個大問題。」

眞是下了一帖好藥，村民都惦靜下來，把了刀棍，上了精神，要讓匪神也吃吃三百殺威棒。當匪神正要落廟頂時，村長大喊：「阿共神一落，這就成了阿共廟了，打，給我打走，打走。」匪神嚇得倒縮，踢斷廟頂雕飾拼花的龍頭，又上天了。看著龍頭順廟簷滾下，主任一顆心也火速輪轉，直到它炸碎在千里馬邊，才鬆一口氣，要是新寵的千里馬慘叫一聲，絕不饒那座神。

千里馬被砸後，主任從此悟了，要是誰賊性不敢，都是匪黨，決心好好治他，「獅潭綏靖剿匪神司令部」立即生效。百位村民蜂擁到恩主公廟，共襄盛舉，連獅潭鄉北方的賽夏族都來熱情支援，一看民心團結，主任精神特好，漢滿蒙回戮力打拚，大有當年的態勢，馬上發布組織動員人事令，自封「總司令長」，下轄綏靖七大隊，各大隊長由村長擔任，另成立

匪神

◎甘耀明

「忠勇救國軍學生團」，動員小學生參與。主任說得口沫飛噴，卻無人點頭，都嫌麼該大隊名字又臭又長，講起來綁嘴，簡直是山羊屙屎，一串長。主任心思一亮，立即說：「那你們家種什麼多，就算哪隊，李子大隊、草莓大隊、桃子大隊、稻子大隊、柑橘大隊、種菜大隊從我左手邊一字排開。」這就是十五年後，農會各「蔬果合作產銷班」的原形了。主任說罷，村民大聲附和，以篩籮、畚箕、鑊蓋或臉盆爲盾，鋤頭、鐮刀、木條爲棍，康啷高舉，更興奮的互相比劃幾下，誓言保護家園，簡直在跳宋江陣，這種民間自衛團體，竟成了十八年後的各「社區守望相助巡守隊」呢！

正要開隊時，有人說：「要打匪神，自然要請恩主公幫手。」「幫手？」主任飆上高台，又說：「難不成要請祂一起去打。」這一說，村民紛紛拍響手，吆喝說：「打匪神，當然要請恩主公助陣。」原本只是隨口說說，不料村眾聲勢大，一股氣湧進宮中，跪請恩主公共下出征，宮殿鬧熱喧喧。主任一想，糊塗人，自有糊塗神，那就順順民意，但自個可是雙腳鐵直，絕不給什麼恩主公折出一雙膝響。他隨隊到廟裡巡一遭，這才看恩主公，是文弱書生像，再看恩主公，是小器巴拉神，比起家鄉棗紅臉、丹鳳眼、器宇軒昂的關爺爺來說是差個萬萬里，便走到廟牆邊看看沿革掌故。這一看，是大大著驚，渾身鬼跳的雞母皮差一點沒把寒毛吐出，他又正看兩回，倒看三回，頭髮早已嚇得蝟翹。主任趕連搧著嘴鼓回失禮，煞猛的跳入人堆，雙手耙開一塊空地，折腰屈膝，大腦袋像鼓棒往地皮鼕鼕擂起來，抖得數百位村民嘩啦啦豆跳。大家才勉強要扶起主任，別把杓大的腦漿甩糊了。主任哪肯起來，村人越扶，越是渾個身起勁，非得把廟柱上的樑塵磕下一卡車不可，對他而言，這廟拜的哪是恩主公，分明就是數千里外家鄉槐樹邊的關爺爺呀！他打從落炕後，爹娘還不會叫，麥糊還未嚐，老早就用新筍出的門牙磕在廟石柱上，把「忠義搖日星流芳千古，正氣拔雷霆碧血千秋」十八字當九對奶子吮，餵得腦袋如瓢瓜大，長大後啃書當吃飯，說起道理是一舌鏟一舌鏟往外掏，肯定是做官報國的好料子。還記得十八歲離鄉時，還到關爺爺前求平安玉，有朝一日好回鄉。拜罷，娘還親自送行到十里村外，他不得不說：「娘，我炕上還放壺熱水，您快兒回去，別煮乾了。」娘一回，他一去，兩頭就把路給扯出千里啦！但心口的那壺茶水還噗噗冒氣，如今全化爲熱淚，得好好倒它一倒。關牛窩呀！關牛窩，沒想到在這鼻屎大的小地，也能見到關爺爺，雖然祂易了容、換了裝、改了名、隱了居，橘雖化爲枳，入了口，倒也能教腸胃樂翻天。

主任叩到額頭都長繭了，人才倒彈起來。大家一看這外人才入廟，就被恩主公點化，更是信心滿滿的要請神出征。但人人手握木筊，上殿甩手，下殿甩頭，都說這恩主公眞太硬殼了，明明匪神都要來僭位子了，煞還坐在神殿不動。主任看大家氣敗，便插隊要試試手氣。恩主公見眾人賭性堅強，索性就把木筊拍碎。這一碎，嚇得大家滿臉翠綠，主任也雙腳矗跳，興奮的指著四析五裂的木片，說：「有了，有了，這叫『寧爲玉碎，不爲瓦全』，答應了，總算熬到了。」然後，完全扭開喉嚨頭，一頓氣衝，對村民爆喊：「關爺爺決定御駕親征，好好征討梟神曹賊，歷史絕不重演了。」這一說，把大家說得一頭霧水，他不得不轉口：「恩主公同意了，大家去打匪神吧！」當下，鐘鼓齊鳴，請恩主公上八人大鑾轎，拔東西南北四營、共一萬二神兵護駕，貼神誥封廟宮，留中營三千神兵護守，以防「盲神」入侵。

數百人聲勢浩大，嚇得匪神煞猛竄逃，更撞破服務站棚頂的兩顆警示球，戰備立即提升到狀況一。不待主任下令，大家是一人一支沖天炮，劈哩啪啦亂跳，又是跑，又是叫，猛暴的追了數公里，匪神的屁味還沒聞到，倒先順著菜香回家吃飯再說。下午，村人才三三兩兩歸隊，見主任站在大日頭下，活是一尊泡汗水的雕像，才要問食飽沒，鐵鑄雕像倒先怒吼：「你們這哪有紀律？簡直是二流子，二流子懂吧！就是土流氓。」這一說，大家都醒了，連忙說：「主任，我們是友情支援。」「支援也要有個樣子，這哪像支援？」「可是我們不是支援你。」主任神情一變，說：「那，你們支援誰？」

主任順指頭看去，只見關牛窩村長砰砰砰的騎著野狼衝來，說：「壞咧！壞咧！事情大碼條啦！」

「麼該事？慢慢來，」主任順應民情說客語，但舌尖哪能慢慢來，又跳針回軌道，說：「那天殺的匪神又幹了下什麼下三爛的壞勾當？」

「是伯公無見了，伯公卸廟了。」

「卸廟？」主任起先聽不懂這客語詞，尋思不久，大概也有一些答案，不就關牛窩的那尊「落跑土地公」嘛！老早就有此聽聞。他又說：「祂出去打打野食，不久就會回來的啦！

放心。」

「無是啦！是山上伯公廟的啦！連神像都無見了。」

還沒聽完，主任驚了一下，這下全有譜啦！但是是一張爛譜呀！令他心肝更蹬蹬跳的是，忽看見匪神扯著大飛球，眞像搖著大狼牙錘棒，從西南踏風而來，丟下的一坨匪屎還長眼似的炸爆在自己身上。主任先按下憤怒，尋竹片刮去匪屎，訝然發現屎團中有不少樹籽，從此解開匪屎的秘密：飛鳥過關牛窩，給旋風搓洗幾圈後，驚嚇出屎泥。隨風這兜湊，那兜添，屎泥在天上滾成好大一團，過重了，炸落來。解開這謎，主任精神特好，對大家喊：「匪神開始用匪屎攻擊，太卑劣了。」又對村長說：「我們不能讓任何人，或任何神離陣脫逃，甚至投匪。」「那要仰般做？仰般？」「我封你爲『副總司令』，並且開始實施『人神戒嚴時期法』。」大家著驚，但都沒法度，匪神日日坐大，只有咬牙撐過。這下，主任電召七村五大廟，調兵支援，共募得五萬神兵護駕，四座神將護持。至於全鄉三十餘尊伯公，一律入大廟避難，來個堅壁清野，不給匪神坐大機會。只見大廟的神尊無奈的蹲在供座上，還沒搞清楚的，嚇得神骨嘎啦啦響，都快拆落地了。此外，還徵召後備人員，成立「伙房班」及「清潔隊」支援，從此「伙房班」婦人家炒完菜、包完應景的粽子，還分擔敲大鼓的工作，也對著三呎餘的大鼓也炒炒看，壯大聲勢。她們從大鑊頭到大鼓，從鐵皮到鼓皮，從鐵鏠到鼓鏠，將「康康康」炒熟成「鼕鼕鏘鼕鼕起鼕嗆」，要鏠成藝，這就是十年後「恩主公女子花式大鼓陣」的源頭啦。自然的，「清潔隊」的阿公阿婆任勞任怨，腋下夾著一種三彩織

匪神

◎甘耀明

紋、塑膠韌筋的「嘎嘰袋」，沿路裝垃圾，收拾殘餘，他們十七年會後成立「嘎嘰袋環保義工中隊」懷念這次的老戰役。這時，關牛國小早就放學了，百來位學生加入「忠勇救國軍學生團」。其中，寶弟和我因保密有功，立即被主任擢升爲團長及副團長。見聲勢浩大，主任興奮得雙腳顫抖，誓師攻打匪神，自此展開兩天兩夜的勦賊行動。

匪神乘風而來，大家浪撲而去，但兩隻腳難鬥一雙翅膀，更難的是，祂老往樹林裡鑽，早有好暗算。主任一聲令下，大家往幽幽竹林鑽，盈呎的落葉飛濺起來，黃滾滾的葉浪都快淹過腰了。大家衝上崠頂，又衝下坑壢，再衝回崠頂，又衝下坑壢，來來回回，把隊伍拉成細麵長，前頭才要衝山，後頭就下谷了，頭尾一和，把恩主公都搞丟了。主任一看，這還得了，主帥親征竟然臨陣落逃，隨便撈了一個人問：「關……關恩主公跑到哪兒去了。」問了幾人，才得到答案：「恩主公說累了，走去啵菸了。」「啵菸？那什麼玩意？」還沒得到答案，主任就開跑，往山頭的那棵山黃麻衝去，煞人還沒到，怒氣就先衝到。只見八位大漢仔撇腿蹲著，有的脫去印有「神轎班」的白衫拭汗，但嘴上全叼著黃長壽，地上也倒插三根長壽，給恩主公權充香火。主任痛得拍腳，把話咬出：「你們幹什麼，亂來，竟然跑來偷抽菸。」「我們是陪恩主公啵菸咧！」有人說罷，撥開葉堆，落出底下的聖筊，又說：「這筊還是燒的，剛丟的，主任無信的話，做得摸摸看。」「這根本是沒紀律。」然後扭頭對黃專員，說：「快，叫副總司令上來。」黃專員也把頭一扭，衝著山下大喊：「村長伯，趕快上來，主任生氣了。」村長才到，腳板還沒站熱，主任立即要他好好管理下屬。村長先給恩主公一拜，讚氣的揉掉香菸灶，岔出手指，罵大漢仔：「恩主公要抽也是抽大香，奈是啵這菸咧！」說罷給恩主公插上大香枝。主任嘆氣，越來越看不下去，只好說：「村長，我也不是要罵他們，我的意思是，以後大家有事不要越級報告，由我來問，這樣才有紀律，對吧！不要你問一句、我問一句，恩主公也會被問煩的。」然後拍拍大漢仔的肩頭，又說：「你們扛這鑾轎也挺累的，像扛一座山似的，用用我家鄉的滑竿不就得了。」然後教大家用兩根桂竹做軟轎，也多做幾頂給各廟支援的大將用用。

匪神在風波似桂竹葉上跑，大家在桂竹林下追，哪能追得上。主任看大家東樂樂，西蹦蹦，到底是祂追我們、我們追祂？或者祂躲我們、我們躲祂？這匪神眞是狐狸精轉世，跑得厲害。主任滿肚狐疑時，忽想到孩時的一件大事，一隻狐狸夜半到麥倉抓雞，倒給爹伏了，五花大綁的栓在木樁上，等明早兒殺狐取皮。據說狐狸怕癢，他不信，就拿柳條往牠胳肢窩逗。沒想到，自知死期將近的狐狸，也衝著他笑了。這麼一想，將就一計，主任連忙吆喝大家人人抓兩隻竹管，數到三便使出吃奶力氣搖。煞猛一搖，上千株的桂竹抖顫，葉尖撓到匪神。「ㄋ一ㄠ」到了，「ㄋ一ㄠ」到了。」學生團才大叫，匪神就很見笑的跑掉了。祂竄出山區，主任立即支遣村長等數十位大漢仔先追上去，這一追，就追出一個道理，七大綏靖隊應該分開跑，並且照三班制輪休，才能以最佳體力痛擊匪神。

沒想到，第二天下午就發生大變化。那時，主任帶著學生團在路邊小憩，寶弟的肚筒竟鈴鈴鈴叫起來，他連忙從肚衣中拿出一個鬧鐘，說：「主任，時間到了，腳運動完了，要輪

匪神

◎甘耀明

肚笥運動了。」想了好久，主任才想通意思，連忙說：「你們肚子餓，匪神肚子更餓；你們累，匪神更累。抓到匪神，我馬上辦個慶功宴。」話說完，見匪神嘶獵獵、呼辣辣的從頭頂飛過，朝我家衝去。大家煞猛跳起，共下追討，才進我家禾埕，就看見一個堆著山滿白飯的飯盆頭橫在兩張長板凳上。這時，寶弟的鬧鐘又鈴鈴大響，炸得學生團馬上轟聲崩散，撈起一旁的碗舀飯，扭出大鋁桶的黑糖水、或倒著雜貨店打來的瓶裝豆油，用食指搞三下，唏哩嘛嚕甩進嘴斗。學生團吃也就算了，竟連匪神也大膽吃了起來，原本肚飢的主任一下子氣飽了，還打出怒嗝：「這簡直是匪宴呀！」原來阿婆早就在禾埕擺上供桌，祭上三牲酒醴及一花朵串的粽子，插上肥香數根，朝屋頂上休息的匪神敬敬。主任連忙阻止，說：「大嬸，妳怎麼拜起匪神了。」「喔！我屋家的那人講夢話，會有神明來我屋家聊涼，快快準備東西拜。」主任趕緊衝進屋內，看看是誰這麼大膽通敵，只見阿公躺在眠床上，齁齁大睡，呼啦啦的響嘴板。他用兩手鏟盡力翻炒，都吵不醒阿公，才抹著汗汁到禾埕透透氣。見學生吃得差不多了，還躺在地泥上推肚皮、趕嗝氣，主任又叫大家再趕忙吃，吃個肥豬不抬頭，更輪流給匪神上香，搞得大家一頭霧水。見場面又熱鬧起來，主任偷偷搬一頂樓梯，一步步爬上屋頂。他得意極了，這叫「鴻門宴」戰術，學生團與敵同樂，趁賊神也酒足飯飽、鬆懈防備時，從腹背來個痛擊，在眾人面前生擒匪神。正當主任差幾吋就要活逮賊神時，黃專員從我家屋背的田埂跑來，慌張得跑十步跌一次，大喊：「背叛，完了，真完了。主任，關牛窩村長背叛了，那些什麼草莓橘子芭樂酸梅大隊全倒敵了，全——都——倒——戈——了。」匪神一聽，精神大振，醉酒全退，馬上乘風快去，翻兩翻上天頂。

主任企起來，濤濤的波羅旋風一次又一次的拍來，他極目箭看，也往後看，狹長的獅潭縱谷展了開來，正是風起雲湧的變天之際。他永遠記得這一刻，民眾是如何背叛他。他們從山谷、從坑壢、從崠頂、從河壩、從他看到及看不到的地方，先翻出一粒小影，再翻出一排影子，再翻出一波大浪，最後翻成了五大神將、五百民兵、五萬餘的神兵，一圈又一圈的圍住我屋家。伙房班敲著大鼓，鼕鼕鏘鼕鼕起鼕嗆，雄壯的鼓聲幾乎使人群朝一致的頻率搖動，展現壯大的軍容。但這些陣勢將不再屬於他了，主任不論人群如何叫囂，把自己站得標立，並且告訴自己，只要多站一刻，就多爭取一刻享受這壯大、激昂又沸騰的場面。主任當然不曉得，扭轉這一役竟是我，只因我無意間向四伯——關牛窩村長洩漏匪神的秘密，從此局勢連山倒。

那是大場面，人人紅唧唧的面膛、燒熾熾的目珠、辣嗆嗆的嘶吼：「這奈是匪神，這是關牛窩的伯公呀！」「這是伯公大靈，一定是被簽賭的人偷走，求明牌。」「講麼該匪神？你才是土匪。」主任一概不否認，也不承認，等他把那些迎面來的逆風都拂盡，蓊鬱的風景都收盡了，才一步步走下梯，昂著頭，挺著胸，很軍人的走過人群，不看那些眼神，也不迴避那些眼神。他頭也不回的離去，只有學生團長寶弟及數十位學生跟去。

主任帶著學生團行經關牛國小走，要退回民眾服務站休息，他困頓又疲累、飢餓又憔悴，兩天兩夜整整百來公里的道路磨破了他的腳皮，從落雨打到辣日，從臨暗打到早晨，從

◎甘耀明

醒神打到夢境，從優勢打到劣勢，這一路打，都打到關牛窩下大雪。

一陣紙炮似的銃響後，主任順著聲音看去，焦辣的日頭下，天頂飄下無數的光點，頭先以爲是落雨，不久，才發現關牛窩下雪了。那些雪片東翻翻、西跳跳，那麼冷，那麼靜，像鬆落的白綿綿雲絮，片片舞落，落在方圓數公里的關牛窩。十來公尺的學生團企立，靜靜的看著滿天光點，如何把視野都闊滿了，眞的是大雪滿滿呀！人還沒回神，就落得一身冷白，地也都灑了一層寒光，主任隨手抄下雪片，才發現那是空飄宣傳單。他展開看，是黃油油的大麥地照片，手掌小，卻大到連雲兒都失迷，這一去是萬萬里，是萬萬都想不到呀！偏偏那大麥田央有一座小土房，爲何娘還坐在炕沿煮那壺茶呢！想到這，主任顫著，任千里外捲來的鄉雪撲身抖落，無奈關牛窩。

雪聲中，關牛國小合唱團仍高聲練唱，他們站在講台上，喉嚨扯得碗大，也唱得更煞猛，老師的腳猛踐琴板、手跳琴鍵，男學生的衣喉打「餃咕帶」，女學生的胸前別一朵小紅花，他們隨節奏彈起腳跟，微薄的喉片風顫著，唱著一生人也無法到達的鄉愁：

萬里長城，萬里長
長城外面是故鄉
高粱肥，大豆香
遍地黃金少災殃

自從大難平地起
姦淫擄掠苦難當
苦難當，奔他鄉……

那歌聲，蕩過一山又一山，是主任唯一的依靠。

寶弟走到主任的身邊，說：「主任，你看起來很傷心。」

「我沒有傷心，我只是難過。」

「那有差嗎？」

「當然，傷心是心碎了，難過只是一時的頭痛。我心還沒碎呢！」

「那你難過什麼？我可以知道嗎？」

主任回頭，看著殘餘部隊，說：「我難過的是，沒有人知道我的難過。」主任摸摸寶弟的頭，又說：「你最好不要知道，永遠不要知道，一旦知道，你就走遠了。」說罷，主任在大雪中連忙拉起披風，更戴上墨鏡強遮淚。

寶弟一看，也揉揉目珠，搔搔嘴鼓，彈嘴說：「主任，我知道你爲什會頭痛了，因爲我也被感染了。」「被我感染到？」正當主任要深深佩服寶弟的洞察人心時，只見寶弟頭一扭，對大家嘯出一串狗打哦歌，一聲令下，學童全都散去。不久，又回了，他們穿水衣、擎雨遮、戴笠子或頂著姑婆芋葉，個個足蹬水靴、手戴麻布手套，把胸前弓，讓大雪往身上拍

匪神

◎甘耀明

出鐵響，更勇敢的往雪深處踏，嚴雪都倒飛了，唏哩嘩啦！根本就是一鍋大冷的白鹽來快火炒土豆，人人樂得一臉油滋滋。寶弟更寶，把祖上大簑衣披上身，蹬一雙陳年大草鞋，跑起路是雙腳往外扒、兩手向天抓，他鼻掛黃橘目鏡，大喊：「落毒雪啦！有輻射污染喔！看了會青瞑，碰了會爛心，大家快快防備。來來來，便宜賣，一副五個銀角仔。」說罷，從書包撒出一排七彩目鏡，那是鐵絲拗兩圈、豎兩耳楨，糊上香灶套頂的玻璃紙，有天藍、墨綠、粉紅及豔紫，這就是當下彩色流行鏡片的先例了。

主任看看自己打扮，又看看這群小卡通兵，只能把歎息聲倒吞。這一嘆，晦氣都嘆出來，才想到飛球全都破了，匪神就沒依靠，才抬頭，主任就看到祂從天際緩緩朝鱷魚潭掉落，大喊：「學生團，我們還有機會，不到最後關頭絕不輕言放棄。」主任箭奔，來到河壩邊的鱷魚潭，沒考慮的倒種入水。鱷魚潭是人造潭，洶湧的關牛窩溪在這撞上人造大石墩，來個大迴折，滾沸的河水像無數的鱷魚打扭搶食。匪神掉下鱷魚潭，洗得剩半條仙命。潭邊也站了無數的人，要尋好時機救神，還沒回神，就看到主任也在河裡用半條命浮沉、半條命呼救，至於一旁的匪神也好不到哪，只能用一張屁股朝天呼吸。大家連忙倒了桂竹，用百來根竹管往潭中探，都說這鱷魚潭是三十年前關牛窩一等一的狂人造的，神仙掉下去都難救，何況是人。費了好久，才從閻王爺手中把主任及匪神拉起。主任吐完肚中水，腦袋才開始運轉，他看看匪神，又看看百來位民眾，便說：「唉，也罷！也罷！明天我在恩主公廟辦個宴，請大家一起來吃吃。」大家聽完，口水都快匯成河，連忙說：「無使功夫咧！既然那麼有誠意，那就去看看也好。」

當日暗晡，主任駕千里馬來到恩主公廟，入大殿，神桌上擺上牛皮紙袋，供上搗頭連連，響聲脆脆，才站起來，在恬靜的大廟堂企立。他巡了一遍廟宮，把神桌、木筊、籤筒和香櫃拍了一遍，才走到石柱邊，站了好久，簡直要把石柱參透似的。他蹲了下去，從低角斜看上去，將柱上的字唸一遍、參兩回，才抱起石柱，亮出一口牙咬去，硬牙還沒崩，軟淚就先掉下了幾粒。這時，寶弟追過了廟階，衝入廟殿，說：「主任，主任，你攬著石柱做麼該？」等淚乾了，才轉頭對寶弟說：「我只是抱抱看有多寬，沒想到人一長大，石柱就縮水了，抱起來不中用。」說罷，主任拿起牛皮紙袋，帶著寶弟往廟埕，答應先前的允諾，要好好教寶弟開車。上了車，主任問寶弟今天爲何執意跟自己走，難道不怕家人罵。寶弟說：「我爸死了，我媽到台北工作，我跟阿婆住一起，阿婆很好，不會罵我。」「那你爸爸怎麼死的？」「我媽說他是打仗死了，爲國捐軀的，要我也跟大家這麼說。」「這年頭哪有打仗。」主任笑了出來，心思一轉，彷彿就有一些不好的答案，又說：「唉，沒想到你也是可憐人。」便解下胸前的玉飾，說：「這是我家鄉關帝廟求來的平安玉，頗靈的，你戴吧！」寶弟也扯開衣衫，露出紅線串的平安福折，說：「我已經掛恩主公的紊了。」「你還是留著吧！」說罷，硬給寶弟掛上，開始教他開車。等感覺都上手了，千里馬終於輕緩的滑動在廟埕上，帶動著風，寶弟永遠記得這次的感覺，十年後，他成了「獅潭鄉衛生促進委員會」附屬醫療組的救護車駕駛，蜂鳴器一扳，不只救人也救神。

第二日，天才光，大家紛紛跑到恩主公廟前吃筵席，都說這輩子從沒吃過早宴，算是開開眼界。主任把匪神敬爲上座，一串紙炮響後，一道道有的沒的菜都上桌，大家吃得樂乎乎。主任給大家敬酒，說近來得罪大家，還請包涵，待會還有精采的節目，別喝醉了錯過好戲頭。都吃了差不多，寶弟敲鑼，說：「請大家擘開目珠看好戲，來來來，看好戲。」有人問：「看麼該好戲？」寶弟搖頭說：「我也無知咧！看了就知。」主任見大家心情好，就清空了一張桌，上放一條長板凳，請匪神上座。他先給恩主公叩頭，拿了牛皮紙袋跳上桌，說：「各位父老兄弟姊妹們，感謝各位來捧場，這些筵席是一點小意思，就算我給各位賠罪。」主任見大家鼓掌完畢，才又說：「來來來，我先講個故事，大家評評。我還是麥稈高時，也就是比稻稈高些時，一隻狐狸到我家偷雞，教我爹伏了，要殺了取皮。狐狸綁得跟各位桌上的粽子一樣，繩子都擠著肉呀！我拿著柳條，逗呀逗著狐狸玩。狐狸笑，笑完就哭了。看著狐狸掉淚，我也掉淚，我想，爹呀！你也狠呀！人家狐狸也有爹，也有娘，你狠心殺人家爹娘的孩子，你比狐狸還不如呢！我心軟，便放了狐狸。沒想到，這狐狸眞狠心，沒了繩子縛，往我脖子撲，咬在我擋著的小胳膊上。我爹聞聲衝出來，拿刀劈了狐狸頸。狐狸下半身落地還會跑，跑了幾步就癱了。但狐狸頭可怕呀！怎麼取都取不下，爹娘淚水都來了，連忙把我按上板車上城找醫生。一路上，這狐狸的眼珠子還轉呀轉的看我，舌頭也跳呀跳的舔我血，我不痛，還狠狠的摑牠兩個耳光子，罵牠祖宗十八代。我痛的是，狐狸呀！狐狸呀！我爲你爹娘想，你也要爲我爹娘想呀！各位父老兄弟姊妹們，大家評評這狐狸如何？」說罷，大家掌聲爆響，都說這狐狸該殺呀！

掌聲中，主任從牛皮紙袋抽出一把柴刀，一手推翻匪神，一腳橫上板凳，把匪神踩個正著，說：「任何動物都有賊性，即使神也一樣，你給祂一次機會，就讓自己後退一步。無論如何，今天不斬匪神，誓不爲人。這場酒宴，就算大家給匪神餞別吧！」這廟埕大，掌聲闊，前頭聽清楚話的人雖被嚇得雙手打顫，後頭卻一片叫好。前頭的村長大大著驚，雙手展開，教幾位大漢仔撒成一圈，定要來個生劫法場。寶弟也嚇著了，銅鑼早就匡啷落地，嘴擘得開開，哭得淅哩唏啦。主任往板凳試刀，片出幾層木薄，說：「誰敢來阻擋，我就拿刀砍了自己的手，看你們要救一塊賊木，還是要見一場血流。」這一說，大家都憨立，大嘆：「實在無葛煞呀！這下，連恩主公都難救祂了。」主任把刀問天，刀刃處果眞浮了大好青雲，好一把青龍偃月刀啊！他大笑幾聲，不只要將匪神問斬，劈做柴薪煮一鍋豬肚酸菜湯，連神骨灰都不蹧蹋，丟到茅坑餵屎蟲。笑罷，主任腹肌掬力，擎刀就要砍去。正當大家嘁聲大叫，匪神淚汁漣漣時，有人跳入人群，呔的一聲解救了匪神，局勢馬上翻兩番了。

來的不是誰，正是我的憨阿公。話說阿公是上天庭管馬的頭一年，又逢今晡日是端午節，恩主公特照「三節」的福利給阿公放假。阿公一醒，就從眠床驫起，赤腳馬踏、瘋瘋野野的衝到恩主公廟，兩手往人牆刀撥，跳入村眾裡，他自然先打三粒屁卵招呼，教大家眼神都丟過來後，他龍骨一抖，好像鐵鏈筋骨都散了，整個人伏在地上，給匪神來半打開罐似的啵啵啵響頭，一股氣就冒出嘴緣，大喊：「哎呀！冤枉呀！你冤枉呀！」又連忙蹦起來，對

匪神

◎甘耀明

大家喊：「這奈是匪神，這是『反共義神』咧！祂是專程飛來投奔自由的，煞給你們摵得無成神像啦！」然後指著廟埕上那枚瘡氣的匪球，擘嘴：「看看看，連『米格飛球』都駛過來了，這是頭一等的義神咧！大家應該打黃金牌送給祂。」說罷，一群大漢仔連忙傾前，趁主任還沒防備之際奪下匪神。

匪神被奪，主任斬刀鏗鏘落地，先是一股莫名，接著大笑，果眞是鬥神容易，鬥人難，鬥人難鬥過這憨憨癲癲的關牛窩人呀！這不就是老戲碼嗎？還眞要關牛窩義釋梟神曹操呀！主任這一笑，原本就相信匪神的村人都反應了，醒了，全醒了，全都醒了，細膩的想：恩主公當然是威名遠播，即使連對岸的阿共神都投奔。眞是反共義神咧！奈是匪神，好幾次要空降恩主公廟投奔自由，煞被人曲誤了。大家將匪神供到廟裡當副神，香炷一爐接一爐的插，再連忙把口袋的銀角仔掏出，共打了六面大金牌，掛到反共義神樂不抬頭，彷彿嘴饞吃著數大碗公的香火。自然的，主任也打了一身西裝，一副墨鏡送上，給反共義神添裝備。

阿共神蹲在廟堂，早晚吃著一疋疋的香火，聽著大家的搗頭聲，祂身穿派頭西裝，頂著紳士帽，戴著大墨鏡，兩大目珠賊碌碌的轉，全給目鏡遮了，也看起來更像摩登的匪神了。

——原載二〇〇四年四月十二日～二十四日《自由時報》

瓦歷斯・諾幹／

悲憐牧師的兒子

瓦歷斯・諾幹
漢名吳俊傑，台灣原住民泰雅族，1961年生於台中縣和平鄉Mihu部落。畢業於台中師專，曾主持台灣原住民文化刊物《獵人文化》及「台灣原住民人文研究中心」。現任國小教師。曾獲時報文學獎、聯合報文學獎、台北文學獎等。

部落牧師有三個小孩，不——應該有五個，現在只剩三個。老大、老二在七〇年代很不得了的讀完大學，畢業後又很快的在都市中迷失了方向，終究淹斃在公賣局的酒瓶堆中無法自拔，我日後對他們兩位大學生的印象只剩下那個時代流竄到部落裡的長髮吉他青年形象，西洋歌曲二十六個字母從他們泰雅族豐厚如黑熊的嘴唇裡狂狂宣洩著。

後來那狂狂宣洩的聲浪已經不是西洋曲調，廣場上空改換成氣勢逼人的咒罵與搏鬥之聲。說到底，是不是牧師屋宅原是日治時期日警駐在所武道訓練場優遊徘徊的鬥狠氣息所致，實在很難科學式的判定，倒是部落老人獵槍般口徑一致的認為「河流走過的地方還會再來」。老人Jumin瞇著眼睛將廣場調整到一九三八年的灰黑色澤，老人透過記憶的石縫看到了駐在所警部補日警一把白雲般的武士刀斬開了族人紅色的雙臂，仇恨的血水遁入泥土裡，但它並沒有消失不見，十五年後廣場闢建成長老教會牧師家屋時，復仇的血水失誤的找上了搭建木造家屋的客家鄉鎮建築師傅——尾指像蚯蚓般痛苦的跌在地上蠕動著。這份證詞補強了牧師三個兒子鎮日咒罵鬥狠的歷史遠因，也讓我們見識到漢人深信的風水之說的威力——彼個是刀光返來的所在——客家師傅幽怨的辭別自己打造的建築藝術精品。

牧師第三個小孩是我的國小同窗，已經是三個孩子的爸爸了，挺著一顆啤酒醃製經年的圓滾肚子，躺下的時候像極了滾在泥濘沼地的山豬，你很難想像幾年前部落籃球賽事他與我奮力爭搶朱紅色仿NBA字樣的籃球，結果是我倆同時大腿內側擦傷一片，宛如剛撕開皮毛的山羌血肉。我想要記述的並不是牧師三兒子，牧師四兒子雖然也是酒鬼，一隻晃蕩部落有如白天行走的鬼魅，他的行誼到底還在人類的想像範圍之內不難理解，因此我們將敘述的獵物對準牧師第五個小孩，你應該還記得我說過「上帝與爛泥同享榮辱」，這句話丟給牧師第五個小孩依然正確無誤。

「九二一大地震」之後，長老教會給震到大安溪底，教友也四散逃竄，牧師於是在去年退休之前募了一筆錢興建教堂，但只夠撐起鋼骨結構，傍晚霞光一片片飛紅自鐵砧山西射過來時，未完成的教堂就似一隻被固定在地上的天使，倏倏欲飛；通常這個時候，牧師的小兒子光明從鋼骨教堂竄出來，腳步明顯的浮移遊動，擔任背景的鋼骨天使也隨之抖動那麼一陣似地，接著，天空就暗了下來。

牧師的第五個也是最小的孩子取名「光明」，大概是牧師早期講道時眼神幻化出耶穌降臨的神奇啓示吧！但是光明的一生竟不似名字那般坦途明亮，也應驗了老人家說的一句話——是猴子就讓牠爬樹，否則就會摔斷腿。光明其實也有部落教育平均值以上的高中畢業學歷，據說進出城市好幾回，不知怎樣竟患了台灣多年不見蹤影的結核病，還是山中部落空氣清新，多少也可以濾出病菌，有一陣子他與四哥連袂在山上果園養病，病好一陣就開始喝起酒來，酒喝多了又患病，如此週而復始，就像偷摘果園水果的猴子。

我記得他曾經溫文有禮的學著漢族的詞彙在早晨的微光裡向父母請安，光明將雙肩一縮，下巴抵到胸口，拘謹的形象顯露出來，嘴裡像魚冒泡似的吐著：爹，娘，早安。可惜他清醒的早晨總是比手指頭的數目還少，更多的是入夜後的醉酒，這時候，光明撒開了四肢，沙發座椅印成一隻撒歡的獸，嘴裡狺狺的吠著：老頭，你給我出來。牧師當然是不會出現囉，牧師正忍受著上帝的試煉，一個殘酷而歷久彌新的日常生活居家試煉。

這正是我無以理解的實態，光明以耶穌的啓示命名卻用黑暗的面目出現在人世上，他以前生就修長的身軀，像一隻安靜行走在石崖的山羌，現在讓公賣局的瓶子捶打成兩邊凹洞的臉，不用彎身就亮出一截截樹枝般的背脊，行走如飄零的風雲，偶爾憶起早年彈練教堂風琴的音樂底子，於是撥動吉他，哀傷或者激昂的歌聲都使人想起脆弱的螻蟻。

我搬離組合屋近兩個月，光明卻以隕石墜落的速度焚燬，這事要從他曾經養過的混血土狗講起，混血土狗被豢養得和光明一個模樣，名喚「小瘦」。小瘦和我大弟的黑狗要好，黑狗生下六隻小狗，三隻轉送愛狗人士，留下三隻小狗極盡可愛之能事，小弟留下一隻養在組合屋，一日下午不見了愛犬，經過明查暗訪事情水落石出。

根據部落族人片段的目擊，我們重組了部落小歷史事件，重組的困難度大約是八十一片中級拼圖遊戲，事情是這樣的：

牧師（目擊者一號）走出組合屋門牌一號的紗門，紗門前一輛四輪搬運車，牧師看見兒子光明眼神像蝴蝶飄動，「要不要到果園工作？」牧師等到的回答是：「餓，餓死了還到果園。」然後光明在下午的陽光中走失了。

玉蘭（目擊者二號）在編織屋聽見牧師搬運車走動的震盪聲，「像五級地震。」玉蘭精確的判斷著，然後將臉轉向另一邊窗戶，看到了並沒有在陽光中走失的光明，光明的臉簡直就要塞進紗窗，問一句：「有酒嗎？」玉蘭對光明回了一句話就不再理他：「有錢嗎？」

惠美（目擊者三號）正打算將洗衣機瀝乾的衣服拿到陽光下晾乾，看到光明在組合屋門牌四號玻璃窗前窺探，動作彷彿是新聞重播賊行賊事，惠美嚇一句：「光明——你幹什麼？」光明回頭說了一句讓人腦筋急轉彎的辭語：「嫂嫂，你今天很漂亮，和陽光一樣美麗。」惠美嚇得躲進屋，出來之後就不見光明，組合屋四號門口旁原有隻小狗也不見蹤影。

Vojad（目擊者四號）是部落重量級酗酒者，那一天下午他卻難能可貴的清醒著，根據側面消息指出，那一天是Vojad父親的忌日。Vojad的證詞指出，就在組合屋大門出口下坡處看見了腳步不穩的光明，光明胸前抱著不知是何物，遇到Vojad的眼睛，光明就像觸到鐵夾的動物，咻——彈走了。我們追問Vojad看到光明胸前的東西嗎？Vojad發人省思的回答：「我不和酒鬼講話的！」

思儀（目擊者五號，五歲）在國小操場看到光明右手提著一物，走近才知道是一隻可憐的小狗，小狗的兩條後腿讓光明的右手犯人似的抓著。「叔叔，小狗好可憐！」光明瞪著瘦小的思儀說：「我也很可憐！」思儀不無驚嚇得奔逃。

Mama Losin（目擊者六號，族老）剛從甜柿園回家，在國小操場與通往家屋的小路遇到玩弄小狗的光明，「你的狗，」Mama Losin說：「很可愛。」光明說：「七十元，你就擁有這隻全宇宙最可愛的小狗。」

德懋商店林老闆（目擊者七號）看見光明推開商店鋁門，要了一瓶塑膠米酒與黃包長壽，林老闆狐疑的問了一句：「你怎麼會有錢？」光明將手掌的硬幣抖弄得叮鈴叮鈴，然後很具教育啟發性的教導林老闆：「你知道什麼叫商業嗎？就是用別人的東西賺自己想要的東西。」

當以上所見所聞箭矢一樣傳到我母親耳朵裡，母親隔日就向堂哥Mama Losin索小狗，Mama Losin將兩手攤開，無奈的說：「狗，狗叫光明要回去了。」「怎麼會？」表舅對著我的母親不無憤恨的說：「今天一早，光明又要討一百元，好像我長了一張狗腦袋，我說一百元沒有，狗拿去。」

後來我們並沒有看見那一隻屬於我小弟的小狗蹤跡，至於光明將別人的狗賣了換菸酒的行徑，你還能說什麼呢？我記得中國小說家阿城在小說《棋王》談到飢餓與吃，談著傑克．倫敦的「熱愛生命」、巴爾扎克的「邦斯舅舅」時，當「棋王」的觀察著「我」說：「人吃飯，不只是肚子的需要，而且是一個精神需要……」時，王一生回答：「……好上加好，那是饞。饞是你們這些人的特點。」「『憂』這玩意兒，是他媽的文人的佐料兒。」阿城這樣子總結了知識分子精神食糧的貧困，對芸芸眾生則是「人要知足，頓頓飽就是福。」至於說用「只把長的老鼠也捉來吃，因鼠是吃糧的，大家說鼠肉就是人肉，也算吃人吧。」把「人吃人」這種社會最底層的飢餓以笑謔的口吻奚落一番，倒顯出了阿城意味深長的哀矜。相對於資本主義發達的二千年台灣社會，神所應許的牧師及其小兒自我焚燬的酒鬼行徑，讓我再一次記起《棋王》結尾王一生嗚咽的提醒故事的主要伏筆：「人還有點兒東西，才叫活著。」

正如我們泰雅老人家說的：「不要以爲雲在天上只會飄，雲多了就會下雨，雨水就會滋潤土地！」

——原載二〇〇四年四月二十二日《自由時報》

季　季／

額

王景河／攝影

季　季

本名李瑞月，台灣雲林人，1944年生。1963年自省立虎尾女中畢業，1964至1977年為職業作家。1988年獲選為美國愛荷華大學「國際寫作計畫」作家。曾任《聯合報》副刊組編輯、《中國時報》副刊組主任兼「人間」副刊主編、時報出版公司副總編輯、《中國時報》主筆。2005年2月1日自《中國時報》退休。出版小說《屬於十七歲的》、《拾玉鐲》，散文《攝氏20—25度》，傳記《休戀逝水——顧正秋回憶錄》、《我的姊姊張愛玲》（與張子靜合著）等十八冊。主編年度小說選、年度散文選、時報文學獎作品集等文集十冊。

這是我伯父說給我聽的故事。

我伯父的朋友廖君，年輕時代走了一些與別人不一樣的路，做了一些與別人不一樣的事，不得不暫時離開他的家。我伯父說，人的一生總免不了會走錯一些路，做錯一些事，有時是眾人都說你錯了你卻自認是對的，有時是膽大不夠心細，又有時是心細不夠膽大；「但總之，」我伯父說，「這都是磨練，是一種過程，然後——」我伯父說，「這就是歷史。」

我伯父說，廖君離家的那一年，其實也不年輕了，而且正該是人的一生最爲意氣風發的四十多歲年紀。五個孩子，最大的十三歲，最小的才三歲。他的妻阿綿在四月底不幸小產，尚未滿月，身體還虛弱著。臨走的那天夜裡，廖君在供奉祖先的廳堂拈香祭祖，和家人告別。

我伯父說，廖君當時最害怕的不是要離家，而是怕見到他的妻痛哭。但他害怕的事情沒有發生。在黯淡的燈光下，他的妻阿綿垂著一頭慵懶的黑髮，蒼白著臉，一雙曾被廖君形容爲湖泊一般清邃的眼睛，沉靜得如沒有一絲微風吹過。廖君竟看不出她有任何的驚懼、失望，或者責備與期盼；「這比痛哭更使他椎心！」我伯父嘆息著。

午夜已過，孩子們都睡了，站在廳堂送別的只有廖君的妻，他的老母以及他的堂兄。他的老母像柱子一般立在廳內，堂兄站在廳外輕聲的催著他快走，他的妻則倚靠門邊，望著烏漆的大埕。沉寂之中，只有廳堂的老掛鐘滴滴答答的爲他們話別。廖君一腳跨出了門檻，另一腳待要跨出時，才伸手托起阿綿的臉頰，強作鎮定的說：「不是我無情！爲了妳自己，爲了我們的孩子，請保重身體！」她點點頭，眼睛仍然沉靜得如沒有一絲微風吹過。他倉皇的在她的額上輕輕的吻別，微溫而慌亂，然後拔起另一腳跨出門檻，昂首向守護院門那兩棵高大的椰樹望一眼，快步跑了出去。

那時是五月末了。五月的凌晨，霧還是涼的，一彎殘月在稀疏的星子間慘白的懸著。我伯父說，廖君不敢回頭去望他的妻，他的老母，他的堂兄，他的祖宅。在那一剎那之間，他的心像鐵一般沉重，但他的腳必須像鳥一般飛快。伴著狗吠和雞鳴，他決然的跑出祖居一百多年的村子，向著西邊跑向鄰村鐵枝路旁的一座甘蔗園；眼前的一切，都在淚霧裡模糊了。

我伯父說，廖君離家後，警察抓了十幾個曾與廖君共事的農會和公所的職員，鼓動他們家屬每天奔來三五人，輪流跪在廖家大埕搥胸頓地，哭號怒罵，要廖君的老母勸兒子出來自首，不要再連累他們的家人。廖君的老母，也回以搥胸頓地，怒罵，哭號：「我的兒啊……伊，伊，伊不知死到哪裡去了啊！」台北的情治員，不時來拍桌瞪眼，說他們又在外縣市搜查了幾處廖君朋友的住家，仍然是一無所獲；「到底他藏在什麼所在？」而廖君的老母，也仍然是搥胸頓地，回以哭號，甚至幾次因而昏厥過去。

如此紛擾不休，他的老母無一日能清心吃一頓飯，他的妻不但不能清心吃一頓飯，甚且無一日能安眠。半年之後，他的妻阿綿終而瘦削如柴，委頓離世了。那時已入冬，村人安排廖君躲在村尾的甘蔗園裡，老母傳話，「叫伊千萬不要轉來拜！」我伯父說，警察和便衣都知道廖君深愛他的妻，料想他定會轉來拜別的，日夜輪班守候，四處路口盤查，卻只是一番徒勞。出殯的那日，他們以爲廖君會躲在村尾路旁的大榕樹上目送他的妻遠行，一群人在三四棵大榕樹間爬上爬下，「一個鬼也沒抓到，就只踩斷了好幾枝樹枝！」

我伯父說，廖君是腦筋很會輪轉的人，「哪會做那款憨代誌？」

出殯的前夜做功德，廖君在蔗園裡聽到祖宅那邊斷續傳來模糊的誦經聲和孩子們的哭號聲；只有木魚的敲擊和鐃鈸的金屬聲清晰而持續，在他的耳畔不停迴繞。那段日子，只要仰望夜空，他就看到所有的星子都寂滅，只有他的妻那一雙如湖泊清邃的眼睛高高的懸盪著。即使是深冬的夜晚，狂風彷若要把所有的雲片都吹走，而那一雙眼睛，仍然沉靜得像沒有一絲微風吹過。

我伯父說，廖君有頎長的身材、英挺的鼻樑，一等一的學識與品行；「而且很會演講，是個一流的社會運動家。」逃亡之後，他卻只能在一座又一座蔗園裡輪流躲藏，吃鼠肉，啃甘蔗，看《三國》讀《水滸》，意淫《金瓶梅》，低吟他和阿綿常常一起唱的〈雨夜花〉和〈荒城之月〉。如此兩年騷亂，沒了母親的孩子夜夜驚恐哭號，像柱子一般的老母也終於難忍警察和情治員無止盡的紛擾，彎下了腰，「叫伊出去自首吧！」她歇斯底里的狂喊著。

也是五月，也是午夜過後，廖君避開公路上的警察，沿著鐵枝路往東直走，走到鎮上的警察局，把他的手交給了手銬，把安靜還給他的老母，把餘生還給了自己。

我伯父說，十七年後廖君重返家門時，歲月只在他的鬢眉間添染了些微寒霜，只是神采也不免有些落寞了。柱子一般的老母已在三年前辭世，孩子們也都已各自婚嫁；爲人之夫、爲人之子、爲人之父的責任，他一項項都虧欠了。我伯父說，廖君有許多比嚎啕更酸苦的感傷，那是誰都能理解，卻不一定能想像的。

返家的那日，廖君先在廳堂持香，向他的妻、他的老母祭告他的歸來，然後由孩子們陪著在祖宅前後巡視了一遍。後園邊的豬圈已經空了，那是老母往日最愛留連的所在。後園裡的十棵白柚樹，長得更爲高大粗壯，枝椏間正結著一粒粒青綠幼果，可惜冬天來時阿綿吃不到了。阿綿愛吃白柚，嫁來後就請人砍除了後園裡蔓生的莿竹，央請校工去彰化的苗圃買了十棵幼苗。春天白柚開花滿園香，阿綿總笑咪咪的說：「花香好配飯！」冬天白柚熟了，阿綿常在腳踏車籃子裡放兩三顆白柚，載到學校請同事吃；「都講我們家的白柚好吃啊！」阿綿最愛這樣說。

最後，孩子們終於陪他走到了南屋；那是他的書房。

「爸，媽在這裡吶，」孩子們說。

廖君沉默的點點頭。

他看到了，一走進南屋就看到屋角一隻樸拙的金斗甕，靜靜的仰望著他。那一瞬之間，他仍然看到那雙眼睛沉靜得如沒有一絲微風吹過。一聲嗚咽在他的喉際騷動著，他背轉身，輕咳了一聲。孩子們無措的默立一旁，最小的女兒阿蘭抽泣了。他攬著她的肩膀，輕輕的拍著，「莫哭，莫哭，」自己卻也跟著流淚了。他離家時才三歲的阿蘭，如今已是二十歲的小婦人，有了身孕的肚腹大得像個小鼓，就快順月生頭胎了。

夜晚的時候，孩子們都睡了，廖君有一點恍惚，然後，漸漸被沉睡的夜喚醒了。一些記憶，一些勇氣，一些潛藏的慾望，在他心底緩緩甦醒了過來。到了南屋，蹲下去，在那隻金斗甕的旁邊。他抱住她，像年輕時許多激盪的夜晚。然後把耳朵附在甕上，像那些夜晚附在她的胸膛；怦怦的心跳疾疾然敲打著他的耳骨。

我伯父說，夜晚總使許多人的理性模糊，當時已六十一歲的廖君，眞的以為聽到了他年輕的妻阿綿的呼吸！他就那樣抱著她，盡情的細細的傾聽著，直到一聲突然的狗吠驚醒了他。他跌坐在地，顫抖著手，急切的打開了金斗甕的蓋子。廖君尚未返家時，就已知道孩子們依本鄉習俗，在他們媽媽去世十年後為她撿好了骨，並決定等他返家後再親自為她擇地安葬。「她屈在這個牆角等我，已經兩千多個日子了啊。」她的血，她的肉，早已絲絲縷縷消融於塵泥，只有她的骨，他摸到了！她的骨，削瘦而冰冷，堅硬如頑石。他取出她的骨，在昏黃的燈光下一一檢視著。腳骨。腿骨。手骨。胸骨。最後是，頭骨。他仔細的專注的檢視著她的頭骨。那一雙如湖泊清邃的眼睛，消失了盈盈湖水，空曠而沉寂，仍然像是沒有一絲微風吹過。但是她的前額，他看到了，他終於看到，那裡有一處小小的凹陷！「啊！那——那不正是十七年前那個五月的夜晚，我在她的前額輕輕吻別的所在嗎？」他疑惑著，伸出食指在那凹陷之處輕輕的撫觸；「是眞的啊！原來，她是用這樣一個記號，這樣專心的等著我回來啊！」他哽咽著，終而淚水汩汩而下了。阿綿，阿綿，他輕喚著她的名。淚眼迷濛中，他把她的額再度托到面前，在當年的吻別之處，深深的，印下，他的吻。她是冰冷的，而他是炙熱的。這次的吻，比十七年前的吻別更爲從容，細膩，而且激狂。

我伯父說，有兩三年的時間，前社會運動家廖君都在南屋陪著他的妻，唱〈雨夜花〉，讀《三國》，讀到好聽的故事，就一句句唸給她聽。每天深夜，吻別了她的額，他才微笑著入睡。兩個女兒嫁在外地，三個兒子也各自爲營生奔忙，沒有人知道他們爸媽的故事尚未結束，只偶爾像是怕他老得忘了金斗甕這回事，吃飯時裝著不十分在意的說：「爸，你看媽的事是不是要辦一辦了！」而廖君，也總裝著老糊塗了的回道：「哦，是該辦一辦了，我怎麼老是忘了呢？」說完還微微的歉然的對孩子們笑著。有許多次，他眞想對孩子們說：「就那樣吧，就那樣就好了啊！」而到底，他終於沒有說出口。一顆臨老的心，竟還感覺著一絲羞澀呢？如若孩子們問起原因，哪有勇氣解釋其中的深意啊！

終於，廖君不忍心再聽孩子們的提醒了。他爲阿綿選了一塊地，就在那十棵白柚樹的旁邊。至少每年花開時節，她可以聞到春天的白柚花香啊。

在南屋臨別的最後一個夜晚，廖君仍然在阿綿的前額輕輕的一吻：「不是我無情！」他又對她說了那句話。消失了盈盈湖水的眼睛，仍然沉靜得如沒有一絲微風吹過。他凝望著她，蒼老的淚水一滴一滴，落入那乾枯了的湖泊。我伯父說，眼淚有時可以激發人的智慧，廖君直到那時才明白了那雙眼睛；那個五月的夜晚啊，那雙眼睛就已了然他們的命運了！

最後我伯父卻說，這其實是一個無情的故事。

是嗎？

我伯父說這故事時已八十歲了。我還在，繼續，思索，我伯父說的這個故事。

——原載二〇〇四年五月號《印刻》生活文學誌

許正平／
薪新的一天

許正平

台灣台南人，1975年生。中山大學中文系、台北藝術大學戲劇碩士班戲劇創作組畢業。創作包括小說、散文與劇本。著有散文集《煙火旅館》。已發表編劇作品《旅行生活》、《家庭生活》、《愛情生活》。作品曾獲時報文學獎小說獎、聯合報文學獎散文獎、聯合文學小說新人獎、台北文學獎散文獎等。

早晨近八點，我正撐著惺忪的雙眼，坐在淡水線開往台北市區的捷運列車上。陽光刺眼，斜斜照進疾行的車廂裡來，微微的顛簸中，專心閱報的，呆望前方的，看著窗外流逝的街景的，多數乘客則早已抵擋不住睡意沉重，酣眠起來，很安靜，連手機也不大響起。安靜的人們是面目模糊的群眾，雷同的表情姿勢，相似的服裝儀容，程度不等但絕對有的疲累感。我意識到，在這些人們眼中，我的存在也是這等模樣吧，分明是有稜有角的一個人，一旦融入人群之中，便隱姓埋名，再也無法輕易分辨出來。

我們都是正在趕赴某公司行號途中的上班族。

忠義、復興崗、北投……，進入市區以後，車廂裡漸漸擁擠起來了。我想起今天早晨，穿上已然閒晾太久的西服西褲，步出家門時，妻子與兒子帶著鼓勵意味的眼神。我蹲下來，拉拉兒子的手，摸摸他的頭，像個任重道遠的老爸，叮嚀他：「今天開始，你要自己一個人去上學了，要乖，知道嗎？」兒子用力點了點頭，表情很懂事。

是的，看起來和車廂裡的誰誰誰並沒有多大分別的我，人們一定無法察覺也不關心的是：這是我終於又開始上班的第一天（當然，我也力持鎮定，不願自己慌張失措地在人前一副生手菜鳥樣）。在此之前，我退休老人般賦閒在家、無事可幹的失業生涯已持續了有大半年。每一次，當報紙上又爆發出百分之五點多的失業率，我總心驚膽戰冒冷汗，覺得自己的醜聞上了社會版，堂堂皇皇佔有一個零頭小數的顯眼位置。

而那是失業期間養成的習慣了。每個小鳥啁啾的早晨，當妻子幫兒子穿戴整齊，出門上班以後，牽起兒子的肥短小手，帶他上學去。路上，兒子像隻麻雀嘰哩瓜啦個不停，興致高昂地告訴我他和某位小朋友的交情、老師說過的話、在哪看到的玩具、誰和誰打架、誰是抓耙仔（我很驚訝地問他從哪學到這個詞的）……，一直一直說到了校門口，等我彎下腰跟他give me five，才蹦蹦跳跳進校園去了（孩子們哪來那麼多讓大人吃驚的生命熱情呢？）。在我身邊的其他家長們，諄諄殷殷，說了百遍也不厭倦，大多是媽媽，有些熱心點的還當起導護，大地之母似的護送每一隻幼雛進入應許之地。我看著這些自然天性流露，幾十年如一日的畫面（當年我媽也是這樣牽著我早晨黃昏的），總以爲自己正在看大愛台，總是待到孩子與家長們都走光了，學校響起早自修的鐘聲，才驚醒似的覺察過來，慢慢又踱著步子踅回家。如此每天每天，好像那是我僅剩的、唯一的責任，存在的實感，而現在，奇岩明德石牌轉瞬即到倏忽又去，我學著列車上沉默的乘客閉起眼睛，但卻似乎可以遠遠地、有點辛酸的，看見了兒子一個人走在上學途中的孤單身影。

當然，我也不是一開始就那麼樂意送小孩上學的。剛被裁員的時日，我天天賭氣似的睡到日正當午，起床，囫圇吞些昨晚的剩菜或泡麵，蒙頭再睡，彷彿以前的睡眠都給工作佔領了，非一次補足不可。不刮鬍、不理髮、不做家事（不然怎麼對得起我賦閒終日落拓不羈的形象呢），我告訴自己，正在放一個很長很長的假。不是公司補助的四天三夜泰國人妖秀夜夜春員工旅遊，也不是週休二日全家福塞了大半天車之後來到六福村或台北101，時間，全然屬於我一個人。完全地廢棄自己，假冒出一種「怎樣是老子不屑工作而不是工作先不要我」

的姿態。然而，放著放著，怎麼假期卻開始顯得有些兒漫長起來了，在睡與睡的片刻恍惚失神狀態，在大量發呆空白不事生產的豪華時日裡，我時常因為聽見時鐘面上秒針一秒猶勝一秒的競走聲而發慌，錯覺以為自己竟然栩栩如生地變形成一具機器，明明功能機具還健全無礙，卻因不合時宜給送進了報廢場（是因為這樣嗎，後來妻子總嫌我在與她歡快時似乎顯得特別刻意而賣力，彷彿一切只為了證明我還留有那麼一點彌足珍貴的能力與可取之處）。

我前所未有地渴望起一份工作、一個職稱、一個身份，那些本來讓人抱怨連連、極不耐煩的職場生涯，此刻成了辨識個人存在意義的唯一線索，若失去了，或沒有，就像王子與公主被摘掉了桂冠一樣，與平民乞丐無異。

在應徵與等候通知的空檔，我因此開始了自告奮勇接送兒子上學放學的時光，至少，我是個父親，有事幹的。

為了改變鎮日昏睡的習慣，我也強迫自己早上必須去游泳池浸泡上兩個鐘頭（頭幾天，當我在光天化日之下驚見自己一副白斬雞外掛豬腩肚的身材時，真的，我必須抑制自己好幾次，才能免於即刻衝回家穿上西裝打起領帶死也不再脫下的衝動，彷彿那才是我國王的新衣、真正的身體，熟悉的、親切的、稱頭的）。時近中午，試著自己弄點吃的（搞不好我也能找到一份廚師工作吧，啊，給我工作，其餘免談），我買來食譜按表操課，並且成為「美鳳有約」美鳳仔的忠實觀眾，一一條目記下節目裡的食材做法，幾次來不及抄，我還好認真地寫回郵信封去索取食譜，稍晚，再一邊收看午後電視的股市操盤分析（那些某某投顧公司

嶄新的一天

◎許正平

的總經理或大師級人物，都好兇喔，總是把電視機前的觀眾當作白癡愚笨待點化的頑民似的，一個一個全都一張恨鐵不成鋼的嘴臉），一邊就著有樣學樣但還是缺鹽少油的那些煮出來的恐怖食物解決了一個人的午餐。漸漸地，似乎，我的飯菜開始有點樣子了，股市也看出些門道（我積極遊說妻子加入我的投資陣容，但妻說，再說吧，我一副恨鐵不鋼的神情……）。我甚至也可以按時準備好晚餐，蛋花湯、荷包蛋、番茄炒蛋，待妻兒回來，開飯了。如此，這般，游泳遏止身體日漸露出的福相、爲妻兒煮食、看股市了解行情……，把生活當作工作般過著，一切有模有樣，秩序挨著秩序，也許，我幻想著，新的眞正的工作明天就會到來。

同時，用功的小學生做家庭功課般，我大量而仔細地閱讀報紙，除了必讀的徵才廣告，也一一瀏覽過社會版、政治版、地方版、演藝版，甚至副刊，在晚餐進行的時候，再將這些大大小小的新聞，不分青紅皂白說給妻子聽，從總統啓動國安聯盟到台北市長成功甩掉十公斤肥肉、翡翠水庫下降〇．一三公尺水位速報、明天天氣十五到二十一度陰有雨、蔡依林復出的新專輯成功蟬聯排行榜十幾周冠軍……，妻子說我簡直成了極度害怕與社會脫節的資訊狂，生怕遺漏一點點並不是非知道不可的芝麻小事。我還打電話參加李濤的2100全民開講call in節目，像你們聽見的桃園李小姐台東吳先生那樣對當紅議題發表高見，喂，喂，（好高興！打進去了），是的，請說，（我……我……），結果是，因爲立場不明導致口齒不清在三十秒時間到卻還沒講重點的狀況下被硬生生，卡掉（喔嗚，好像被閹掉），爲此，我再度飽受找不到身份與存在感的沮喪感襲擊並且折磨。

只有妻的身體是實在的，我親暱地摟著睡前正在搽保養乳液的妻子，對她的耳邊軟軟吹氣：「欸！我正在認眞考慮幫兒子添個妹妹！妳看怎麼樣？」

妻子臉色大便，抵死不從，一邊擲來保險套，一邊以分房做爲威脅：「你敢！我看你是電視和報紙看太多了！」也許，我是眞的將那些新聞八卦政治口水當做我從前一直存在其中卻渾然不覺的社會上的一切，因此才這麼掛念，這麼牽拖，彷彿老時代的留學生透過統一肉燥麵重新看見自己和故鄉的關聯。

妻子有所不知的是，白天她不在家時，我曾偷偷打電話給那時一起被fire掉的同事，找大夥出來敘敘舊怨天懟地一番，但他們的號碼卻不是停機就是已改號，彷彿做了什麼見不得人的事，說好一起從人際網絡裡消失、隱形似的。在這種孤立無援的持續不景氣中（錄取通知單遲遲不來），我感覺原來屬於我的價値觀人生目標生涯規劃（聽來很抽象，其實不難理解，你將它們想成電視上所有汽車廣告所訴求的理念就對了）像蓋了一半就停工的預售屋，漆都來不及上，灰撲撲，好荒涼（也許，我只差像連續劇裡那些無用的男人一樣在妻子面前痛哭失聲了）。

無所事事的飄浮狀態在抹滅了自我和存在感同時，卻也無限擴充膨脹了自我和存在感。當你不再是什麼了，你更可能什麼都是。常常，在讀完社會版上的暴力與殺戮之後，我會陷入極度的自我懷疑中——說不定，我從來都不是那個自以爲的上班族，朝九晚五，安穩美滿

嶄新的一天

◎許正平

的人生。在許多過往與未來的時間裡，我更有可能是社會版上輪番描述的那些遊民、精神病患、殺人者、強暴犯、無人認領的屍體……。我的確是個殺人者，明天，或者今晚，也許我就會趁著妻兒酣睡於夢鄉之中的甜美時刻殺掉他們，然後趁著月黑風高逃走，在警察團團包圍住我，而我血刃自己，寫下社會上最慘之悲劇以前，成為四處浪跡無名氏的遊民。（某個深夜，為了預演自己的人生，我果然瞞著妻子，獨自來到北美館戶外公園——流浪漢的眠夢之鄉。就在幾天前我和兒子一起吃冰淇淋的石椅上，我看見了他，老遠便聞見臭味，渾身黑不溜丟頭腳都分不清，紙板為蓋露水為蓆，他還活著嗎？死了也好吧？如果那就是我以後的人生？或者，我根本就是他，站在這裡的我信已為眞卻不過是幻夢一場？——我不願意再想下去了，即刻開著我的Audi飆回家。躺在我溫暖的被窩裡，你罵我犬儒也好，說我懦弱也罷，我還眞慶幸著這麼誤打誤撞錯開了原本可能屬於我的命運。）

進出這麼多被傳媒所塑造出來的身分裡，我發現，也有那麼一個與我一見如故、親如兄弟的，叫「五年級」。這個泛指民國五〇年代出生的人譬如我的詞彙早已在菁英與大眾間通行無阻，一唸起它，就像有人施行催眠咒術一般馬上可以召喚出族繁不及備載的記憶連鎖：村上春樹、無敵鐵金鋼、諸葛四郎魔鬼黨、科學小飛俠、瑪丹娜……。當然，還有一場革時代之命的野百合學運。

那時，不論你是為了抗議、好玩，還是想蹺課打香腸，你都可以來廣場；雖然多年後，我確實已經搞不清楚當年之所以糊裡糊塗來到廣場的那個下午，究竟是因為不想上課、鬥熱鬧，還是眞有那麼一點想革命革掉什麼的心態。那是青春像鐵金鋼般無敵的年代，你一個人喊著，卻聽見眾人的震天價響，你眞的以爲那就是你一個人發出來的聲音，巨大得可以讓全世界都聽見吧。喊些什麼呢？打倒強權一類的吧，總之，不重要，重要是喊著。你確確實實聽見自己發出的吶喊狂囂了。

那麼多年了，我都以爲自己仍在喊著，眞眞正正是鬧過一場革命的。

然而，我看見他們了，那些當年在廣場上帶領著所有的人狂喊的學生領袖們，那個時候，他們老早就是媒體的寵兒，在鏡頭前，在頭版的全彩照片上，都可以看見他們義憤塡膺爲公理正義而戰的神情。這麼多年過去了，我發現他們果然都還是時代的寵兒，都還留在鏡頭前、版面上，只是T恤牛仔褲換成了領帶西裝，手中的擴音器換成了麥克風，我還留意到，他們之中好幾人偷偷胖了。他們還是英雄，仍然在攝影機前輕易便抓住眾人目光。而我呢？除了我自己，沒有人能夠證明當年我曾經去廣場待過一個下午，媒體鏡頭未曾捕捉過我的半截影子，我是跟著英雄們喊口號的傢伙，我是大眾，是媒體英雄們如今要面對並販賣新聞的清楚卻又面目模糊的消費群。我是沒有名姓的人，離開廣場，投入浩瀚人生之後，就沒有人記得了。如果當初，我曾經自大眾裡霍地站起，無厘頭喊出些什麼，或者索性豁出去了來個脫光光小鳥示人，是不是，我就不是今天這個捷運上準備上班去的我了？還是，我應該否認自己曾經去過廣場，不僅對別人，也對自己，全盤否認自己曾有過那麼一點點想當革命家、英雄的豪情？

或者，我應該在這個眾人昏睡的捷運之晨霍地站起，無厘頭地喊出一些髒話或口號什麼的，不然，就脫光光以小鳥示人，那麼我的人生還來得及倒轉，從頭來過？不過，你知道的，我終究沒有這麼做，也不可能這麼做，我想起了我的妻兒，我的Audi，房屋貸款……，我會安靜坐著，就坐著，一直到列車到達。我有張卡要打。我只是不免會像五年級們過早興起的懷舊習癖那樣，強烈想念起當年在廣場上許許多多身爲大眾的陌生兄弟姐妹們，離開廣場後，他們如今安在？安在？我抬起頭，啊，對面那個套裝婦女睡到都流口水了，會是她嗎？還是門口邊站著的那位不停撥弄半禿頭髮的老兄？會不會是車門一開就鼠竄進來跟買菜老嫗搶博愛座的西裝男？或是車廂廣告裡那個廣告活膚產品的中年女星？……那麼，會不會，有哪個傢伙眞的在某個人生的轉折口想通了，拋下他剛剛賺到的人生中第一個百萬、剛得知的健康檢查結果初期肝硬化、或者剛在一起滿週年的外遇情人，前往阿富汗或巴基斯坦的某偏遠山區，蓄鬍戴方巾參與世人皆聞之勦之的革命聖戰，後來，有一天，他誤觸地雷，死了，像騎機車的切格瓦拉，英年早逝，只留下幾本日記、幾支大麻煙捲和尚未成功的什麼稀微縹緲的理想之類的，會不會？

我漸漸有些明白了，多年以後，在我重新成爲一個有用的人這天，失散已久的兄弟姐妹們不約而同和我搭上同一班捷運，進城。不只這一天，以後每天，我們也會繼續這樣在早晨一起搭捷運，上班去，在傍晚回到家，太太或先生與孩子們都回來了，週休二日，年假幾天，幸運的話，日子會一天一天過著（但願別有地震戰爭水災……），孩子長大，國中高中大學，再遠的未來呢？誰知道？也許，到時，就會來場眞正的革命吧！

這樣想著的時候，列車已轟轟然駛入地下。轟轟然的黑暗。

暗黑但溫暖的地下，新生活就要展開。

——原載二〇〇四年六月二十日《自由時報》

李　昂／

果子狸與穿山甲

李　昂

本名施淑端，台灣鹿港人，1952年生。中國文化大學哲學系，美國奧立崗州立大學戲劇碩士。現任教中國文化大學。著有小說：《花季》、《愛情試驗》、《殺夫》、《暗夜》、《迷園》等；《殺夫》在美、英、法、德、日、荷蘭、瑞典等國翻譯出版。作品曾由《紐約時報》、《洛杉磯時報》、《舊金山紀事報》、《讀賣新聞》、法國《世界報》、英國《衛報》等評介。曾獲聯合報文學獎、時報文學獎、賴和文學獎等。

1

她作小朋友的時候，當然扮過家家酒。

（扮傢伙啊！）

他們一夥，多半是女生，有時候有男孩加入，但機會不多。更經常的是她和鄰家的三、兩個女生一起，就扮起家家酒。

最開始，他們在她家院子的「防空壕」——戰時為防空襲挖的地洞裡。那地洞費工費時的建成，還有水泥鋪設的一級級樓梯及地面，彷若連躲避戰爭都是一件曠日廢時的事，得建造一個永久、牢固的所在。

但來到小鎮的戰事畢竟不曾持續太久，特別是為「盟軍」的美軍前來空投炸彈，已是戰爭末期，一九四三年，為著臨海的小鎮可能有軍艦靠近，或為著小鎮附近的糖廠。

（鎮民想不出得被轟炸的緣由。）

那一年間是有炸彈掉落，也炸毀幾幢房子，但戰後證實都屬誤炸。她在那「防空壕」裡扮家家酒的時代，還常聽人們說：

「從空中看差一兩吋，在地上可差好幾里呢！」

許久後她才了解，那炸毀她故鄉小鎮的，便是在空中差的一兩吋。

但到她扮家家酒時，小鎮已不見轟炸痕跡。（是已然重建，還是斷壁殘垣更形傾倒，終至不見？）

她扮家家酒時，鄰近還四處可見「防空洞」，走出她家後院穿過獸醫家前面的路，幾分鐘後便有一大片「防空洞」，只不過不像她家院子裡的，這裡沒有了蓋子，成一個個大土坑，雨後蓄滿了水久久不乾，浮在上面的有各式物件：只剩一只的鞋，斷了帶子的木屐、有破洞的傘、舊衣服、破布……死了的貓狗，還有雞鴨的屍身（鴨不是會游泳？）。

好似所有遺失的東西，都會在淹水的「防空洞」裡找到。那淹水的「防空洞」像變魔術，能將失落的東西變回來，只不知是哪裡出了問題，變回來的東西都殘了、破了（或者本該如此？）。

但她不會到這地方扮家家酒，她尚不曾察覺扮家家酒是有區域性的，這裡自是另一群孩子們的天地。她基本上不敢到這個地區，不是因著得多走差不多五分鐘的路，也不是因著獸醫家有一條大狗，而是因著大家都說，那地方鬧鬼。

她扮家家酒多半在自家後院的「防空壕」，那深入地下的「防空壕」未曾被轟炸，戰時家人曾躲過，然久未使用後整片土牆上長得滿滿的綠色植物，她不記得有花，但一定有光亮進來，才能使她能十分清楚地看到這一切。

「防空壕」裡不會有電燈裝置。

她想不起來何以有光亮。（從兩旁進入的樓梯透進來？）

她記得的是有水，水濕淋淋，土牆上有水滴落，有時候水泥地上也會有積水。但相較那獸醫家附近沒有蓋子、大半時候積著烏水的「防空洞」，她家院子裡的「防空壕」，仍是躲開大人扮家家酒的最好去處。

她的童年大半在此度過。

往後她沒有懷念那在「防空壕」裡，和她扮家家酒作「尪、某」的小男孩，事實上是她很快不記得那小男孩是誰。她一直懷想的是那一面土牆上滿滿的綠色植物。以她當時的高度，得仰望的牆簡直像一面山，山上有各式的葉子，長條的、橢圓的、圓的……還有結穗的、長小小果子的……

摘下來就可扮一桌各式各樣菜餚。

她眞的是在扮——家家酒，不是在扮演什麼尪／某，老師／學生，醫生／病人……

她扮的家家酒一向是孩子們中最豐盛的，她用「防空壕」土牆上終年水濕淋淋的紅土作「紅龜粿」，果眞去摘「粿葉樹」的葉子來襯底，她的「紅龜粿」上面還用樹枝畫出龜殼的六角圖樣。

秋天的時候，她將土牆上長的菅芒草結的長花穗一絲絲摘下來，當作米粉絲，她的「炒米粉」還加上紅花小花瓣與綠色青草，連大人們看了都說：

「樣子像極了，一定好看又好吃呢！」

她用給自己編辮子的方式，採兩端緊中間鬆，以長草葉編出一尾尾魚，「烏魚」、「吳仔魚」、「土鮀魚」……再用小小野果子裝飾魚的眼睛，一時紅眼綠眼棕眼白眼的魚都有。

（她尚不知道她爲自己，建造了一個較熱帶魚更斑斕的世界。）

更不用講她將百香果挖個小孔，裡面的果肉倒出來吃，再將橢圓形的果殼一端切去兩塊，雕成一個有把手的小提籃，掛上細繩成爲水桶，在「防空壕」積水處提水，嗯！好作湯。

要不這百香果小提籃也可裡面插滿花草、擺滿她作的各式「飯」、「麵食」……

（她尚不知道那叫passion的水果作的提籃，往後會承載多少熱情。）

她一定從小就喜歡用手去沾惹許多事：

小手放入待洗的浸泡濕衣服裡玩弄，是要幫忙洗衣服，還是追逐陽光下七彩的肥皀泡泡？

小手在磨後壓去水分的糯米糰裡捏搓，是要幫忙作年糕，還是要捏出個小人、魚、果子？

小手在水裡是要幫忙洗碗，還是要打水花，劈劈啪啪濺得身前衣服全濕，好一陣快意清涼。

……………

她家幫忙的阿清官將她的小手浸在水裡，輕輕地打，要制止她。但她的媽媽放任她這樣作再趁機教導她。

她媽媽的看法是：

即便以後她大富大貴，家事全然無需自己動手，她也該懂得這些，傭人才不會拿喬，她也才能服人。

她被教導幾近所有的家事，但她媽媽又極疼愛這個最小的女兒，只要她玩票性的、懂得就好。

她學會基本上要學的家事，從清洗處理食材、簡單燒煮，到洗碗刷鍋收拾清理。

她因而不像她的堂姊，嬸嬸要她到廚房看灶上的水燒開了沒，堂姊去了後回來答覆：

「應該還沒有。」

嬸嬸有點擔心地問：

「有就有，沒就沒，什麼叫應該還沒有？」

「我把手伸進去摸摸看，水還沒有很燙。」堂姊回答。

「至少還知道水燒開了會燙。」她的媽媽撇撇嘴說。

她不會伸手去探看水是否開了，她的手喜好捏捏弄弄，使她參與了更多，比如殺雞鴨後拔毛。

用刀割斷牲畜的脖子血管放血，一直是家中男人們的工作。將死了的雞鴨放入滾水中以便於去毛，只有媽媽、幫忙的女人阿清官（大人）能作。到她手中的是一隻熱騰騰、水淋淋剛從滾水中撈起的畜體，畜體還微溫──不知是原來餘溫還是滾水使然。

但要拔除的毛一定還是熱的、而且得趁熱才能除得乾淨，否則一冷掉又拔不掉了。

所以最先都從翅膀的硬毛拔起。有時候畜體太大，像鵝，張開了翅膀可以有兩三尺長，翅羽根部又粗又硬，一長排插牢，像她這樣六、七歲的孩子，還是女孩子，眞的拔不動，有一回還跌了個倒栽蔥。

坐在地上，自己哭了起來。

她拔的因此總是易脫落的毛，肥軟的肚子上的細毛，胸背的毛較粗，但較易拔除，有時候一搓，整片毛都掉了。

她多半玩玩，沒什麼耐心眞的一根根將殘餘的細毛除盡，也反正總有母親或阿清官收拾善後。

她負責的多半是玩，手放在仍有餘溫的畜體上，有時候也認眞地將一小塊區域的毛清除乾淨。有時候大人忙沒立時過來處理，她也會玩著玩著，手中的畜體冷了下來，但仍有很好的彈性，如同仍有暖意時的觸感。

她從來不覺得害怕。

即便畜體的脖子近頭處，一長道放血割切的傷口隨著拔毛的著力拉扯，愈扯愈裂開，愈裂開傷口就愈大，割裂的傷口仍有殘血流出，濃紅的血還有近黑色的血塊，那血塊捏在小手裡極爲細膩的滑軟，指尖稍一使力，捏不住小血塊滑滑地溜開。

她從來不像與她年齡相若的堂姊妹們尖叫，哥哥、堂兄弟們通常對玩這些沒興趣，家人也不會讓他們參與。女生們則一定尖叫——「好可怕啊」，再用手摀著眼睛。

她唯一一次感到害怕是，爲了擠玩那軟滑細膩的血塊，她將一隻鴨的脖子皮全扯了下來，露出一長截只有白白一層肉包的長條脖子骨。而脖頸爲放血切開處，被她不斷擠壓，整個鴨頭又少了皮的沾黏，雖然沒全斷掉，側向一方倒了下來，她摸摸，只有靠薄薄的一層脖子肉附著。

記憶中第一次，她被母親打了，而且打得不輕。這隻鴨是七月半「普渡」要拜「好兄弟」的牲禮，蹧蹋成這樣怎麼拜拜，又不曾多備一隻，三牲變兩牲成何體統，「好兄弟」不責備才怪。

她不知道母親和阿清官怎樣解決這個問題，她只記得她曾感到害怕——是因爲少有的被打才感到害怕。更怕青面獠牙的「好兄弟」會來帶走她，「普渡」拜拜完後，她甚且不敢看那鴨子，更遑說吃每回都屬於她的鴨腿。

2

他們有一大家，她的父親和三房兄弟，住在以院子向外四散的幾棟房子裡。她出生的時候已是戰後，在她尚小不懂事時父親和三兄弟便分了家，極大的院子也以圍籬分成三區塊，她家分到地底下挖有「防空壕」的那塊。

她的父親有一個這樣的故事：

一個早夏的黃昏，不應有的熱，父親坐到後門乘涼。尚未分家，幾房男人們有的尚未回

果子狸與穿山甲

◎李　昂

來，女人們正忙著打理晚飯，孩子們圍著等吃食，正玩鬧著。

偌大的院子那麼荒涼地寂靜著，日影正在西斜，很快從院子底端的圍籬撤走。

就在紅日下沉、遠天仍殘留最後一絲光亮，黑暗即要全然入侵時，父親說他看到一雙腳，只有腰部以下，不見上半身，兩隻腳跨著跨著，跨過圍籬方不見。

父親原不疑有它，以爲是鄰人抄近路回家，也想是夜色掩去鄰人身影。但下一瞬間，影像重回，那下半身穿的是古早清朝人、他的父祖方穿的那種青藍色的「色褲」，才大驚心噗噗地跳。

父親有一陣後方將此事說出，但數百年老鎮哪家沒有「不清潔東西」，並不曾在家族中引起大騷動，最重要的是往後沒有人再看過這下半身出沒，便認定是父親眼花。

但家族中又有愛「作公親、排是非」的伯父演繹：清朝有一種極刑叫「腰斬」，行刑的劊子手大刀一揮，刀過腰部事實上已將軀體切成兩半，但據說會有片刻，犯人全然不曾知覺只一陣冷颼颼掃過，待低頭一看血從肚腹湧出才知不妙，這時驚慌中本能的要跨步逃離，尚不知情的下半身還能往前跨好幾步，才腰臀一偏，倒下。

便在上下半身分開的剎那，留在原處的上半身虛懸，被斬斷的白花花腸肚、牽牽掛掛的腸子流下吊掛，切成半片的脾、胃、腎咕嚕先下墜，帶著下流未盡的腸子，再應聲撲倒。

有人認定父親是看到一隻被腰斬的鬼下半身最後走的幾步路——尋覓著怎麼突然不見的上半身。

父親不曾多說，像他一貫作風。但及至她長大，仍記得父親形容那「色褲」的青：青稜稜。

父親一定確信他見到了什麼。

這是父親除了教她以福佬話背中國唐詩、教她背《三字經》外，少數講的故事。是父親講的「童話」。

在外經商的父親爲著採買木材原料找貨詢價，有機會在島嶼高山峻嶺四處走動，常常有諸多奇聞，只是父親並不愛饒舌。

在她尚未出生的「日據時代」，父親作家具銷回「內地」日本，還在東京得過獎。父親對Hinoki（檜木）的迷愛，直到她童小時家中作與木材相關的生意規模縮小，仍有一屋子會發出香味的Hinoki。

她一直有這樣的經驗：

工人要整理粗質的木頭，得用刨刀刨過，刨刀過處，一串串蜷曲成螺旋狀的木材刨花，便紛紛掉下。那通常是黃白色帶淺棕黃年輪花紋的刨花，一卷一卷十分輕靈但易碎，撿起時一不小心便會斷裂，放在小手上是個捧不住的幻夢，卻是扮家家酒最好的材料。

是啊！工人如果手藝好，刨刀刨過，一長條淺棕色的刨花可以有五、六個甚且七、八個圓卷，小手托住靠近一隻眼睛，從蜷洞望出去，是怎樣奇妙的光景，什麼都不見，只一道白色的螺旋，旋到一個神奇光亮的所在。

只消輕輕在小手中一捏，刨花碎裂再細細地搓揉，會像一粒粒的米飯，聚成一小碗撲鼻來的香味——

嗯！誰說放在檜木桶裡的米飯不是這樣的香味！

小的刨花卷還可以拿來作只小小的湯匙，如果是大型的刨花，則薄薄一片可以有她小手的大小，平放可以拿來作盤子，捲起來可以作碗。細長卷的刨花還可以拿來作長辮子，裝在髮端扮作公主的長髮卷（公主們不都有一頭耀亮的金色長卷髮，故事書畫不出金色，通常都是淺淺的黃）。要不然別在髮上衣服裙襬當新娘的禮服——新娘不是要水噹噹嗎？

她還拿這長卷刨花來作小鎮人們愛吃的：小而圓的刨花作「蚵卷」、長而肥的作「雞卷」、肥而壯的作「潤餅卷」。當然如適巧有不同的木料，還可有不同顏色的選擇，色白的刨花適合作「潤餅卷」，深棕帶紅的則作「蚵卷」與「雞卷」。

直到她的伯父由父親在院子裡看到的加以細細說明：那被「腰斬」的上半身，突然間沒了下身，眞正是「牽」腸「掛」肚的虛懸，有片刻才倒臥。

她才不再拿刨花扮家家酒。

（那白花花垂掛的腸是那長卷的灰白刨花？還掛在自己頭髮上、在碗裡成「潤餅卷」？）

她尚未出生的「日據時代」不再，新的統治者從「祖國」中國大陸到來，父親不再作家具銷到日本，基本上沒有了這市場。除了一屋子散發好聞香味的Hinoki，父親改作海產生意，仍然是銷往日本，在她的童年到少女時期，賺進了相當的資產。

便在這個時期，父親展現了對「野味」的偏好。

她最早有記憶的是鼈。

鼈是家中常見的吃食，她後來才從《本草綱目》中得知：「鼈滋肝腎之陰，清虛勞之熱」，而龜、鼈長壽，一直有吃以增壽的意涵。

（她不知道父親是有意要增壽，還是鼈只是他喜好的野味之一。）

她記得的是殺許。那許一被帶回家，父親即嚴重訓示不能靠近把玩。她以著一向深被寵愛當然不聽，即便後來被嚇到不敢用手逗弄，用穿鞋的腳踢牠一下總可以吧！那許會立即將頭四肢縮回殼內，實在好玩。

「闍雞羅漢」一直最愛說這樣的故事：

他們鄉下有人伸手去弄鼈頭，手指被鼈咬住，鼈怎樣都不肯鬆口，一隻鼈就吊在手指頭上，那人走到哪就跟到哪。

「要怎樣才肯鬆口？」她眞有些害怕了。「鼈總也要吃飯要喝水。」

「闍雞羅漢」笑了起來：

「鼈可以幾個月不吃飯也不喝水。」

看她滿臉憂懼，「闍雞羅漢」方接道：

「要等到打雷。鼈只怕雷聲，一打雷，鼈嚇到了，啊——嘴一張，口就開了。」

她憂心地看著島嶼中部絕大多數日子都晴朗的天空，但還是不死心：

果子狸與穿山甲

◎李　昂

「天常常會打雷呢！」

「閹雞羅漢」黧黑的臉面一臉肅然地說：

「啊！不！小姐，要下雨才會打雷。」

「閹雞羅漢」是父親的一個工人，常在家裡進進出出幫忙。他叫「閹雞羅漢」是因爲善於幫人「閹雞」：將公雞閹了方能長得肥碩，肉質又不老，可賣得好價錢。

可是她老愛一再叫他「閹雞羅漢」，因著他長得實在像他閹的公雞，兩隻腳又瘦又長，一條長脖子上頂著一顆卵型禿頭，她最愛有事沒事笑喚著他：

「閹雞——」拉長了尾音，再小聲接叫：「羅漢。」

聽來好似只喚他「閹雞」，自己再咯咯咯地以雞叫聲笑開了。

來自鄉下的「閹雞羅漢」，便是父親的這些野味異物的重大來源。一開始是他回鄉下的家一趟，回來總拎雉雞、田鼠等等野味送給父親，後來發現父親有此偏好，便以他廣泛的人面，四下放消息要人帶野味來賣。

「閹雞羅漢」不僅負責收、買，還以他善「閹雞」的巧手，幫忙宰殺。

殺鼈尤其需要兩個人，那鼈一受到驚動，立刻將頭和四肢縮到殼裡，只剩上下兩片硬殼，要殺也無從殺起。她便見到父親以一支竹筷子伸進鼈殼裡去撓動，一開始鼈還不爲所動，但終究會禁受不住伸出頭來咬，而且果眞如「閹雞羅漢」所言，一咬中就不肯鬆口。

父親慢慢回縮竹筷，鼈緊咬著不放自然頭愈伸愈離殼，露出一截皺巴巴的脖子。這時候早拿著刀侍立一旁的「閹雞羅漢」，立時揮刀砍下，鼈來不及縮回，頭頸應聲斬斷，頭噗一聲噴到一旁掉落，鮮血濺出，嘴仍咬著竹筷不放。

（是不是還得等到打雷？）

用刀切過再大力一掰，鼈殼打開，清除裡面臟器，有一回她蹲在一旁觀看，看到肚腹裡有一串小顆小顆的卵蛋，「閹雞羅漢」說：

「噯呀噯呀殺到一隻母的！」

再露出十分惋惜的神色，好似不殺這鼈，便會生出一大群小鼈似的。

兩人將鼈肉洗淨切塊，到廚房裡要用大灶的大火先行在鍋上炒過，則每每都會爲阿清官阻擾。

那阿清官祖上有人得中進士，可眞謂「身家良好家世清白」，可惜嫁入夫家公公丈夫吃喝嫖賭抽鴉片樣樣都來，兩代人敗光家產。丈夫得了不名譽的花柳病早死，阿清官只好出來幫傭。

自持出身「清秀」，丈夫死後不到三十歲即不再嫁，還吃齋唸佛，阿清官便儼然小鎭的道德良心，以著無瑕的身世、作人，阿清官嚴謹端正，一身白衣黑褲漿洗得直挺挺，穿在她削薄的身上，像祭拜死人供桌上立的紙糊「桌頭嫺」。

即便還是孩子，她也知覺阿清官對父親在鄰廚房的後院空地上「殺生」，期期以爲不然。不要說宰殺祭拜神明的雞、鴨、魚，阿清官從不肯操刀，連畜體死後剖開腸肚，也多半由母親動手，阿清官了不起願意幫忙拔拔毛。

父親在院子光天化日下殺這些「奇奇怪怪的東西」，一定讓阿清官感到極為罪過。印象有一陣子不見阿清官前來幫忙，再來後，父親和「閹雞羅漢」轉移陣地，移師到「防空壕」內去宰殺他們的獵物了。

她更大後，母親教導她大家庭裡的是是非非，排道理給她聽要如何上對公婆、妯娌相處、下待使用人，她方知道阿清官以不再來幫忙為由，要父親不再「殺生」。

父親當然不可能應允，母親才排解：

「雙方各退一步。」

要父親和「閹雞羅漢」轉移入地下，阿清官「眼不見為淨」方繼續留下。

母親教導她，並非阿清官如此重要不能割捨，而是母親早看不慣父親如此殺吃這些「奇奇怪怪」的東西，說過無數次都無效。阿清官要走剛好讓母親以此為由能借力使力，要父親有所收斂。

她便沒有機會看到父親和「閹雞羅漢」，宰殺那眞正是「奇特」的果子狸與穿山甲。

那果子狸尤其和鼈不一樣，像成貓一樣大小樣子卻長得像老鼠，送來時放在鐵籠子裡，四下亂竄亂跳想掙離。一雙小眼睛骨碌骨碌轉，尖凸的嘴一打開露出一口白獠牙。

即便沒有父親和「閹雞羅漢」的一再叮囑，她也不敢伸手去撫弄牠，只有學父親伸長竹筷去逗弄鼈、用竹筷去挑弄果子狸，還只敢戳牠的背部。

那果子狸果眞極爲靈敏，一迴身也不知牠如何頭尾就易了位，白獠牙已經咬住竹筷，以她孩子的力量還抽不回來筷子，驚嚇中只有趕快放手。

父親連她這樣作也禁止，「閹雞羅漢」還告訴她：

「這不親像鼈，一打雷就會開口。咱鄉下有人被果子狸咬了不放，最後是手指被咬一截去，才得以脫身。」

她畢竟是深受寵愛的嬌生膽小孩子，「閹雞羅漢」口中的「惡人沒膽」。便只敢遠遠地觀望，還準備好萬一那果子狸衝出來，隨時要落跑。

果子狸由於兇惡，父親和「閹雞羅漢」在地底「防空壕」殺牠的時候，她沒有機會看到也就不覺得牠可憐。等到宰殺好放在鍋子拿出來，她一向愛湊熱鬧一定得上前觀看，只見一隻像大老鼠的長型裸身，不像雞鴨毛孔粗大，那果子狸，光滑滑白嫩嫩的一層皮裹著不見肥肉的淡粉色的肉，有種奇特的美麗。

「閹雞羅漢」更說：

「看這皮多幼秀，白泡泡水噹噹，比小姐的面皮還幼咪咪。」

她趕緊伸出雙手去護住兩邊面頰，好似她那面皮同樣會成爲「閹雞羅漢」下手的對象。

接下來「閹雞羅漢」用一只小泥爐生了一盆炭火，紅色的火焰跳躍在黑色的木炭間妖艷詭異，父親用這大火燒滾一鍋水，放下切成塊狀的果子狸肉塊稍一燙過即撈起。父親對蹲在小泥爐另一端的她說：

「要先煮一遍不用。要不野生的東西，騷味很重。」

然後才另注入開水與不知名的藥材，將炭火弄小不再見火苗，只成黑色的木炭上一處處深黯紅色，像一張張張開喊叫的嘴、或一個個被咬開的傷口。

她喜歡蹲在小泥爐旁，看那黑色的木炭上一處處深黯紅色的口愈來愈大，所到之處還將黑色的木炭燒成白泡泡的灰，原還能維持木炭原有的塊狀形樣，最後終至崩散，分明是她往後會讀到的「灰飛煙滅」、不留痕跡。

這往往需要很長的一段時間，她想著蹦跳起來的火星像童話裡跳舞的妖精，追逐著它們的蹤影，伴著陶鍋裡燒滾的噗噗聲響，有一回，還看著看著就睡著了，也不知睡了多久醒過來，父親居然說還沒有煮好。

她便告訴父親她作了夢，父親笑著問她夢到了什麼，她將看過的童話和著「閹雞羅漢」說過的故事再自已加以胡亂編排，說了她的「夢」。

往後她尤其會記得，特別是在冬日下午，島嶼中部經常晴朗的天空下仍有著寒意，在院子的偏遠角落（也就是父親看到穿著「色褲」的下半身跨越籬笆的不遠處），她和父親、「閹雞羅漢」守著一只小泥爐、一鍋滾熱的湯的暖意。

而院子的另一端鄰著住屋的廚房，母親和阿清官正忙著準備晚飯，煙囪冒出陣陣炊煙、大灶燒的熊熊火光隱約可見。

父親和「閹雞羅漢」原被限定不僅宰殺，連燒煮都要在那「防空壕」裡，然地底通風不良不僅冒出大股黑煙，有一回父親還被嗆得滿面通紅跑出來。

才爭取到在這院子偏遠角落煮食。

隨著父親和「閹雞羅漢」愈來愈經常地烹煮這些「野味」，堅不吃牛肉、認爲牛爲人操勞老後不該宰殺、吃牠的肉的母親，終不讓父親用廚房裡的器具。父親於是重新置了一簡單的鍋碗瓢盤，就放在院子偏遠角落的小木櫃裡。

她學會從飄出的香味，通常是一股悶重的沉香，不是輕飄於頭頂四周空氣那種香，而是來到嘴鼻處、張開口一咬就能咬住香味香息，就知道差不多可以吃了。便自行去木櫃裡拿一只小碗（事實上木櫃裡也只有兩、三只碗，「閹雞羅漢」是不會和他們一起吃的），端著小碗，等父親掀開鍋蓋的那一刻，父親說的「火候到了」。

她通常是喝第一口湯、吃第一塊肉的那個人。鍾愛她的父親一定將第一勺舀到她捧著的小碗裡，但父親不會讓她多吃，他常常說：

「囝仔人，吃太多不好，試個鹼甜，識味就好。」

事實上她也不愛多吃，她一直是個挑嘴瘦巴巴的女孩子，只是喜歡這嚐一點、那嚐一點，從來少把一整樣東西吃完，「閹雞羅漢」更常常笑她「吃碗內看碗外」。

雖然如此，她仍深記得那果子狸的肉濃郁的香甜，少有肉有這樣從鼻子嘴喉嚨直到食道的香、甜，胃自自然然地就知道是美味，滿意地送出一個嗝，還有著肉香。

整個人（至少上半身），全在肉的甜厚香息裡。

一開始，父親不讓她吃太多是因著鍋裡每每有著各式藥材或調料，多半是爲著去掉這些非畜養野生動物的腥、臊、騷、羯。可是逐漸地，父親愈來愈重原味，除了必要的薑、蔥、米酒，極少再加藥材或調料。

她便吃到清湯水煮原汁原味的穿山甲。

那穿山甲較果子狸大些，最不同的是有一身硬硬的甲（她沒有機會觸摸但看來如此）。黑糊糊的一坨藏身鐵籠子角落，一動也不動得費點勁才分得出頭尾。

往後許多年直至她長大，她不知爲何仍一直覺得，那穿山甲藏身不動，其實一直在發抖，身上一片切一片的小小鱗片微微地一直在顫動。

「可憐的穿山甲。」她的心裡有著同情，特別是那穿山甲如此乖順不像果子狸張牙舞爪。

可是「閹雞羅漢」說是裝的。

「伊會給人叫作『假死拉狸』是因爲伊眞會假死。一仙直溜溜躺在那，身軀一片一片的鱗片全掀開，螞蟻以爲伊死去，來一大群要搬回去。伊一隻大大隻，搬不動，螞蟻就會鑽進去伊的鱗裡。」

「閹雞羅漢」說到此故意停了下來。她張大眼睛等著這如此出奇的故事，焦急地接問：

「再來呢？再來呢？」

「閹雞羅漢」好整以暇：

「小姐以後不可騎到我肩膀上，要去偷摘阿罔官厝邊的龍眼。頭家和頭家娘講，查某囝仔不可如此沒體統。」

她胡亂點了點頭，今年的龍眼剛摘完不久，明年的明年再說。

『『假死拉狸』躺在那假死，等螞蟻全爬進伊的鱗裡，才咔一聲，鱗全部闔起來。」

「那螞蟻怎麼辦？」這回她輪到同情起螞蟻。

「閹雞羅漢」黧黑的臉面肅然地說：

「螞蟻關在鱗裡不透氣，悶死了。『假死拉狸』才嘴開開，一隻一隻吃進去。『假死拉狸』最愛吃螞蟻，俗語才會說『假死拉狸登（捕）螞蟻』。」

她因此一整個下午要守在鐵籠旁，想看那福佬話稱作「假死拉狸」的穿山甲怎樣假死捕螞蟻吃，可是一直不見端倪。孩子的耐心畢竟有限，很快地和鄰家的孩子「跳房子」去了。

她不僅沒有看到「假死拉狸」假死等著捕螞蟻，連父親和「閹雞羅漢」何時殺了那穿山甲，並原汁原味地煮成清湯，都不知道。

那穿山甲從一隻完整的活物變成一塊塊清湯裡的肉，因著缺乏眼見的過程，她不知怎地總以為，那「假死拉狸」不過是再次「假死」一番，真身已經跑掉了，不知去向何方。

而家中院子裡的「防空壕」果真也如那屋外鄰家的那淹水的「防空洞」，像變魔術般能將東西再變一回，只這次變回來的不僅是殘了、破了，吸取去的還是活動的生命，出來的只成一鍋帶肉的清湯？

(或者本該如此?)

那「假死拉狸」與「防空壕」便在她的夢中一直成了一個禁閉的黑暗的所在。一片一片的鱗一開一闔,釋出的可以是「魔神仔」、鬼、妖怪……關進去的,可會是她的魂魄?

(她曾站得這麼靠近等看牠怎麼張開鱗片假死捕螞蟻吃。)

但她還是吃了牠的肉,隨便一塊不知是何部位。在她孩子的心中,模模糊糊地總覺得,把那「假死拉狸」吃到肚子裡,吃掉的雖然是牠的「假身」,但沒有了這假身,牠就不能作怪了。

她還是能把牠吃了,她的肚子會是一個更大更深更不可測的黑洞,能收進「假死拉狸」、關掉牠的鱗片。

畢竟是她吃了牠!

她更記得那「假死拉狸」的肉有一股說不出的細細清甜,不是果子狸那種濃郁的肉感香甜。往後她就極少極少在肉類裡,嚐到這樣細緻的清甜,沒錯,肉可以清甜。

那穿山甲成爲一種永恆的記憶。

(關閉在那鱗片的黑暗裡?)

她的父親開始較常宰殺那些野味,已是她進入國民小學就讀後。像許多急於長大的孩子,他們早揚棄扮「家家酒」這樣「孩子氣」的舉動,自然也就少進入院子裡的「防空壕」玩耍。

特別是父親經常在內宰殺那些「野味」，孩子們也逐漸轉移陣地。

有一年作大水，「八七水災」，她家整個淹了水，還避難到「街頂」，鎮上的最大馬路。水退了那「防空壕」裡仍滿灌著水，水泥階梯還在，但下兩、三階即下不去了，污黃的泥水遮佈，下面的階梯全然沒了（或只是不見？）。

就是下不去了。

她很早就知道被阻隔，她站在樓梯口低頭下望，污黃的泥水不透明但填滿了所有的空隙，連她都無從置身進入。

（如果不是那麼滿，水淹到下挖的地洞的頂，如果當中還有空隙，她覺得還有空間，她總可以浮在水上面，那麼她便仍然能進入。）

及至她長大，她一直害怕那全然灌滿的空間，並一直作著惡夢。

而那滿灌著水的「防空壕」由於招來眾多蚊蠅聚生，大水過後不久，那「防空壕」就被填平了。

3

即便在那個時代她家境已算富有，她（他）們扮家家酒時仍沒有「小熊維尼」、「泰迪熊」。

她有的暱稱「小―蜜―熊」，還是往後一個男人送的。

果子狸與穿山甲

◎李　昂

也是這個男人說有關熊的種種可愛的話。

「你們家的熊，」他說：「生產力實在太薄弱了，一年只生一個熊蛋。」

那時候他在說熊生的，叫「熊蛋」。哺乳類的熊當然是不生蛋的。她嘻嘻哈哈地笑了很久，真的很快樂。

她喜歡「你們家的」這樣的說法，不知爲什麼覺得很性感，又很童年。

「那你們家的熊，」她學著他說：「生產力又好到哪裡，一年可以生幾個熊蛋？」

「我們家沒有熊，是你們家才有熊。」男人說。

——小蜜熊——

便因此只有她才是熊。

那熊掌一直是最爲人稱道的美食，與猴腦、駝峰等並列幾大奇珍。

她小的時候父親就說過這樣的故事：

熊很大隻，又很有力氣，要捕熊，得挖很大的坑，上面鋪樹枝樹葉，設陷阱。熊一不小心走過，掉下來，熊又笨重，再怎樣也爬不出來。

要吃熊掌最好是吃活熊的掌，也就是說，將熊放在洞裡一塊大的鐵板上，鐵板下生很大的火，將鐵板燒到火紅，再將熊趕上去。

因爲非常燙，熊一踏上去便又立即縮起腳，但又不能不放下來，如此形成熊在鐵板上跳上跳下、蹦蹦跳跳，又蹦又跳間，慢慢地，熊掌就自然烤熟了。

（被困在洞裡的熊怎樣也無法逃離。）

這樣的熊掌據說滋味最好，因著活體的熊還能不斷輸給逐漸在烤熟的熊掌血、體液，這些珍貴的生命源泉，不斷注入正烹煮的熊掌，熟後不僅不至乾澀，在氣上更能保有精力。

「你們家的」、「我們家的」，孩子們的話，當然還有「大家公家的」……便彷彿來自這個男人，她童年的記憶裡也有了維尼、有了泰迪。

她那時方想到當父親在山林間收集那芳香的Hinoki時，是不是（很可能）眞的吃過熊掌。

（以「這樣」方式烹煮的熊掌?!）

即便因著父親的關係，她在童小時看過宰殺也遍吃穿山甲、果子狸、伯勞鳥、狗、青蛙、海鰻與猴子等等這些「野味」。她還是一直以爲，她在童小時候備受家人疼愛、家境良好物質無缺、自身多才多藝功課名列前茅。

——有很長的一段時間，她一直相信，她的童年無憂無慮，是她一輩子最快樂的時光。

——原載二〇〇四年七月三十一日～八月二日《聯合報》

成英姝／

某種內在的永久安息

成英姝

台北市人，1968年生。曾任環境工程師、電視節目企劃製作及主持人、電視電影編劇、勁報出版處處長、大成報創意總監兼整合行銷部總經理等。現專事寫作，在各媒體發表小說、散文、書評、影評等。除文字創作外，也出版攝影及繪畫作品，並舉辦裝置藝術展。獲第三屆時報百萬小說獎首獎，文建會選為二〇〇〇年十大文學人。著有《公主徹夜未眠》、《好女孩不做》、《無伴奏安魂曲》、《恐怖偶像劇》等。

不不不，他還不至於是那麼沒有耐心的人。

他還不至於是那種一失去耐心就開槍的人。

尤其是他現在隨身都會攜帶一本書，這使他有一個心得，任何一本再爛的書，看到最後五十頁都會使人想一口氣看完。好比說《哈利波特》(任何一集)，雖然前三分之二使人很不耐煩，可是他卻會為了最後五十頁忘了時間。有一次就是因為這樣損失了六個兄弟，他們在一百公尺遠的地方全部被宰了丟到海裡，他渾然不覺，專注在佛地魔的復活上。

雖然很令人遺憾，可是總不能說，如果是因為《卡拉馬助夫兄弟們》的最後五十頁而喪失六個弟兄的小命就比較值得吧！

現在他在看維吉尼亞．吳爾芙的《達洛威夫人》，這本書並不特別有趣，而且他正從第一頁開始看。

以前他是一個很沒有耐心的人，認真想起來的話，應該是這樣。

他有點好奇，他自己怎麼評斷他的耐性？

看十頁的《資本論》跟看五十頁的《查泰萊夫人的情人》相比，哪一個算讓他等得久？

其實以前他不曉得什麼叫「等待」。

他的個性不算暴躁。他很少因為生氣而揍人或者殺人。嚴格說來，他那麼做的時候從來都不感到生氣。

天氣雖然熱，他穿著以非常軟、非常薄的白色純棉質料製的 COMME CA DU MODE 襯衫、舒服的亞麻長褲，坐在樹蔭下，敏銳地感受夾雜在熱空氣裡偶爾的涼風，竟然連一絲汗都沒流。

賈諾的人站在太陽底下，一動也不動。是個皮膚黝黑，厚嘴唇的男人，條紋T-恤掀起一半露出微凸肚皮來散熱，一直都面無表情。

遠處有馬達的噪音傳來，一個男人騎著一輛老舊的摩托車。與厚嘴唇的男人不同，這個男人很喜歡咧開嘴笑，即使沒有發生任何好笑的事。

他的嘴裡一顆牙齒也沒有。

沒有牙齒的男人要他坐上摩托車。這摩托車引擎的噪音大得嚇人，讓人深深有著喉嚨裡充滿了痰的感覺。

一路顛簸得很厲害。穿越很大一片甘蔗田，然後進樹林。這些土地看來都是屬於賈諾的。

他不是第一次來菲律賓，但是第一次跟賈諾見面。他沒有帶人，自己一個人來。

他這次來也不是爲了和賈諾談生意，只是來「交朋友」。

他聽說那是賈諾的口頭禪，交個朋友。

摩托車在簡陋的木造房屋前面停下。

他沒看到賈諾，另一個男人出來迎接他，賈諾的左右手，是個中國人，叫做鄂勇，個子很高，額頭又光又圓，穿著刷白的牛仔褲。

「烏先生，眞是失禮，賈諾先生臨時有事到馬尼拉去了，明天才會回來，您不介意多等一天吧？」鄂勇笑嘻嘻地說，「您不必住在這發臭的木屋，賈諾先生給您準備了拖車。裡頭還有廁所，連我都羨慕得很哪！」

拖車裡連電扇都沒有，熱得受不了。

後頭果然有一間廁所，堆滿了糞的馬桶，被蛆給淹沒了。沒有水可沖。

不曉得這間廁所的用處爲何。外頭到處是可上廁所的地方。

他把手提袋擱在床上。

軟皮革製成的運動風手提袋，他不喜歡帆布或是塑膠布製的手提袋，而一定要軟皮革，他一直都偏好小羊皮製的手提袋。

裡頭有橡膠壓紋的盥洗包，半打新的牙刷，他很不喜歡刷毛裡頭積污垢，總是很快就扔掉。兩條毛巾。衣物很簡單，兩件淺灰色的短T，他只喜歡純棉的衣服，另外有一件運動外套。燈芯絨長褲。兩件內褲。

他把襯衫脫掉，在家裡他不穿衣服的，睡覺從來也都是全裸著睡，但是在這裡全裸應該會被蟲咬得很慘吧。

拖車裡很臭，差點令他嘔吐。他把門打開著，坐在床邊，發著呆。蒼蠅飛來飛去，發出嗡嗡的聲音。

某種內在的永久安息

◎成英姝

入夜後溫度降了下來，但是臭味仍然很嚇人。

夜裡睡覺的時候他不敢把拖車的門開著，雖然他習慣了淺睡，他做事很小心，睡時很警醒，但他還是很注意把門鎖好，槍放在立刻可以拿到的地方。

他聽著蟲叫的聲音入睡，作了一個惡夢，夢見他毒打一個女人，因此那女人倒在他腳邊，他以爲那女人會因此怕他，可是沒有，他往前走，那女人就從地上躍了起來，勾住他的脖子，張開利齒，要咬斷他的頸動脈。

他的母親就站在前面，正對著他，他向她呼救。

在夢裡他記得自己以前不斷做過同樣的夢，而每一次母親都救了他。

可是這次沒有。母親視若無睹地走向前，面無表情地與他擦身而過。

就在女人的牙齒刺穿他的皮膚的時候，他醒了過來。

他走出拖車，感覺森林裡瀰漫著很濃的霧，他很仔細地回想，確定這是第一次作這樣夢，在夢裡他以爲之前的九十九次被母親所救，並不是事實。

他抽了幾枝菸，感到睏了，打算回拖車睡下半場覺。

突然間他聽到一種奇異的聲音，一開始很像人的哭聲，聽不出來是男人、女人，還是小孩，聽著聽著又很像某種獸類的叫聲，又彷彿像蟲鳴，可是他完全沒有概念是什麼樣的生物。

他往聲音的來源處走去，發現是賈諾的木屋。

靠近了聽，又感覺是人，好像人類以特殊的發聲方式製造出來的，模仿某種樂器的鳴聲，或是什麼地方的古老民族的一種奇特的吟唱。

是類似吟唱的感覺。

朝這個方向去想，他幾乎沒法自制地，把耳朵貼在賈諾的門上聽。

他知道賈諾沒回來，屋子裡應該沒有人。

他伸手去轉動門把。門沒鎖。

裡頭是一片黑暗。聲音停止了。

明亮的月光照進來。屋子裡空盪盪的，地上鋪著草蓆。屋頂上掛著煤油燈。

他把那燈點亮。再一次確定屋子裡什麼都沒有。

就在他打算熄掉燈，轉身離開的時候，聲音又出現了。

從地底下傳來的。

他把草蓆移開，發現那裡有一個門閂。打開門閂，下頭竟然有個地窖。

他取下煤油燈往地窖裡探看，底下有一股發臭的潮氣冒上來。那裡頭有任何生物存在，都會令他感到不可思議。

似乎有什麼東西動了一下。

他屏息等待，沉著地，有耐性地等待著，很長一段時間。

終於他辨認出角落裡偶爾微微顫動的一團東西。

某種內在的永久安息

◎成英姝

地窖的高度應該容不了一個人站立，那如果是一個人，只能彎曲著身子。

他望著那一團東西，把那當作一個人影，假設他們面對面凝視著。

這樣「假設性」的對望，持續了很久。

「塔庫姆睡不著。」那人影說。

腔調含混不清，可是他聽出來了，是個年輕女孩悲傷的聲音。

天色微亮的時候，他在拖車裡被手機的鈴聲吵醒。是阿烈吉打來的。

「這下可眞的糟糕了，我的頭髮變白了……」阿烈吉在電話那頭，嘴裡含含糊糊地說。

阿烈吉的聲音聽起來與其說沮喪，不如說是有點困惑。

「早上他們拿鏡子給我看，全部都變白了，你說怎麼會有這種事情發生呢？」

「阿烈吉，別緊張，」他說，「你不是老是吵著要染金髮嗎？頭髮變白的話，就不用漂色了，漂色可是很傷頭髮的。」

「漂色？爲什麼要漂色？」阿烈吉大聲說。

「總之，你是因禍得福啦，聽說染金髮要花五個鐘頭，你這樣子，應該兩個鐘頭就夠了吧！」

「五個鐘頭！有這種事……」

他打斷阿烈吉，「你打電話來，就是要說頭髮變白的事情嗎？」

「是啊！」阿烈吉理直氣壯地說，「我被揍得很慘哪，以前幾次頭髮可都沒有變白啊！

我的膝蓋被扭斷了，他們把我的兩隻腿泡在汽油桶裡，說要點火哩！我想那眞是太酷了。沒想到他們只是開開玩笑罷了，可是，可是後來有一個人說要點菸，他從口袋裡把打火機拿出來，哎喲……」阿烈吉歇斯底里地笑起來。

「阿烈吉，你現在在哪裡？」

「你現在在哪裡？你現在在哪裡？他們就是一直問我你現在在哪裡？你好神哪，鳳哥，他們問我你在哪裡，我說不知道，他們還以爲我騙他們的呢。鳳哥你跟他們說嘛！哎喲，我現在糟了，我吞了一隻蠍子，我完蛋了，這次一定會死，怎麼辦？」阿烈吉雖然在笑，說話的聲音卻是哭腔，聽起來很可怕。

「阿烈吉，冷靜一點，你告訴我，是誰幹的？」

「他們逼我吞了一隻蠍子，是活的喲，我想含在嘴巴裡，趁他們不注意的時候吐出來，可是一不小心就吞進肚子裡了。連我自己都不知道什麼時候吞下去的。」

「別緊張，你不會死的。」他用很溫柔的聲音說著。

「完啦，之前被揍的時候我拉了一褲子，現在腸子裡一點屎都沒有了，再不把那隻蠍子拉出來，我一定會死的。我叫他們給我水喝，說不定有點幫助，可是他們不肯，我流了好多血，害我口好渴……。」

「阿烈吉……」

電話斷了。

他等了好一會兒，電話沒有再響。

他走出拖車，天已經大亮，太陽升上來了。

他走到賈諾的屋前，屋子裡很安靜，沒聽到任何聲音。

他輕輕轉動門把，就在這個時候，門開了。

他嚇了一跳，往後退了一步。

「早呀，烏先生。」屋子裡的人說。

身材細瘦，皮膚發黃，鼻孔又黑又大的男人。應該就是賈諾，什麼時候回來了。

「昨天眞是招待不周，希望烏先生不介意。烏先生那麼遠跑來，我應該好好招呼的，可是我剛回來，累壞了，我得睡一覺，你瞧我，是個老頭子了，說要睡的時候，什麼別的事都幹不了。」賈諾微笑著，嘴裡雖這樣說，卻用銳利的眼神盯著他看。

把賈諾介紹給他的是個香港人。

那香港人既不是黑幫的，也不是做軍火或者毒品買賣的，說起來大抵是類似政客遊說之類的工作，因爲他的生意和賈諾的生意很多時候有某種微妙的交集，所以和賈諾變得熟絡起來。

雖然不知道香港人有什麼其他的用意，可是他也沒問。

「別在意我，我沒什麼急事。」他說。

回到拖車，他又看起《達洛威夫人》，一直到中午，他大概看了七十頁。

其實他沒有很認眞在看書。鄂勇來叫他吃飯，他說不餓。

「你昨天跑到賈諾的屋子裡去了？」鄂勇站在拖車門口說。

他看著鄂勇，可是看不出他說這話是否不懷好意。

「屋子裡什麼都沒有，你在那裡找不到什麼的。賈諾很狡猾。他存在海外的錢至少有十億美金，可是他卻住在甘蔗田。他不是在這裡度假，他是眞的一年到頭住在這裡。除了他做生意的時候。可是你在這裡什麼也看不到，一張紙都找不著。」

他闔上書。

「我聽到賈諾的屋子裡有人的聲音。」他說。

鄂勇把脖子伸出車門外頭，左右望了望。

「那個是賈諾的女兒塔瑪妲，她大概打出生就在那兒，從來沒出來過。沒人看過她長什麼模樣。連她嬰兒的模樣都沒人看過，她母親死了，雖然大家都說是受塔瑪妲的詛咒死的，不過應該是被賈諾殺死的。」鄂勇歪著嘴彷彿意有所指地笑了笑。「你看到她另外一個頭了？」

「什麼？」

他以爲自己聽錯了什麼。

「塔瑪妲有兩個頭，這就是她爲什麼一直被關在地下室的原因。」

他一直沒再接到阿烈吉的電話。他想如果阿烈吉肚子裡那隻蠍子拉出來了的話，應該會興高采烈地打電話來告訴他。

但也許剛好又碰上別的有趣的事情而忘了。

或許阿烈吉已經死了。

知道他這支電話號碼的，只有阿烈吉一個人。

其實他不擔心阿烈吉。

阿烈吉有太多次犯可怕的錯誤，惹的麻煩不計其數，有太多次受了嚴重的傷，弄得支離破碎，死了又復活，他也不擔心。

這個世界上，其實沒有任何事情是人能狂妄地說「不能」的，不能忍受再也見不到某個人，不能接受發生什麼事，不能看到、聽到、觸摸到什麼，不能遠離或者不能靠近，不能沉默、不能死。

沒有。

可是他還是每天把電話拿去鄂勇的車上充電。

他一直都特別寵愛阿烈吉。

他來到這裡已經五天，還沒洗過澡，平常他一天至少洗三次，早上起床，晚上睡前，還有出門前。並沒有什麼特別的理由，他特別愛乾淨什麼的，只不過，真要追究起來，也許他的個性裡頭有某種不厭其煩。

鄂勇開車載他到甘蔗田去看看，現在是收割甘蔗的季節，賈諾很喜歡看收割，但是現在賈諾不在那裡。

「那是什麼?」他問。

他看到甘蔗田裡豎立的稻草人。

很奇怪,他不太確定甘蔗田裡也需要稻草人。

因爲好奇,他靠近過去看,那稻草人做得未免太逼眞,他眞要相信那是個眞人。

越走近他越感覺那確實是個眞人,兩臂張開,好像耶穌被釘在十字架上一樣。

那人和木椿也太過合一了一點,他發現削尖的木椿整個刺穿了人的身體固定。

鄂勇走近他身邊,兩個人一起仰著臉看。

太陽底下,兩個人都眯著眼睛,半張著嘴,流了一臉汗。

「稻草人」略微垂傾的臉因爲背光,感覺一片黑暗。

「那個是逃跑的工人。」鄂勇說,「你別想太多,是用獵槍打死了以後才那樣弄的,賈諾還沒那麼變態……我想要弄成那樣肯定不容易吧,眞不曉得是怎麼辦到的。」

「應該是先用金屬類的東西刺穿了,才用木棍穿過去吧。也許還要用到鉗子……」他說。

鄂勇笑了笑,很高興的樣子。「啊,說得也是,這種事情你應該比我熟嘛!」

他們走回車上。

「我一年有三個月的時間住在倫敦,只有那時候可以離開賈諾,我也只有那三個月能過得舒服點，你聞過沒有？他身上實在很臭。」鄂勇說，「我們這種人呀，只是普通的老實人。賈諾甚至不承認他是個商人，他沒有登記任何一家公司哩……我們跟你不一樣，我不吸毒，不賣女人，不殺人，基本上做的都是合法生意。我的專長是國際銀行融匯、運輸代理。」鄂勇曖昧地瞇著眼睛笑了笑，「我甚至不吃肉。」

鄂勇告訴他可以到樹林那邊的河去游泳。大家都是去那裡洗澡。

車子開不進樹林，他自己步行過去，要走二十分鐘。河水冰涼，非常舒服，他脫光了下水，待了一下午，曬得通紅。

回木屋的時候，聽說賈諾出了點意外。他原本等賈諾回來就要離開了，鄂勇來告訴他，賈諾跟著開往製糖廠的卡車，不知道什麼原因翻覆了，賈諾受了傷，似乎不是太過分嚴重，但被送去醫院了。

這使他決定多停留個幾天。

入夜以後下起雨來。這幾天晚上常常他聽見風吹樹葉的沙沙聲，都以爲是下雨，今天是眞的下雨了。雨勢在夜裡甚至有幾回變得很兇猛。

他睡得很不穩，有一次醒來，他忽然感到強烈的不安，他想到塔瑪姐的地窖有可能會積水。這麼一想，他就再也睡不著。

他冒著雨來到賈諾的屋前，門還是一樣沒鎖。

他甚至會以爲，是賈諾刻意要讓他進屋。

但是他也領悟到一個更合理的原因，平常沒有人敢擅自進賈諾的屋子。

他點亮煤油燈，移開草蓆，打開門閂。

「塔瑪妲——塔瑪妲——」他低聲叫喚著。

地窖裡傳來水聲，果然是積水了。

他低下頭，搜尋塔瑪妲的蹤影。

全身泥糊糊的塔瑪妲笨拙地向他游過來。

塔瑪妲並不靠近洞口，他無法看清她的臉。

「水好涼，塔瑪妲很高興，但是塔庫姆不喜歡。」

塔瑪妲說話的聲音混濁，好像舌頭割掉了一半，又彷彿是聾子學說話。

他恍然大悟，塔庫姆就是另外一個頭的名字。

「嗨，塔瑪妲、塔庫姆。」他說。

他盡量探出身體，伸長脖子，但又很謹慎地提防不小心掉下去。

「塔瑪妲？塔庫姆？」他呼喚。

「塔庫姆不會說話，她生下來就是啞巴。」塔瑪妲說。

原來如此。

他讓門閂開著，打開木屋的窗子，坐在地上，靜靜地聽著雨的聲音。

鄂勇下午常進城裡去辦事，他便託他替他買書回來。威廉・高汀的《蒼蠅王》。梭羅的《湖濱散記》。托瑪斯・摩爾的《烏托邦》。尼采的《查拉圖斯特如是說》。安伯托・艾可的《波多里諾》……

「《坎特伯利故事集》是什麼？我找不到這本書。」鄂勇責怪地說，「我擅自給你換了這本，《柯林頓傳》，你會喜歡的。」

他笑笑。

「沒關係，先欠著。我也沒算總共多少錢。你買這麼多書，也不會這麼快跑掉。是啊，你待在這兒就爲了看書？」

阿烈吉終於又打電話來。

「聽起來你肚子裡的蠍子拉出來了？牠在你腸子裡沒螫你？」

「那個呀！我都忘了，鳳哥你居然還記得，我好高興啊！我有試著用刀把肚子剖開來，想要抓到牠，可是太痛了。原來切腹就是這種感覺。眞是很不可思議的事情噢。我昏了過去。後來有人把我送進醫院，我不知道，也許他們趁這個機會把蠍子拿走了。我後來拉屎都有仔細看的，沒看到蠍子，後來就沒再注意了。你不說我眞的是忘了呢！」

「阿烈吉，其他人也都沒事吧？」

「咦？」

「你打電話來是什麼事？」

「我想聽聽鳳哥的聲音啊！對啦，鳳哥，你家被人砸了，弄得亂七八糟噢！我之前從議員那裡收回來的一百萬……結果還是給他打了個二折，可是我也老老實實地揍了他，可沒有用刀子哩！總之，是現金，現金啦，我都放回你那裡，我不知道你平常都藏什麼地方，所以我放在冰箱裡。果然是很好找的地方。統統不見了。啤酒也不見了。還有什麼東西少了呢？想不起來。書本也都被亂翻一氣……嗯……鳳哥你是穿綠色的內褲啊……」

「阿烈吉，以後錢收回來不必放到我那裡……」

「鳳哥，你想什麼時候回來？」

原本他打算等賈諾從醫院回來就離開，可是他突然覺得離開這裡，或者留在這裡，並沒有任何決定性的意義，他來菲律賓，或者他去別的地方，也沒有任何決定性的意義。

「去拿紙跟筆來，我給你銀行保險櫃的密碼，存摺和圖章都在那裡。」他說，「可別亂花一氣。」

他不知道自己要留在這裡多久。

他每天會去賈諾的屋子幾次，爲了塔瑪妲。

他替她把門閂打開，然後他就在那兒靜靜地看書。

塔瑪妲很少說話。有時候他甚至會忘了她就在底下，當塔瑪妲發出聲音的時候，還嚇了一跳。

他每天過來，就是爲了打開門閂，給地窖一些空氣和光線。

從外面可以找得到一扇很小以至於不容易發現的氣窗，給上頭凸出的屋子遮著，陽光照不進去。

鄂勇知道他去賈諾的屋子，露出一種會心的表情。「除了你以外，從沒人敢去那裡，會被賈諾活剝皮，連我也沒進去過。那裡比拖車涼快許多，當然啦。我也會喜歡在那裡看書，如果我看書的話。」

鄂勇刻意用一種曖昧的腔調說話。

「你是去看賈諾的女兒吧？」「你愛上塔瑪妲了？雖然有點兒詭異，不過，我也可以想像。我也愛上過雙胞胎，和兩個長得一模一樣的女人搞，是男人都嚮往吧！」

鄂勇爲了表示夠意思，願意替他把風，要是賈諾回來了，會給他暗號。

他也不是不會想到，鄂勇是故意表現出相信他是爲了塔瑪妲而到賈諾的屋子裡去。

事實上他沒有帶什麼錢來，沒必要。

可是他也不能白白耗在這兒，便決定也去收割甘蔗。

「你是認眞的？沒多少錢，還不夠你買書的。」鄂勇說著，想了一下，「那麼不夠的部分還是我來補吧！」

鄂勇就說跟他一組，兩個人作業的效率是必要的。

他的力氣大，鄂勇手腳俐落，他把甘蔗從根部砍下來，鄂勇則削去枝葉。

非常累人的工作，也沒有喘息的時間，幾乎沒辦法停下幾秒鐘。

砍下來的甘蔗當天都被裝上卡車，送去製糖廠，太陽還沒下山，兩個人都筋疲力竭。

「來玩踢球吧！」鄂勇說。

他看看鄂勇，沒點頭也沒搖頭。

鄂勇向卡車上的厚嘴唇的男人和沒有牙齒的男人招手，那兩人也加入踢球的遊戲。

他母親送他出門，他表面上是去上學，其實他沒有到學校。他的女老師不敢跟他母親告狀，因為他會給她顏色瞧。她知道他比她聰明多了。

他會到兩條街以外的地方，看看有什麼好玩的。

那裡經常有好玩的事情發生。

有人會跟他玩踢球。

一個模樣像下水道工人的男人告訴他他就是他的爸爸。他們踢一整天的球。

有時候是別的男人。

他才不在乎誰才是他爸爸。

有一天玩完了踢球，那男人把球撿起來，給他仔細看。

然後男人從口袋裡取出小刀，把球割開。

「天啊！」他睜大了眼睛，喃喃自語。「這是怎麼做到的？」

他剛才很認眞地看過球，確實是一點接縫都沒有。

「你怎麼放進去的？」他臉上發出光采，十分激動地問。

可是，那球裡頭，到底放的是什麼東西呢？

「你也會辦得到吧？有一天你也辦得到的。」那男人說。

是說把那東西放進球裡嗎？

到底是什麼東西？

「重要的是，不要把手弄髒了。」那男人說。

想不起來。

儘管疲倦得不得了，他還是喜歡在睡前看點書。

他在看《波多里諾》，看得很投入。

突然間他感覺拖車外頭有人。

他打開門。

「塔瑪妲？」

塔瑪妲能夠自己離開地窖嗎？

因爲收割甘蔗，接連三個白天都沒去看塔瑪妲。

說是「看」，其實他從來沒看過塔瑪妲的模樣。

除了賈諾，可能沒有人來看過塔瑪妲，可是塔瑪妲知道他不是賈諾。他不認爲塔瑪妲有誤認他是賈諾過。

塔瑪妲是不是等著他去看她？

他打開門門，塔瑪妲在那裡。

他讓門門開著，自己躺在賈諾的草蓆上。

差點睡著。

「塔庫姆生病了。」他在睡夢中聽到塔瑪妲說。

「怎麼回事？」他坐起來。

沒有聲音。

「塔瑪妲？」

「塔庫姆生病了。」

「要不要緊？要叫醫生來嗎？」

「沒用。」

賈諾不可能讓醫生來看過塔瑪妲。

醫生來了又怎樣？爬進地窖？

或者把塔瑪妲弄上來？

「塔庫姆生病很糟糕。」塔瑪妲說。

又安靜了，他守在門門的洞口跪坐著，專心等塔瑪妲說話。

「很久以前有一次，塔庫姆的臉腫得好大，熱得像火球一樣。」

塔瑪妲的聲音仍然像是扭曲著整個臉部的肌肉在呼吸。

「後來塔庫姆的臉灌滿了膿，結果臉皮都脫落了。」塔瑪妲說著，發出低沉的嗚嗚聲，他想那或許是哭泣的聲音。

「塔瑪妲？」他極力用最柔和的聲音呼喚著，「塔瑪妲，你在哭嗎？」

塔瑪妲嗚咽的聲音令他感到窒息的壓迫感。

天快亮的時候他才回到拖車，躺在床上，好像塔瑪妲的哭聲仍然在耳朵邊震動。

只要一離開賈諾的屋子，塔瑪妲的存在就變得很稀薄。

因爲塔瑪妲沒有具象，沒有具象的東西，他無法在心中召喚。

即便守在塔瑪妲的身邊，他也充滿不安定感。

塔瑪妲是一個沒有形貌的人類。

醒來的時候他搞不清楚幾點了，是被鄂勇敲打窗戶吵醒的。

「我就知道，你也有撐不下去的時候了吧！」鄂勇笑嘻嘻地說，「今天不去收割甘蔗了？」

鄂勇進拖車來，又提著一捆書。「我又給你弄書來了，免費的，我去村子裡，人家給我的。」

鄂勇走了好一會兒他才站起來，用水盆裡的水洗臉，那水是工人每天給他從河邊提來的，他已經很習慣整天用那一盆髒污的水。

他用毛巾把臉擦乾。

雖然背對著窗戶，卻覺得有人在那裡。

他沒轉過身。

穿上T恤，打開拖車的門。

有個人跑進樹林，他追上去。

那人跑得很快，他原本以為在監視他的必然是鄂勇，但那人不是鄂勇。

他追在那人後面，用這種速度在樹林裡跑是很恐怖的事情，但是兩個人都沒有慢下來。

以前他每天都跑步一個鐘頭。

其實，跑步的時候，與其算距離，不如計算時間。

說得也是，人與其說活在空間的度量衡裡，事實上是活在時間的度量衡裡。

那麼，在空間裡的移動，從這一處，到那一處，其實沒有決定性的意義。

跑過樹林一直到河邊，他心裡默默計算著，不能讓那傢伙跳進河裡。

他加快了速度，拉近距離，撲了上去。

算得很準。把那傢伙撲倒在地上。

他按住那男人的脖子，但是被他掙脫了，他揍那男人的臉，趁他倒下去的時候繼續揮拳。

很奇怪，他停止不下來。

好像他只是一台調整了固定的施力的機器。

他也聽不到對方的臉骨碎裂的聲音。

他的手沾滿了血，T-恤也給染紅了一大片。

他跪在地上，喘著氣。

是那個沒牙齒的男人。

他走回賈諾的屋子前，沒有進去。

他只是蹲在地窖的氣窗口。

「塔瑪妲，塔庫姆如果死了，你也會死嗎？」

他聽不到任何聲音。

「塔瑪妲，答應我，沒有了塔庫姆，你也要活著。」

他進拖車以後點亮煤油燈，才發現有人坐在他的床上。

「你沒事了？傷都沒礙了？」他對那人說。

是賈諾。

「你這麼愛看書？」賈諾望著堆在地上的書本。

「想不出別的事情做而已。」

「哈哈哈，書本都是騙人的。人類的思考有什麼意思呢？」賈諾說，「去想解決這個世界的問題有什麼意思呢？應該說，連去思考怎麼解決自己的問題都是沒意思的。」

他發現剛才在河邊，他居然沒有想到把身上的血洗乾淨。

他把汗衫脫下來，扔到架子上。

「我跟融滻想合作一個生意，融滻跟我推薦你，本來是有事情想勞你駕幫忙的。」融滻是介紹賈諾給他的香港人。

「不過，現在都不重要了。有些事情也許並不適合我做。眞抱歉讓你跑一趟。」賈諾說。

他把手放進臉盆裡搓洗著。

「說到底，我眞的是年紀大了，你知道嘛，年紀大了，就會變得很容易感傷。眞沒想到。」賈諾停了半晌。「就是這樣。塔庫姆死了。」

他停下動作。

「有一次啊，我夢見自己彎下腰，把上半身伸進洞口，試圖要把塔瑪妲拉上來。」賈諾悠悠地說。

「外頭下大雨，地窖裡積水。當我的頭進入地窖裡，視線就沒入黑暗，以至於要仔細聽水波的聲音，找尋塔瑪妲的方向。一會兒我就被四面八方泛起的水波弄亂了。我抓住一個滑不溜丟的東西，使勁拉近過來，心裡覺得自己抓住的是一隻很巨大的蛞蝓，我抱住這隻可怪的生物往後倒，拉起來丟到木屋的地板上。

「那東西濕淋淋地緩緩蠕動，在地板上拉出一條黏呼呼、烏黑發臭的液體。

「我靠牆坐著，盯著她移動的樣子，她的手臂和體側有蹼一般的軟肉連接，乳房垂在腰上，肚子長滿肥厚的肉。腿的肌肉雖然萎縮了，皮膚卻仍不斷地長，好像穿著燈籠褲一樣。她的頭髮掉光了，眼睛凸出，另一個頭只有一半大，臉上的肉皺成一團，分不出五官，可是還是找得到兩顆凸出的眼球，眼球是灰白色的，漫無方向地轉動……。」

賈諾的目光無焦點地瞪著牆上微微顫動的光影說。

兩個人都沉默。

賈諾轉過臉，「這麼說實在很失禮，可是，可不可以請你回去了呢？」

他低下頭，只是無意識地用毛巾擦著手。

他想起老友鸛鳥的葬禮。

那傢伙的葬禮很盛大，前來參加告別式的隊伍一直延伸到殯儀館外頭的三條馬路。全部都穿著黑色的西裝，戴著墨鏡。

從豪華轎車上下來的貴賓，個個都彷彿來參加奧斯卡頒獎典禮一樣。

他帶來參加葬禮的人，也有兩百個。

可是，在看鸛鳥的遺容的時候，他忽然說：「大家來玩猜拳吧！輸的人要脫衣服喔！」

然後他和老德嘻嘻笑地划起拳來。

老德脫下山本耀司西裝的樣子，眞的很像俄羅斯來的男模特兒。

結果，他也輸給大河馬，只好乖乖脫衣服。

他脫下襯衫的時候，老德看到他的裸背。

「那是什麼？」老德問。

「別這樣，人家會害臊啦！」他說。

就好像電影裡刻意設計的鏡頭。他只看得到老德驚恐的眼睛，卻看不到自己的背。

「沒有什麼，大概是以前汽車爆炸留下來的傷痕罷了。」他若無其事地說。

可是鏡頭始終沒有帶到他的背。

那裡到底有什麼？

或者，那到底是什麼樣子？

他的行李太簡單，都放進手提袋了。

他坐在床邊等待天亮。

電話的鈴聲嚇了他一跳。

「我接收了大河馬的地盤哩，眞說不通，實在說不通啊！」阿烈吉的聲音很愉快。

他沒想到阿烈吉連這種事情也會打電話來。

這種事情。

好像跟他無關一樣。

也確實變得無關了。

「鳳哥，我聽說你去菲律賓是去見賈諾？別問我怎麼知道，我也有神通廣大的時候噢！

你什麼時候要回來？你把錢都給我的時候，我就想，你大概不打算回來了吧？你娶了賈諾的女兒？」

阿烈吉神經質地不停地笑。

「說眞的，你爲什麼要去見賈諾呢？」

爲什麼？沒有爲什麼。

也不過就是他來找賈諾，或者他不來，跟翻銅板一樣，總是有一面，也不過總是有一面罷了。

如此而已。

「啊，我換了一輛車噢。換了一輛雷諾。今年的F1雷諾車隊表現很不錯喲，於是我就想，我爲什麼不換一輛雷諾呢？」

他聽到電話那邊傳來巴哈的郭德堡變奏曲。

「阿烈吉，你車上在放音樂？」

「我要向大河馬的屁股開槍的時候，被狗仔隊拍到照片了，我轉過來對著鏡頭灑尿，不知道拍成什麼樣子哩。大河馬爲什麼會露出屁股呢，是我叫他乖乖脫下褲子的嘛，我也只是開開玩笑，我根本沒有要開槍，只是想把槍管塞到大河馬屁眼裡，誰曉得狗仔隊在旁邊……」

他發現自己在專心聽著郭德堡變奏曲。

本來阿烈吉說話的聲音是主聲部，郭德堡變奏曲是背景音樂，不知不覺間郭德堡變奏曲變成了主角，阿烈吉的聲音變成了襯底的旋律。

他沒有跟塔瑪妲說再見。

現在他理解賈諾爲什麼一直把塔瑪妲放在他自己的地底下了。

他打從一開始就知道，塔庫姆死了，塔瑪妲仍會活著。

死去的塔庫姆留在塔瑪妲身上，而塔瑪妲會一直活著。

賈諾堅持要親自送他。

「我替你買好機票了，時間還早得很，我想你多陪我一點時間。」賈諾說。

賈諾要開車的男人把收音機打開。

喇叭傳出哀傷又俗麗的流行音樂。

「夜晚聽這種音樂會發笑，下雨的時候聽這種音樂會想起小時候最討厭吃的東西，中午聽這種音樂午覺也睡不好，褲管被露水沾濕的時候聽這種音樂會想哭，天氣熱的時候聽這種音樂，就連你也很想殺人吧？」賈諾說。

進市區以後，賈諾先帶他到一家印度人開的小餐館。可是沒吃東西。

賈諾到廚房裡跟那老闆說了許久的話。

他不知道賈諾要待多久，也沒拿書出來看。

隨後他們又去了幾個地方，皮鞋店，修車行，銀樓。

賈諾看了看手錶，要車子開去一家飯店。他在那裡租了一個房間。

賈諾讓他在起居間坐一會兒，自己進臥室去打電話。

他聽到賈諾說話的聲音，但不知道說什麼，大概打了不少通。

他坐在落地窗前，從手提袋取出書來看。

喬哀斯的《青年藝術家的畫像》，鄂勇幫他弄來的書他只帶了這一本。

也不是刻意挑的。

「行了。」賈諾走出來，只說了這一句。

他和賈諾走出飯店，可是沒上車，穿過馬路，賈諾似乎要走進某棟建築。

可以說是他習慣性的敏感，也可以說是直覺的第六感，在那裡，他已經注意到了，可是於事無補。

兩個纏頭巾的印度人。

賈諾震動了一下，用手摸了摸胸口。

他只愣住兩秒鐘，就拔腿開始跑。

他沿著人行道跑，拐進小巷，跳過矮牆。

他不知道他要跑到哪裡去，可是他一直跑。

他穿越好幾條馬路，穿過市場，穿過人家的院子。

他一次都沒有回頭看，可是他知道不能停。

有一股氣壓堵著他的耳朵，以至於什麼聲音聽起來都悶悶的，像是有栓子塞在耳朵裡，讓他什麼也聽不見，包括子彈不斷在自己身上爆開的聲音。

一直到他跑到一片遼闊的草地前。

他才感到原來他早就跑不動了。他按住自己的頸動脈，感覺不出跳動。

連腳也沉重得提不起來。

整個人像灌滿鉛一樣重。

他慢慢坐下，然後躺了下來，閉上眼睛，又睜開。

他知道一旦閉上眼睛，就再也睜不開了。

他甚至不想眨眼。

飄著幾片雲的天空是飽滿的深藍色。

他實在喜歡這種藍色。

可是天空呈現這種顏色的時候不多。

他側過臉，發現就在他的右手邊，有一株開著淡紫色花的馬蘭。

他把花摘下來，吃力地舉到眼前。

「給塔庫姆的葬禮。」他喃喃自語，親吻那花瓣。

——原載二〇〇四年九月號《印刻》生活文學誌

周芬伶／文明

周芬伶

台灣屏東人，1955年生。政大中文系、東海中文研究所畢業，現任東海中文系副教授。跨足多種藝術創作形式，著有散文集《絕美》、《戀物人語》等；小說《妹妹向左轉》、《世界是薔薇的》、《十三月》等；少年小說《藍裙子上的星星》、《小華麗在華麗小鎮》等，曾被改拍為電視連續劇；並成立「十三月戲劇場」，擔任舞台總監，編有《春天的我們》等劇本。作品被選入國中、高中國文課本及多種選集。曾獲中山文藝獎、吳魯芹散文獎等。

文明與失散多年的弟弟重逢是在百貨公司，那正是母親節前夕，百貨公司到處是人，文明想為婆婆挑一枝按摩棒當作母親節禮物，逛到健康器材部，那裡擺著好幾座按摩椅，每一張按摩椅都躺著一個歐吉桑或歐巴桑，他們都閉著眼睛，椅子放平，臉上有難過的表情，大概舒服到極點就是難過，看過去好像橫屍遍野，有種恐怖的感覺。當文明正在拭用按摩器時，弟弟拍她的肩膀說：「姐！」那口氣好像他們昨天才見過。然而文儀逃家已經六年了。

六年前文明還未出嫁，弟弟才讀大二，父親失業酗酒，母親逃家十年，那樣的家誰都想逃，文明跟弟弟合力維持個家的樣子，弟弟打工養家，文明高職畢業就在家煮飯洗衣，偶爾出去打打零工。弟弟原本是個樸實的大孩子，每天都穿一件文明送他的豬肝紅襯衫，天天洗天天穿，同學都以為他沒洗澡沒換衣服，故意捏著鼻子糗他。他們不知道文儀極愛乾淨，從小睡前一定要洗腳，順便修修指甲。他那一雙腳比文明還秀氣。父親發酒瘋時喜歡打人，文儀看到姊姊被打，跟父親打成一團，砸鍋砸碗，父親才三十八歲，脾氣非常火爆，打架時跟兒子一樣猛。

更小的時候，他們幾乎形影不離，他們的家在C城最破落的地區，緊臨夜市和風化區，白天他們偷窺私娼的藍色房子，心想為什麼要漆成藍色，好像童話中的房子，他們自己給那些妓女取名字，這家的叫「夢夢」，那家的叫「菲菲」，那些女人有時坐在門口招攬客人，遇到乏人問津時，就對他們淫笑：「小弟弟，小妹妹，進來坐！算你兒童票！」她們一夥姐妹浪笑，姊弟兩人聽了趕快跑。晚上他們著迷於夜市中的殺蛇，好幾條毒蛇在鐵籠子中滾動，一精壯之男人裸露上身纍纍肌肉，將蛇纏在身上，然後吊起來劃開肚子，取出蛇膽，將蛇血滴在碗中，兌一點酒，免費請大家試喝。文明不敢喝，文儀每晚都喝一杯，喝得全身熱騰騰，在床上滾來滾去睡不著。在那個充滿血肉腥羶的城市角落，他們自生自長成血色鮮豔的青年。

文明母親離家前，常帶著一兒一女逃家，有幾次在車站過了一夜，當姊弟睡著，母親在無人的月台，跳到鐵軌上，她徘徊又徘徊，遲疑又遲疑，看一看兒女所在的方向，最後又爬回月台上，抹抹眼淚坐回兒女身邊。文明假裝睡著，其實什麼都看見了。

也有快樂的時候，文明母親帶他們去看兩片一百的電影，收票的小姐特別通融小孩不用買票，母親專挑愛情文藝片，看得眼淚鼻涕擦個不停，文明與文儀合吃一份爆米花，開心得像過年，他們都不是愛哭的小孩。

母親剛逃家時，姊弟去找過母親，氣派的公寓中擺滿一櫃子洋酒，俗麗的裝潢令他們退縮，母親穿著桃紅色透明紗睡衣，臉上有不悅的顏色，塞給他們一些吃的用的，然後說：「不要來了，有空回去看你們！」然而母親一次也沒回來。

還有一次，追蹤到母親跳工地秀，文明跟弟弟擠在台下，弟弟個子矮看不見，拚命揮手拚命叫：「媽！媽！」母親神色驚慌繼續又唱又跳，假裝沒看見他們，眼神十分冷漠凌厲，文明拖著弟弟回家，他一路哭：「我要媽媽回來！我要媽媽回來！」

母親因爲不再愛自己的父親，沉迷於另一個男人，而對自己的孩子冷漠自私，這像一把刀深深地插入文明的心。此後心中浮現母親的影子，文明就再用這把刀殺死她。這也激勵姊弟們自立自強。從國中起他們在夜市擺地攤，賣過的東西數不勝數，什麼陶瓷娃娃、絨毛娃娃、藤椅、女性內衣褲，大都是外銷打下來的瑕疵品，一大箱才幾百元。說是瑕疵品，一點也看不出有毛病，文明和弟弟在夜市中叫賣，有時一個晚上可賣一兩千元。那時地頭蛇看他們年紀小，常放他們一馬。當有人想吃文明豆腐，拿著胸罩內褲猥褻地說：「小姐試一下嘛！你穿幾號？」弟弟裝出黑道的樣子，跟那個人拚命。兩姊弟相依爲命，他們自有他們的樂趣，每天晚上數錢，興奮得睡不著，然後把錢藏到祕密地點。他們的學費生活費都是這樣來的。

文明撿來空奶粉罐、油漆罐，種各式各樣的花花草草，這些有的擺在門兩邊，屋頂上，遠遠看去頗有家的樣子，現在她是這個家唯一的女人，有男人女人就有家的感覺。她喜歡囤積許多罐頭，什麼玉米罐、鮪魚罐、水蜜桃罐……，統統堆在冰箱裡，有種富足的感覺。每當在門前澆花時，她感覺自己像古堡中的公主，來來往往的人都在看她。文明有一張上肥下尖的短瓜子臉，下頷短到幾乎看不見，一雙眼睛分得開開的，瞪著人看時就像《大力水手》中的奧莉薇，她最得意的是自己又高又挺的鼻子，仰著頭，側臉很美，就是令人想把下巴拉長，她長得像母親。文儀的輪廓很深，常有人問他是不是原住民或東南亞一帶的人，再加上一頭鬈髮，更像了，可能是父親那邊有原住民血統。

老家斜對面有家照相館，文明滿十七歲時去照了一張照片，老闆是老鄰居，把她照得很美，低低的側臉，顯得下巴較長，挺直的鼻子，雙手抱拳放在胸前，像少女的祈禱，老闆很得意，把它放大擺在店前最醒目的位置，很多人在這張照片前流連不去，其中有一個台中一中的學生，打聽到她住的地方。每天早上，她出來澆花時，那少年在附近徘徊不去。文明偷偷瞄那少年，長得還算清秀，心裡好像有面鼓在響。這樣朦朧的相會維持半年就結束了，文明沒告訴任何人，連最親的弟弟也沒有，她要完全佔有這甜蜜的初戀。畢竟她長得不算美，然而她也被一個男人注視過。

文儀愛讀書畫畫，擺攤較空時，不是讀書就是畫畫，畫形形色色在夜市穿梭的男男女，他偏愛畫煙花女子，尤其是老流鶯，還有就是有著纍纍肌肉刺龍刺鳳的黑道青年。有一次爲了畫外號「暴龍」的小混混，對方被畫得不耐煩，嚼著三字經揚長而去，他們被畫的時候喜歡掏出武器，故作英雄狀，有的是西瓜刀，有的是武士刀，有的竟然掏出手槍來，文明跟文儀都覺得很刺激。夜市邊有個歌仔戲班，文儀喜歡看排戲和演戲，學得又快，有時一人兼多角，搬演給文明看，看得她捧腹大笑，他們還養了一窩貓，有母貓小貓，母貓就叫「母母」，全身黑溜溜，小貓分別是小一、小二、小三……，母貓很會生，生產時到處躲，文儀文明怎麼樣也要找到，然後溶入牠們的家庭氣氛。文儀念夜市社會中學，沒有時間補習念書，居然也一路考進大學。上了大學，姊弟倆不再出去擺攤，文儀說會另想辦法，叫文明待在家裡顧家就好。文儀上了大學，進入一個她陌生的世界，她覺得跟弟弟越來越遙遠。

文儀不告訴姊姊他在哪裡打工，打什麼工，一直到有人告訴文明弟弟當人體模特兒，脫光衣服給人畫畫，文明氣得跑去找文儀。在G大學美術系教室，文儀光溜溜的身體直立著，一條腿微彎，一隻手臂搭在自己的肩上，教室靜悄悄，每個人的神情很嚴肅，文儀好像沉醉在自己的世界，臉上的表情很安詳，文明從來不知道他的身體這麼美。害她不敢進去，一直等到下課，文儀一穿好衣服，就被姊姊拖出教室。

「回家！不要在這裡丟人現眼，你這工不要打了，以後我出去工作養家。」

「姐！我喜歡這個工作，輕鬆又好賺，別人想當還當不成呢！」

說得好像很了不起，丟人現眼，不准就是不准！」文明雖然才大弟弟一歲，兇起來還是壓得住弟弟。

「我想讀藝術研究所，這是藝術，你知不知道？」

「那為什麼你不畫他們，他們要來畫你？同樣是人差那麼多？」說得文明聲音哽咽。

「我的身體好看啊！不！應該說我喜歡被畫！我是個戲子，被畫讓我了解我喜歡演戲！」

講到演戲文明就火了，他們的母親就是喜歡看連續劇，跟一個三流連續劇演員私奔的。

「你不聽我的話，我告訴爸爸。」文明祭出最後一招。

文儀收斂了一陣子，整天卻跟女朋友婉如吵架，他們在一起一年多，算是班對，婉如很懂事，有空就來家裡陪文明，邊做家事邊說話，有一天她吞吐了半天說：

「文儀變了！脾氣變得好怪，老是跟我鬧彆扭，那天我發現他寫給網友的信，我們共用一台電腦，那個人好像男的，說想跟他在一起，他開始說不可能，接著是問他：『我真的很

◎周芬伶

美嗎?』後來居然猶豫了，說在長期被注視之下，他發現了渴望被男人愛的自己，他很痛苦！我更痛苦！」

「我就說吧！給人畫畫遲早會出問題！」文明話說得像先知一樣，其實她心裡比誰更害怕。弟弟是她的精神支柱，而他正邁向一個她不知道的陰暗世界。這就好比有人把他們撕成兩半。

文儀帶他的男朋友給文明看，在一家很高級的餐廳，對方是文儀系裡的講師，剛留法歸國不久，弟弟穿著網狀黑色緊身T恤，脖子上戴著好粗的一條銀項鍊，兩個人笑得好甜蜜，身上飄著淡香水味，文明聞到那香味想吐。沒坐多久就說要走了。姊弟一起走回家，沉默許久文明說：

「那婉如呢！你不用對她負責嗎?她幾乎天天對著我哭！」

「我沒有辦法，走不回去了！」

「這比你說要去出家還嚴重！」

「這跟出家差不多！我沒有辦法過一般人的生活！」

「我不准你這樣，我不要你這樣！」文明說著嗚咽。

「我以爲至少你會支持我。」

「我沒有辦法！」文明一路哭著一路跑回家，那天晚上文儀沒有回來。

接下來是無數次的爭吵，爸爸也知道了，全家吵成一團，後來文儀離家出走。文明在混亂中嫁給一個計程車司機，年紀跟爸爸差不多，爸爸欠他最多錢，當然不反對。弟弟走了，文明的心死一半，留在家也沒意義了。她每天到照相館去看自己的照片，好像只有這樣才能證明自己的存在。有一天她對著自己的照片默唸：「你在祈禱什麼？祈禱有一個自己的家，我要去嫁人了，你要替我好好看著老家，再見了！」丈夫對她還可以，跟爸爸一樣，也愛喝酒也愛打人，但每個月都會拿錢讓文明給爸爸，好像跟爸爸有什麼默契一樣。文明從一個家換一個家，狀況沒什麼兩樣，自從有了寶寶，她才找回被撕裂的那一半。

最不能忍受的是那件事，每當夜晚來到，她的心充滿恐懼，滿身是酒氣的丈夫撲向文明，令她想到爸爸，有種不倫的感覺，然後是想到媽媽，文明終於知道媽媽爲什麼會逃家。酗酒的男人就像吸毒者一樣，沒有人性，沒有羞恥，他會拖著身邊的人一起沉淪。母親不想沉淪，卻沒有能力救自己，於是掉得越深。她更沒有能力救孩子，看到孩子只有更痛苦。但她知道自己的孩子是怎麼長大的嗎？

「聽說你結婚了，很抱歉沒去參加婚禮。」文儀說得文明臉紅，她寧願他不來。

「聽說你眞的去讀戲劇研究所？」

「是啊！後來又去當兵，剛退伍！」

「怎麼都不來信？」

「寫了，又撕了！」

「我是你姐姐，又不是仇人！」

「我一直有你的消息，你結婚，已經有個三歲寶寶對不對？我有幾次偷跑回家，家裡又髒又亂像個垃圾堆，好懷念以前的日子，我還看到你結婚的照片和小 baby 的照片，很可愛的寶寶。我也好幾次偷偷去看過你家，剛才我跟你好久了！」

「死人！偷偷摸摸的，也不出來相認，想死你了！」

「我知道，沒混出名堂不敢見人。」

「爸爸都不知道？」

「他不是不在，就是喝醉酒，房子塌下來都不知道，我還在那個房子睡過一夜呢！」

「怪不得！」

「爸爸也有個女人，阿加，唉！我們走了也好，各自方便！」

「眞的！我都不知道！」

「你不知道的事可多著呢？我找到媽媽，媽媽也找到我，在一次公演中，她來看我表演，就在後台，演一齣更像戲的戲！她大概以爲我紅了，想來當星媽。眞是！」

「媽爲什麼不來找我？」

「她說沒臉見你和女婿！怎麼不想？」

「你帶她來找我呀！她不想抱孫子？」

「也就是最近的事，不如你來看戲，她現在是我的戲迷。」

「你演什麼戲？」

「泉州戲《玉真行》，我演玉真，台灣唯一的泉州戲乾旦。」

「你是哪裡怪往哪裡去，唱什麼泉州戲，聽都沒聽過！」

「就是南管，歌仔戲的古早戲，我到大陸學了一年多！」

「什麼時候演出？」

「就下個月。在國家戲劇廳，你要來哦！」

「那是一定！」文明緊緊抓住弟弟，很害怕他又跑掉。

自從找到弟弟，文明整顆心都飛到他那裡去，媽媽也在那裡，他們可以共組一個家庭。越想越覺得這個家待不下去。他們的房子是違建，屋頂鋪著石綿瓦，每到夏天熱得像烤箱，中古冷氣一點都不涼，文明全身是汗，在床上翻來滾去睡不著。丈夫爬到她身上，也是一身臭汗，文明猛力推他下去，推著推著兩個就打起來。打到全身濕透，不知爲什麼汗這麼多，眞想逃到一個有冷氣乾爽清潔的地方。她決定要離開這個家，跟當時的母親一樣。

弟弟公演那天，文明把孩子丟給婆婆，一個人北上尋親，在後台見到母親，她打扮得妖裡妖氣，下陷的眼窩紋著眼線，像個星媽一樣爲兒子端茶端水，弟弟卻不領情：

「不要動我的東西，你走開，不要在這裡礙手礙腳的！」

「我馬上就走，你先把這人參茶喝了！」看母親低聲下氣的樣子眞令人難過。

「媽！」文明艱難地吐出這個字。

「是文明，眞的是文明！」母親的眼眶紅了，然而又羞愧地低下頭。

文明

◎周芬伶

「要上戲了！精神點！」有人大喊，母親跟文明到前台找到自己的座位。近年來戲曲熱，場內總有八成滿。今天的戲目是《玉眞行》和《呂蒙正過橋進窯》，文儀一個人分飾小旦玉眞和小生呂蒙正。

作小旦打扮的文儀，肩挑一枝拐杖，像懸絲傀儡一樣，搖頭聳肩碎步走出，唱道：「千里尋夫尋無路，茫茫來到三岔口，忽聞猿啼聲聲哭，教人肝腸寸寸斷。」接著又說：「我玉眞，原是千金軀，只爲夫君高中狀元，相府招親，拋棄家中糟糠妻，我爲思念夫君，跋涉千山萬水，小小金蓮苦難行，我苦啊！」玉眞作掩泣狀，看文儀男扮女裝，面容秀麗，身段柔美，眞眞讓人分不出是男是女。

文儀說泉州戲源自唐宋溫州雜劇，唱腔古雅，身段模仿懸絲傀儡，小旦走路雙手扠腰，搖頭擺腦，蓮步比京劇更爲細碎，只見移動不見步子。也許是福建山路崎嶇，居民又動盪流遷，戲多半發生在路途中，表示行走江湖之痛苦。怪不得小時候，母親帶姊弟倆去看歌仔戲，演著演著都會來一段：「緊來走啊咦咦咦……。」

老實說扮成女裝的弟弟讓文明很不舒服，文明也不懂得欣賞泉州戲。她心目中的弟弟是會爲了保護她跟爸爸打架的男子漢。

母親坐在文明身邊倒是看得十分入迷，她在文明的耳邊說：「你看他扮相多好看？這男人扮小旦是最難的。」

文明對突然出現的母親有滿腔疑惑和怨恨。但不知怎麼說，她一向拙於表達感情。

下了戲回到文儀的住處，兩房一廳，雖然沒有豪華的布置，但也簡潔可喜，尤其是那台分離式冷氣吹起來又涼又安靜，文明眞的不想離開這裡。

「我可以在這裡住幾天嗎？」

「怎麼啦？跟老公吵架？」母親說。

「是啦！可以這麼說。」

「那你跟我擠一擠，我睡的床小。」

「不用！不用！我睡沙發就好。」

「也好！我現在習慣一個人睡。」文明看著母親，好像在看陌生人一樣，她一直閃躲文明的目光。一個失職的母親要找回母性很難吧！她更怕面對自己的孩子。母親的神性並非天生，要靠一半的運氣和監督，如果她運氣好，碰到好丈夫好環境，再加上社會家人的監督，那她可能可以變成好母親，如果缺乏其中一項，那麼她可能棄逃。現在文明也是母親了，她能夠了解婚姻，但卻不能原諒她拋棄她們的事實。

自從住在一起，關係最緊張的是文儀和母親。母親有失眠的問題，弟弟有夜宿不歸的問題。好幾次半夜醒來，母親像夢遊一般在客廳和文儀的房間走來走去。文明說：

「不要等了！去睡吧！」

「別管我！我睡不著。」

等到弟弟進門，戰爭就開始了：

文明

◎周芬伶

「你終於回來了，我等了你一夜沒睡，你就不能早點回來，讓我好好睡上一覺？」

「誰要你等我？從小就沒人等我回來！」

「你小時候很乖，不會到處亂跑！」

「我很乖，姐姐更乖，那你爲什麼丟下我們？」

「你是故意在懲罰我，我都老了，你要我一頭撞死嗎？」

「你才不老！如果還有男人要你，你連夜都會跟人跑！」

「你恥笑我，你自己呢？睡在哪個男人的床上？我每一想到心臟都快停了！」

「不准你提我感情的事，看不順眼，各人走各人的路。」

「你趕我走！說來說去，你根本不要我這母親！」

「是你先不要我們的，在我們最需要你的時候，你跟別的男人在快活，我們姐弟長得大，那眞要託天保佑，現在我有一點出息了，你才來認我這兒子，你要我孝養你，門都沒有，我有我自己的生活要過！」

文儀說的話雖忤逆，卻也把文明對母親的怨懟發洩出來，但她同情被弟弟辱罵的母親，弟弟其實是掛念母親的，小時候常常因思念母親，躲在被窩裡哭，現在好不容易在一起，弟弟卻用各種方式折磨母親。

「弟！不要說了！看你把媽氣哭了！」

「好吧！我睏了！我要去睡了！」

這種戲碼幾乎天天上演，有一天母親吞了大量安眠藥，好在文明提早發現，送去醫院。弟弟還沒回來，等他趕到醫院，母親剛洗完胃，睡得正熟，文明對弟弟說：

「弟！對媽好一點！」

「不可能好！我只會讓她生氣，失望！」

「人家說骨肉團圓是好事，我看更糟！」

「不如你們一起住，我搬出去，以免她被我氣死，房子讓給你們，房租我來付！」

「不行！我想念兒子！我要回去了，看見媽這樣，我就想到我自己。」

「你在，還有個緩衝，你走了，我們豈不鬧得更兇？我現在的收入也不固定，想到法國去念博士，我的男朋友也在那裡，就是以前你見到那個，我們約好在那裡生活，法國人懂得欣賞我們的傳統藝術。」

「到法國念書？那不是要花很多錢？」

「學費不用，只要生活費，我可以再給人當人體模特兒。」

「你還在給人畫那個？」

「沒辦法，那最好賺，我們是水溝裡鑽出來的孩子，什麼事我都肯幹！」

「媽怎麼辦？以前她不要我們，現在我們不要她？」

「讓她跟著你吧！我這裡有筆錢，你先拿著。」弟弟拿出一疊厚厚的鈔票。

「我不能拿，你出國念書需要錢。」

「拿著！我不會讓自己沒錢，你租大一點的房子。母女作個伴也好。再說，媽媽會回來找我們，我想是要跟爸爸復合，人老了想法總會變！」

「不可能，我們都很難原諒她，更何況爸爸？」

文明帶著母親回家，丈夫對她冷冷的，不跟她說話，好像剛吵完架一樣。文明說要租大一點的房子，他也沒意見，他每個月只給固定的家用，孩子給母親帶，她出去作會計，錢雖不多，但一家四口，也夠用了，文明找到一間類似弟弟住的兩房一廳，房子附有冷氣，雖不是分離式，吹起來很涼，她對這個新家滿意極了。

媽媽跟文明的話越來越多，她漸漸會提起過往她失蹤的生活：

「苦啊！女人就敗在感情上，只要遇錯人一輩子就完了，我什麼工作都做過，專櫃小姐、美容院作臉小姐、電影院收票員、拉保險、直銷、售屋員……，錢都被男人花光光，花光也就罷了，嫌我老，嫌我不會賺錢！要賺還不容易，下海就是了，可我還是有點自尊吧！唉！看破了！當尼姑也沒人要！女人的青春就那麼短，還是孩子好……。」說到這裡聲音哽咽。說實在的文明不想聽這些，但沒有這種交心，母女就不親。

「你就不要想過去，人沒有事事美好的，能過得去就好了。等弟弟學成回國，你就好命了！」

「我才不想靠他，像他那樣，無子無後，老了比我還慘！」

「每個人有每個人的生活，弟弟會走出自己的路的。你想回去看看嗎？我好久沒回去看爸爸。」

「不要！不要！那多尷尬！」

「唉！他一個人不知過什麼日子！」

等文明回老家，房子不見了，挖土機正在開馬路，附近的房子也不見了，什麼藍房子，歌仔戲團，還有夜市全成了大馬路，她們的房子挖得只剩一半，照相館也剩一半，她的照片還掛在那裡，文明飛奔過去搶救自己的照片。這裡有她美好的童年，早熟的青春，還有還有說不完的辛酸與甜蜜，這是她在世上唯一所有，都不見了！文明急得滿臉汗滿臉淚，再怎麼說它是她生長的地方，她衝進那被切一半的房子，說什麼也不肯離開，挖土機上的工人對她大吼：

「小姐，快離開，我要開過去了，你要被壓扁嗎？」

文明不理他，抱著自己的照片坐在已經露天的床上，這時「母母」從床底下跳到文明懷中一直舔她的手，文明抱著「母母」和照片一起戰鬥。挖土機像戰車一樣轟隆轟隆響駛近來，她不為所動，就像銅像一樣矗立在馬路中央。這時來了幾個工人，把她架開，文明拚命掙扎，還是被放到馬路邊，她還幾度衝進那個已不算房子的房子，搶救幾件東西，然後眼看房子被拆得一乾二淨，原來房子像豆腐一般脆弱，三兩下就不見了。文明四處打聽爸爸的下落，只在一堆垃圾中找到弟弟的豬肝紅襯衫。她抓著那件襯衫垂頭喪氣地打電話給弟弟，話未說出口聲音就哽咽了：

「弟，我們的家不見了，藍房子也不見了，我找不到爸爸。我……。」

「姊，你別哭，爸爸跟我說了，土地被徵收，要挖大馬路，他買了新房子，好像有意思要媽回來！」

「爲什麼我都不知道？大家都瞞著我，你又跑那麼遠！」

「就是在你住我那裡的時候，媽媽知道爸買了新房子，很高興呢！」

「我是呆子！你就不在意我們的家不見了？」

「不見也好！住在那裡的日子對我如同上輩子的事！」

「我只有一輩子，你有幾輩子？」

「好幾輩子！姊，不要再說了，先回家吧！」

垂頭喪氣回到家倒是看到爸爸，正興高采烈地談他拿到多少徵收費買什麼樣的新屋，母親也聽得津津有味，兩個人像沒事一樣，看來她是眞的想回到爸爸的身邊。一切看起來都解決了，都沒問題了。文明卻當著他們的面嚎啕大哭。

——原載二〇〇四年九月號《聯合文學》

郭光宇／

我不是故意的

郭光宇

台灣宜蘭人，1966年生。中興大學社會學學士，魯汶大學社會學碩士、哲學學士，巴黎第五大學社會學高等研究文憑。曾任職餐飲業、旅遊業、補教業。曾獲聯合報小說新人獎。

這兩天又賺了十幾萬塊錢，下一季的貸款有著落了。

但我眞的不是故意的。

我知道這不對。

像這個阿伯這麼好騙的，現在越來越少了。但一個月只要中了那麼三四個，一切的開支管銷都有了，甚至一年半載飲食無憂。有的還更扯，大撈一筆，立刻捲舖蓋，永絕後患，移民。

他一開始還憨憨的，搞不懂名目，到後來就當了眞，因爲太想相信。說他簽了那麼多次，就知道一定有這麼一天：哪有那種衰到尾的道理！我心裡暗笑，儘管這跟什麼彩什麼樂的一點關係都沒有，是跨國企業的年度大回饋！聽到他那麼興奮的聲音，還叫他在一旁咯咯咯的老伴作夥來聽，對我說了起碼十次的多謝啦，多謝啦，還硬要請我吃飯分紅，我幾乎可以從聽筒裡聽到堆不住的笑從他又乾又油的皺紋裡滋滋擠出來。到了後來我也眞心恭喜他，替他高興。阿娟在旁邊吃吃笑著捶了我一拳：看你那種形！之後幾次撥電話，我甚至可以感覺到他匯款時手指的顫抖。娟隔了兩天再打去說沒收到稅金，要他再確認密碼時，他還很信，慌得跟上吊又後悔了一樣，隔了幾公尺都可以聽到他在話筒裡牛聲馬喉地嚷著：啊我要來去跳樓！我要來去跳樓！

第二天錢就進來了。

只希望他不會太難過，趕快振作起來。聽樣子是看得開的人，也許有朝一日眞能簽中頭彩，好心有好報，也不枉這一場。

德仔幾天前也用退費簡訊撈了一筆，到現在沒看到影。他每撈到一筆大的就要消失個一兩天。我知道他心裡不好過。雖然他是發起人，是他招我入夥的，他姐姐還爲此跟他翻臉，罵他拖我下水，罵我耳根軟沒出息。但阿娟和我都清楚，這人面子其實最薄，悶到不行了，連要去散心也說不出口。照理講，這款個性是最不惹人嫌的，怎麼也會搞到這種地步？問特瑞莎他人去哪裡了，她倒乾脆，說免煩惱啦，讓他冷一冷也好。這兩個實在是！

儘管娟那時哭歸哭，鬧歸鬧，三貞九烈都是原則，後來跟老闆處得不好，倔著鬧了一陣子，也還是來幫忙了。

德仔每進一筆帳都捐百分之三十給了功德會。後來有幾次又變成百分之五十，甚至七十。是很好笑，不過也很可以理解，也沒去戳他。要連贖罪劵都沒得買，那還得了！

除了勒索我們絕對不幹之外，一來覺得實在太低級，二來也因爲根本學不來那種流氣，其他的像低價拋售，金融卡資料外洩，中獎，退稅我們排定執行表，每天輪流換花樣。一開始是夠好賺的，兩三個禮拜就籌到這間房子的頭期款。打了第一通電話之後，我難過得三天吃不下飯，想吐，覺得很噁心。抽了不知道幾條菸，看到那一坨菸灰，想到自己，澆上茶弄齷齪了，才比較好一點。這樣一來還能瞧不起誰？我哭不出來，阿娟倒結結實實替我嚎，像旋不緊的軟水龍頭斷斷續續流了一個禮拜。一開始還對不起地過去抱抱她，偶爾還可以感覺到那塊濕冷屍肉的心跳，很令人詫異。幾次下來就覺得這女人該不會是哭上癮了吧？看她那一副無語問蒼天的面倀，賤沒賤形的，差點就想揍人！我說那這樣離婚好了，她又不哭了。之後欲罷不能就一直做到現在。

可是最近生意眞的越來越難做，連上次那個聽起來沒牙的人瑞都警覺了，往往講不到三句，對方的話筒咔地就掛上了，連譴責他們不知好歹的機會都沒有了。也好，反而沒什麼負擔。那就算那些被騙的在繳學費吧！風聲這麼緊，還不知道警惕！反正不被我們騙照樣會被人騙。想到這裡，歪理也是理，走在路上堂堂正正的，撞上櫥窗上映出來的自己，前額少了點毛，抬頭挺腹的，看來也就是個貨眞價實的業務經理。

這當然只是過渡期，也一直留心找工作，只是景氣這麼差，到處銅牆鐵壁，連個洞都沒有。十幾年的資歷還去領那種剛畢業的薪水，蹧蹋自己也不是這種蹧蹋法！畢業後換了幾個工作，那些老闆也是人，人只要當了老闆就變豬，怕自己閒著，只好吸吸吸地唸來唸去。說是彈性加班，其實根本就是硬，沒效率幹得昏天暗地，加班費又東摳西摳的。另一方面就怕底下的太猛太勤，把他們香檳塞似地彈掉，所以三不五時引進空降部隊，不然就找一兩個差不多的，讓你們去鬥，內耗也不管了，鬥得筋疲力竭最好，他好坐在那裡當調人，好再製造事端。說穿了，這樣的心機我也不是不會玩，也談不上什麼理想堅持的，那我到底在怕什麼？能變豬的話我早變了！

其中也不是沒有眞正的人才，像那個美國博士，在加拿大日本工作過，不油不老，見解是見解，一副活得很有心得，可以去寫《心靈雞湯》的樣子。一次中午休息在窗口哈菸，他突然自言自語說：知不知道他們要我擬裁員名單？我把我們兩個都列進去了……幹了這麼多年，有車有房子，每天漂漂亮亮的，都是鬥來的，好再去鬥……只有這樣嗎？眞的很不甘心……

我一時也不知道反應，只順著問：那幹嘛回來？

他笑哼了一下：你以爲？到處都一樣。

滾就滾了，我也不怎麼怪他，反正那樣的大集團待一輩子也還是沒有份。他的論調也不怎麼讓人同情，只是身段的牢騷。仔細一想，簡直令人反感！比可憐嗎？眞是侮辱人。後來幾個同梯榮退的聚在一塊喝酒，才輾轉聽說他跳樓了，腸子摔了出來，死得很難看。

我也不是沒想過。幾次爬到樓頂上想往下跳，看到底下車水馬龍，暈暈的，只好趕快再爬回來，奮發向上。所以更認定他是注定要被淘汰的。

想起那個中午他講的，覺得他是替我死了。他也許眞的該死！只有他死了，我才活得下去。

連德仔念了個碩士都下海了，我這個大學畢業的還能清高到哪裡去？念了四年，不高不低，也不是不認眞，也不是不想發掘自己的才能興趣，只是看來看去，也沒什麼特別的。班上的不管成績好壞，好像都有自己的一套，兼家教，跑社團，搞活動，那些開車子來上課的就更不用說了。也不知道他們哪來那麼好的適應力？怎麼就能那麼肯定？不是最該質疑的時候和地方嗎？老爸說那去考公務員吧。打死我也不想跟他一樣，對上面的蟲似地畢恭畢敬。

一個指令下來，連屁也放得像在電梯裡一樣戰戰兢兢！最記得高中時有次去找他，正好撞到他被訓。大庭廣眾的，他立正得簡直不知羞恥！我遮頭遮臉溜了。我再怎麼溜，也溜不掉那個立正。

老頭子也不是不覺得那是奴性，只是做人做久了有點賴皮，能屈能伸。我頂他：我寧可去當乞丐！他也頗有涵養，報紙抖也沒抖，冷冷甩了我一句：有野心就要有本事。

那陣子失業快一年，娟說我們來自己當老闆吧，兩人公司。想想覺得也好，頂了一台推車，在巷口擺攤賣蔥油餅。過不了幾天有人來糾纏，要收保護費的意思。不交？不交的話，不用他們動手警察自會來取締。原來那平時不起眼的小巷裡也有協商跟政治，安了露天監視系統也不知在安火大！阿娟說算了啦，價錢還蠻合理的，都是這樣子的啦。

這算啥？

警察果然沒來。

我還是不大信。

我站在那裡頭低低的，也不知道在煎臉還是煎餅，怕被人看見，可是明明又是腳踏實地。天冷的時候，看著餅在黑黑的煎鍋上由白轉黃，燦燦的，黃金盛世一樣滋滋叫著，凱撒打高盧，張騫通西域，一下子又覺得很光明正大了。阿娟家裡是做生意的，從小習慣了，擺了笑，不卑不亢地送往迎來，一個小攤子也能做出女強人的氣派，直銷也不幹了，還跑去電頭毛，好好笑。兩個每天油油地回家，油油地躺在床上，也許再一年就可以開個油油小店，當然也不排斥連鎖店。沒事我喜歡突然從後面掐住她那圈逐漸貯出來的腰肉，抖聲喚道：老闆娘！老闆娘！她嘰嘰甩扭著笑罵：青仔叢！一張餅是沒多少錢，一個月下來也比兩份平常的薪水強。她甚至有點容光煥發，返老還童起來，又回到當初在學運廣場上認識的那個蹦蹦跳出來哈一聲的女生模樣。光只因爲這種眞槍實彈幾十塊錢的交易？有天歇業，不知道她又在那邊傻笑什麼，問了也不講。偷偷跟了出去，最後還是跟回家裡來了。後來一連跟了幾次也沒什麼異狀。偷看她的伊媚兒，也少得可憐，連廣告信件都沒有。有點不正常。

不知道她當初不顧家裡反對，到底看上我哪一點？看她明明這樣俐落，竟又這樣的沒志氣！不然大概也不會來勾搭我。她倒很天經地義，說這樣很好啊，不用拐來拐去的。

我問什麼叫拐。

她說賺太多了。

喲，那不是要窮一輩子咧？

嘛不一定，還是可能會中獎。邊說邊對她那幾捆肥肥的發票。

有一天老爸過來看我們，我在街角喊住他。他愣了一下，笑笑的，聊了些家常，你媽又來託夢了，血壓這幾天比較穩定了，頭痛比較好了，你趙叔叔走了，王阿姨得了老年痴呆……老頭子簡直活在死人堆裡，像塊還會到處亂跑的活動墓園。我問他爸你要不要來張餅，我們就是捨得放蔥！他顴肉突然抽抖了一下，當場也沒炸，只說：你這也叫野心！掉頭就走。

當晚馬上進了醫院，躺了兩個禮拜，還好沒中風。做了全身健檢，醫生說淋巴長東西，要動刀。又換了兩家比較大的醫院，也是同樣的結果。阿娟二話不講，馬上塞了不知道幾萬塊的紅包。這女人哪來知道這麼多的規矩？

接下來放射線治療，保險又有限。好不容易存了七八年的積蓄一下子就光了。當初還想和阿娟一起出國念書的，沒想到短短半年就開始借錢。每天上醫院打點，餅也賣不下去了，也沒有心思再找工作。德仔也是好意，肯這時候過來告訴我他在幹什麼，問我願不願意試試。

沒怎麼考慮，我說好。

好！

朋友問起來就只好說在蝕老本，待業家中啊。其實也不是只有我們，像那個小智，我看他八成也在做，不然哪那麼好，失業失到去換雪鐵龍。再給我招搖！有一次接到國稅局退稅的電話，我聽那聲音明明就是他的！他一聽我開口，喂，喂，有人在嗎？就掛上了。後來在酒館裡碰到了，彼此眼光閃來閃去的，很有職業道德。不是他是鬼！太夯了啦，也不知道先把認識的電話過濾一下。不過也許他眞忘了我叫什麼名字。阿娟這一關就把得很好，沒出過紕漏。

有次好不容易又有一次面試的機會，那主管大概是個好好先生，一團和氣的，還會主動自我介紹。名字聽起來很熟，談著談著就想起來了！大概半年前，通知他金融資料外洩，本來還半信半疑的，最後帳戶還是被我們掏光了，八萬三千塊，我還記得很清楚，因爲沒有零頭。既然是主管應該不會只有一個帳戶，難怪錢那麼少！不過也難講，也不是沒有三萬塊的總經理。我慢慢把話題拉到詐財上去，他欲語還休開始重複我猜得差不多的情形，越講越幹越興奮，瞳孔放得老大，我看到自己在裡面閃著異樣的光。我不動聲色附和了一兩句，只當在面試他。相談甚歡，他甚至有點相見恨晚，還給了張名片。我第一次徹底覺得其實也不是騙，是在增加他的人生體驗，少了這一遭，他的人生就是黑白的。

一星期後我接到一封抱歉信，沒被錄用。雖然不怎麼在意，也還是悵悵的。是他自己掀的底，不該由我負責的。

•

德仔還是沒出現，阿娟和我開始擔心，特瑞莎也是。

但特瑞莎比誰都鎮定。她當機立斷就說了，先不要報警，省得麻煩。

她每次一來總對德仔老公老公地亂叫，弄得德仔的薄臉皮紅一陣白一陣的，跟魚粿一樣。我問他特瑞莎是不是你女朋友，他說是好朋友啦。冷了之後，莫名其妙又補了一句：你不要亂想。

特瑞莎是長得好，又會抹得晶瑩剔透，像穿了衣服的化妝品廣告，看了讓人覺得很難爲情。她算是技術指導，電腦很有兩下子，網路上的漏洞一清二楚，知道怎樣偷資料。我問她你這樣的條件幹嘛不去當女主播跑來做這個。她斜斜拋了個媚眼：哥哥，這跟處女膜一樣，不能這樣碰的。

這裡的確有很多事情是不能這樣碰的。像德仔那些一輩子也打不完的名單資料，像那些只在電話裡聽過聲音沒見過面的同事，像特瑞莎，像常陪著特瑞莎一塊兒來的那個芸……統統加起來大概也是個中型企業。我覺得德仔有點怕特瑞莎，勸他乾脆一點，要嘛死纏濫打，要嘛劃清界線，省得沒暗爽到又得內傷。他又笑得跟切歪了的魚粿一樣，沒出息的！反正我和娟只負責打電話，其他的他們不講，我們也不想知道。不知者不罪。

一天下午我從外面進來。那個芸一手撫搓著娟披搭在背上的頭髮，一邊幫她撥開前垂的劉海：你的頭髮好漂亮！娟倒很大方：這叫天生麗質說。繼續文風不動鍵她的資料。我覺得喉嚨有點乾乾的。

她們走後我問娟，你會不會跟她們做？

她學特瑞莎側了個媚眼說，哥哥，這不能這樣碰的。

我當場就把她掀在地上炒爛了。

她披頭散髮爬起來，還軟軟的，滑亮滑亮的，像活生生被剖開了一陣子的鱔。剛被強過的特瑞莎大概不至於這款闌珊吧？

才一轉身，她卻已經收拾得不著痕跡，剛打過卡似地坐在電腦前，又開始敲敲打打。

連這點也還是敗給她了！她到底看上我哪一點？

過了幾天，晚上看電視的時候，娟突然大驚小怪叫了起來，趕快來看！我從浴室裡撞出來，看到芸在電視上侃侃而談。她是沒特瑞莎搶眼，但舉手投足有種英氣，越看越雄辯。她什麼時候變成名嘴的？而且看來不是一天兩天了。資料充分，話也講得清楚，那些教授議員跟她鬥起來簡直得了自閉症，覺得自己的口水很香甜。阿娟啃著雞翅說：那她一定很有錢！我突然覺得這女的很三八。立刻起了個賊念頭：我們用仙人跳來勒索她！你去勾她。

三八娟嘰嘰笑了一整個晚上，到了枕頭上還在構想細節。我也只不過是說說罷了。

•

過了一個月了德仔還是沒人影。我說不管了，公司收一收去報警好了。特瑞莎不知道哪條筋不對一下子嗆起來：警察又能怎樣！你希望他們找到他的屍體嗎？找到了又能怎麼樣？

阿娟差點沒撲上去撕她的臉！

特瑞莎吐了一口菸，最後才有點讓步地說，芸已經去和林議員說了啦，有耐心一點。

這又塞你娘的干議員什麼事？

當天晚上，德仔終於打了電話報平安，還是什麼也沒講。

不行！這樣下去太詭異。一開始阿娟和我說好了，只要誰先找到還可以的工作，馬上退出。只是一直沒有，也就越來越懶得去找了。再忍耐一陣子吧！等錢存得差不多，看老爸到時的情況怎麼樣，醫生說頂多半年，那就再半年吧。看他被整得瘦成那個樣子，全身被幾條管子貫穿，各種顏色流來流去的，也不大會說話，只會嗯嗯啊啊的，像打了嗎啡還沒被凌遲完的，安詳得很。我甚至不願到醫院去了，都是娟在照顧他，我只好拚命打電話。少了他，和娟兩個，一切好打發，一個月兩萬多的工作其實也可以了。都說景氣來了，也許可以試著去炒炒股票。之前總覺得那根本就是賭博，但現在還有什麼東西不能賭的？

•

德仔到底若無其事地回來了，問他出了什麼事什麼議員的也不肯講。不講就不講，反正人回來了就好，他不講我們也懶得計較了。替他點菸的時候我才發現，他的左拇指被人齊根剁掉了，而且復元得很好，很該，像天生的畸指。而他偏偏又是左撇子！還是因為他是左撇子？原本就短的手指，現在看起來更是爪爪的，有種布娃娃的恐怖和滑稽。娟氣得哭不出來，一直擂他。你的指頭呢？你的指頭呢？

那百分之七十根本就不是給了什麼功德會！

•

阿娟喜歡小孩卻一直不敢要。像上次不小心懷了孕，化驗結果一出來，慌昏頭了，一時找不到我，也沒等著問，當天下午居然真的馬上跑去墮胎。上廁所嗎？我整整一個月沒跟她講過一句話！母狗不如的。後來就常看她盯著其他的小孩發痴。有時候三三八八好好的，突然靜下來對我說，是個女的，剛剛又來了。我也懶得說什麼，叫她不要看那麼多連續劇。

其實，我也是贊成的，也早就說好了的，我只是不甘願。因爲我是條狗鞭，只生得出狗崽，只會教給他們狗扒式！

不要再生了好不好？

——原載二〇〇四年九月二十三、二十四日《聯合報》

（本文獲第二十六屆聯合報文學獎短篇小說大獎）

林俊穎／

美少女夢工廠

林俊穎

台灣彰化人，1960年生。政治大學中文系畢業，紐約市立大學Queens College大衆傳播碩士。曾任職報社編輯、電視台及廣告公司文案。著有《大暑》、《是誰在唱歌》、《日出在遠方》、《玫瑰阿修羅》等。

不約而同都穿一身黑。

也不約而同的想到啊這是阿曼達的第一次，所以除魅的各搭配一些紅以爲建設性的破壞，紅腰帶，紅絲巾，紅寶石，紅唇膏，斜掛湘繡紅包包。袖管在肘彎如地震裂縫，露出桃紅肌理。

同桌另有乍看似是一男一女，女的養著觸肩長髮，轉過臉，脣上蓄著國父鬍子。兩人哼聲開講。阿曼達這賤人，你不得不承認，辦事末流，但政治手腕一流，史東讓她釣金龜成功，有了老公靠山，以後更不怕被扳倒。反正什麼人玩什麼鳥。知不知道那笑話，她連IT是哪兩個英文字、保本型外幣定存是啥都不懂。哼。狗屁總監，case來了，開始煲電話粥，到處A點子，餿的臭的弄成個大拼盤，變成是她的，提案講得口沫橫飛，有幾次就跟原創人撞衫啦，臉都不紅一下。Holy shit.這招屌。所以你說那需要什麼實力，懂得快速卡位，就有了資源，然後臉皮厚一點，心黑一點，無往不利。這樣講太cynical。你知道她爲什麼離開凱器，老康嫌她膚淺沒料，要她自己滾，不然就fire。只好自己乖乖走囉，還到處放話老康六點半了不行啦，先走先贏。

芝芝，削薄西裝頭脂粉不施，蒙一層Marlboro菸味，倚靠過去。你們說的是新娘子？她以前跟我在一起不是這樣的，一跟男人混，過了滿身濁氣就被帶壞了。

仙仙軟語像啤酒推銷女郎，人家說的有一點沒錯，史東那痞子是爲什麼跟他上個老婆

ㄊㄟˋ的，都差點鬧上報紙成醜聞，她小姐還接棒當敢死隊。你怪誰？

芝芝一瞪眼，扯了仙仙一把頭髮。哎喲。

威利接口，你難道不知道史東綽號，白癡造句法，我昨晚吃壞肚子，拉「屎咚」的好大聲掉進馬桶。

笑成一團，圍著半張圓桌湧起黑色波浪。

兩男警戒的啞默著。

豔兒塗銀燦眼影，無畏盯著國父鬍子養得實在精緻，便問，你們兩個可能是一對？聽不出是預言或是肯定，又是一排十四隻眼睛七張利嘴，兩男輕脆放下仿象牙筷子，起身離席，高矮懸殊，若一僧一道。

戴安垂下頭幾乎觸著肚臍，嗡嗡的唉歎，白髮從頂心竄生愈來愈多呢，你們看，染一次只能掩蓋一個月，染多了又怕化學藥劑侵入大腦，老了癡呆症怎麼辦。

艾茉莉皮包中翻攪找出一藥瓶，桌上一蹬，叫你每天一粒深海魚油一粒維他命E，講多久了死不聽，賺那麼多準備帶進棺材裡嗎。

頭好痛好痛，醫生又說不是偏頭痛；冷熱換季就全身癢，癢得睡不著，診斷是心因性的神經系統的毛病，都無藥可醫。我小姑拉我投資開了安親班，才半年就虧了幾百萬，天天跑三點半，我婆婆以死要脅求我收拾爛攤子，我公司已經快忙昏了，她們母女一共打三十通電話奪命連環扣，我大叫再打再打我跳樓死給你們看。

樂團中西合璧，電子琴、MIDI、琵琶、揚琴、二胡，細聽辨出在演奏瑪丹娜的芭樂歌〈宛如處女〉。

新娘金蔥布裹身，手臂纏珍珠鍊，新郎白西裝，腳上尖頭蛇皮馬靴，背後看不出年齡，都是金漆托盤上的錦繡人偶。

貴賓致詞，靜水深流講起故事，說那國王逃回宮中，召集文武百官討論，結果大家都想不出答案。侍衛長說，貧民窟有一位巫婆知識淵博，應該知道答案。巫婆被請到宮中，她說答案我知道，不過我有交換條件，要侍衛長娶我為妻。國王當然一口答應了。巫婆的答案是，女人真正要的是，自己決定自己的生活方式。國王帶著答案去找巨龍，要贖回自己的靈魂，巨龍聽了答案，稱讚國王是全世界最聰明的男人。婚禮當天，老醜的巫婆在喜宴上不僅吃相難看，還大聲放屁。但進了洞房，換下白色禮服，居然是位絕色性感美女。她對侍衛長說，因為你信守承諾，而且容忍我在喜宴中放肆，我決定往後每一天有十二小時變成超級溫柔美女陪伴你，看你是要我在白天變美女，還是晚上變美女。年輕英俊的侍衛長頓時陷入兩難。想了半天，他說，你自己決定吧。巫婆聽了很高興，說，由於你的包容與智慧，我決定天天二十四小時變成一個有教養的溫柔美女陪伴你照顧你。

這個故事給我們的幾個啓示，一、要信守承諾。二、雖然未經你的同意，但主管幫你承諾的事情還是要盡力完成。三、讓女人自己決定她的生活方式。四、也是最重要的一點，不管如何裝扮或改變，女人的內在本質還是一個巫婆。

一個痞子衝上台搶過麥克風，操著現在已經罕聞的北方漢子傖腔，我也要爲新郎倌講句公道話，每個男人無論再怎麼壞，內心本質還是一個唐三藏。不過我自己是孫悟空。

金裝阿曼達轉身，帶著勝利微笑揮手，眼光掃到她，俏皮一眨眼，芝芝吹了聲響亮口哨。只有她知道禮服裡的肚子藏有三個月的胎兒。她向阿曼達擺手，食指突然涼痛給那嬰兒咬斷了一節。

與阿曼達是小手牽小手的死黨，一個奸巧一個駑鈍，她記得那時還不懂的貪婪眼神，閃著光芒，阿曼達皇后口吻命令她，給我穿一下，給我用一下，給我吃一口。滾蕾絲的新襪子、繡花手帕、香水鉛筆、星星小孩鉛筆盒、髮夾與膠亮包包。被帶到腐腥防火巷，阿曼達說，脫下來，她無法拒絕說不，護著胸蹲下去脫鞋襪。東西還回來時，帶著累累傷痕鹹鹹體味，令她好惆悵。鉛筆剩一小截；才上腳的新襪子，腳趾處磨破一個大洞，脆弱的蕾絲綻裂；米老鼠手錶錶殼一道白翳。母親責罵你怎麼用東西這麼傷一點都不愛惜。阿曼達旁邊聽了勝利微笑一如今日，附耳說你媽好笨。她鼓起勇氣兩手一推推開阿曼達，阿曼達只後退一步，眼裡烘的有了綠熒熒的火。

再沒有那樣的勇氣。下了課，阿曼達拉著她返家。廳堂黑沉沉，地上橫臥兩張凳子架一床薄板，端正仰躺著阿曼達祖母，腳前點一根燭火。

阿曼達在床邊抿著一絲笑向她招手，一隻手去撫摸捏捏祖母的臉。

走近，那還粉粉的臉容，兩邊赤金耳環，眼睛沒閉緊，微露一縫毛毛蟲的纖足還在抽動游移，薄利嘴唇像喝了口豬血。再近一步，寒氣刺來。

你看我阿嬤的玉鐲，拿不下來，跟著埋地下好可惜。

阿曼達鬆手，祖母的手扣噠墜跌敲了床板。燭燄竄高。

你以為聰明美麗，理應擁有許多許多。若還沒有到手，必定是這世界虧欠於你，你何妨大方的伸手就拿就搶就要。像個盜墓賊。

大世界與你美麗的辯證。阿曼達歸還麗卡娃娃，她抖懼的掀開幾天不見變得好老朽的絨毛裙子，襯裡被割裂一條條，原本光潔膠腿也鏤劃一條條，小褲褲裡肚子被某種利刃削薄到一層纖維。她小心的按，還是啵一指戳進麗卡娃娃肚子裡雖然空盪盪。

她以為有蛆血噴射進眼裡。從此有了眨眼與乾渴的習慣。

尋訪勇氣與解脫之必要，看完聖經讀佛經，沙崙玫瑰與般若波羅蜜難以取捨。然而阿曼達的臉是那樣光潔以致動人，笑出一顆顆整齊白牙，玫瑰與香精同樣昂貴誘惑，她不能說借與還的虛空循環，也說不出物質與精神是共享一個大腦卻各有心臟手腳的連體嬰，但你貪得這麼真這麼熱烈，有如一顆孔雀膽。聽見心跳，還要還要，還要更多，更多。

塵世無塵，人的一切將來都會像你的祖母躺下，幸運的得以仰臉向天空。她筒在手中的某某慈善團體消災祈福兼募款大會傳單就是拿不出。

仙仙方才最晚入席，許久未曾笑得如此燦爛，開除人都沒這樣高興。豔兒國粵語交雜追問，睇到了，一個肥仔送你來到門口，點解沒跟進來，嗨邊個？

坐下來，圓柱簾幔陰影裡，唇齒間有藍火，頸動脈一隻血掌印繞到頸椎去。仙仙在電台做深夜節目，有一人幾乎晚晚叩應，她先行過濾，憑職業敏感判斷是不是偏執狂或神經病，然後請對方HOLD住在線上，一點紅指示燈蚊子血抹在瞳孔。很普遍的聲音，有幾次像嚼著口香糖或檳榔，渣巴渣巴，她敲敲話筒，喂你台客啊。也就攀談起來，是他起的頭，說了個故事給她聽。她中學夜讀養成聽收音機的習慣，那時有個最紅的女主持人，很迷人很氣質的聲音，音質一如深山明月流泉。傳說有個男聽眾，因聲戀人，不能自拔，逐夜錄下她的講話。有一天，主持人雜誌上曝光，登出與丈夫子女全家福照片，戀聲男美夢破滅，當夜將數年錄下珍藏錄音帶全數投入碧潭，一人橋上徘徊至天明。

又說了個兩個通車族少男少女，每日早班車同一車廂裡兩人含情脈脈，從不交談，夏天偶爾有晨霧濛濛。終於有一天少女的女同學出現了，一路燥亂的與她比手語，少女就是垂頭不應，下車時才看見她蒼白臉上的淚痕。她是啞吧。此後早班車再沒有她的身影。

故事三……。

那個默默純情的黃金時代一逝不復返矣。

一如玻璃瓶盛滿水深埋凍箱，水結冰若心房擴大而瓶身撐裂。

仙仙覺得從頭頂叮的一聲裂開。

再接他的扣應時，居然手發抖。

畢竟都是凡俗之人，他送玫瑰花與金箔紙包巧克力甜得鑽牙，更直通通問日本人還流行送白色巧克力怎麼回事，你要不要我也送。

一再打破職業戒律，節目快結束，他電話進來，說在大樓門口等。她可以避開，應該避開，然而沒有，破戒與犯罪一樣甜美。

熱天深夜，帶著體溫的溼涼。電波發射的箭鏃在黑夜空中無止無倦的咻咻著。憑弔似的駛去碧潭，橋與潭岸在整修，一如兩人，熟悉感覺卻又是陌生人。空中張開的蛛網，何其顯眼，不繞開而闖入，是不能還是不願避開。

宿命冤孽，都是怠惰之詞。

因爲我們多心而少智慧。

他潮黏大手與大餅臉很肉慾，也很眞實，迂迴駛到山上吃家傳祕方藥酒燉雞，他勸多吃點明天上廁所就知道奧妙體內毒素全屙出來神清氣爽。話裡像有什麼弦外之音。夜半被雄渾鼾聲吵醒，隱忍代替厭憎，平靜躺著探測自己包容的極限。他翻身，鼾聲中斷，稍後徐徐又起，從異鄉開往異鄉的列車，透出燈光果凍盈黃。那如同樟腦丸味道的安穩。

晾起他換洗的內衣褲，晴天裡，寬大好比降落傘。內衣領口總滴著油漬。

一夜，大樓跳電，熱醒，他汗淋淋起身，像塊油炸雞排，那在暗中行走熊一樣的體形輪廓讓她一驚。等他又睡了，她去探他的鼻息，摸他的臉與髮，確定兩人不是一覺凌空一盪就跳到了老年期。不過，也差不了多少。

鼾聲催眠，如此鑽進蛹裡的時日，仙仙想知道可以維持多久。

阿曼達換一身火紅敬酒，芝芝眼前飛舞一頭頂的蝴蝶。黑蝴蝶。火蝴蝶。那一袋粉紅酒精尖嘴呲著火苗朝她飛來，時間停格，物質有其意志，在她右肩胛炸開，陰涼毒辣的澆了半片身體，下一瞬，她成了火窟與火柱。丹尼在他旁邊嚎叫蹦跳。奇怪那一刻並不疼痛。

肇禍的餐廳工讀生來病床前下跪，驚惶如小白兔。

芝芝揮一揮幸好完整無傷的左手，要他走。

要丹尼也走，討厭看他那麼大個兒也是驚惶無辜的一雙眼。火吻處生滿了綠膿桿菌，推她進手術房水療，電動門一開，鬼哭神嚎悽厲傳來，丹尼的臉扭曲發白，她要他快走。

太平盛世裡，丹尼是那麼溫柔潔淨的男子，做愛前後儀式般洗澡噴香水，做時賣力，腴白且柔軟。

丹尼比芝芝聰明，芝芝比丹尼粗糙。然而淚腺發達的是丹尼，舞的節拍準確的也是丹尼。

共吃一盆田園沙拉，她嚼得牛吃草的好大聲。她蘭花指拈起一葉苜蓿。食量也比他大。他核對計步器，不行不行今天運動量不夠澱粉攝取量得減半。

看到約翰．葛利亞諾的海盜造型，興奮大叫的是他。

抱起她宮廷華爾茲的旋轉，撐不住重量，兩人一起跌下。

最後是你獨自一人。最後。

她孤身飛去熱帶一觀光小島，行前做了功課，找到天體海灘，進行日光療法。深埋在那隱形而匍匐的金沙金粉下，那麼多怪異的身體，行走的性器，鬆弛的乳房，難聞的氣味。一個老嬉皮，胸背藍黑刺青，平視她一會兒，和善微笑。

芝芝想著被火舔噬處，時間是什麼，皮肉就是什麼，是奔騰的永恆動態，也就是水面漾盪的突然凝固。

於千萬人之中，獨我被火紋身。是上帝不管是那個宗教的烙印，一如牲畜爲人所烙印。人蛆裡有聲音捉弄喊，脫鞋脫鞋，以鞋代杯，敬酒。另個聲音喝斥，喂民國幾年了，還搞這種的。

威利與豔兒留著精美菜單研究，「白頭偕老」，冬菇香菇冬筍；才上的「龍鳳呈祥」，一隻長鬚龍蝦殼伴著鳳梨蝦球。「強棒出擊」，則是青花盤顫溜溜盛著油亮大烏參，很有男性示威的意思。

品味滿紙琳瑯的吉祥字，兩張精細描繪的彩臉抬起，瞇眼嚴厲的追蹤那一團紅火，胸口大聲說，你不配實在不配。

兩人交頸鳥的互遞訊息。有時我很懷疑女人是否婆婆媽媽千萬年被奴役太久，內化成爲集體人格的一部分，即使有幸翻身掌權掌了主管，還就是小媳婦心態，嘴碎耳根軟小心眼，算計再算計。她要我去幫她忙，嘴巴多甜，呵還以爲是我 favor 看得起我，我又不是頭殼壞掉，去她底下做事。就像那句話，在美國，千萬不要發賤找中國人老闆。你知道我意思。

招待安排插入晚到的三個老太太老先生賀客，整張桌子立即地陷東南的不平衡，銀灰髮相當大氣，我們都安排好了，下星期飛上海，我公公以前蓋的房子真是漂亮，萬幸還完好無缺，沒給紅衛兵毀了，我們地契相關文件保存了半世紀，就差幾道手續買回來，了一樁心願。北京就不去了，光那隨地吐痰壞習慣我就受不了。明年schedule變一下，美西先不去，夏天去美東，我們幾個大學同學呢都成對，到齊了，去搭一次豪華油輪上去加拿大格陵蘭。健保挺重要，你辦了沒，千萬不可以斷，保費叫你兒子辦銀行自動轉帳，方便極了。

艾茉莉默默承受史東的眼光。

蜜甜而銳利，一頭蜂嗡嗡探進花萼裡。

艾茉莉咬禿了指甲。也許是史東額上尖翹的一撮髮，也許是他蛇皮靴子的味道。微陰下午，電視機開著響，沒人看，她母親貓在沙發上剪腳指甲，頭也不抬告訴阿嬤與她，你老父死了。

艾茉莉捧一桶冰淇淋挖著吃，鼻腔裡嗯一聲，好像電視劇。

講起嘛是可憐，破病兩三年，又青瞑，大某跟後生無啥願意睬伊，可能剩無多少錢，請一個看護在照顧。老陳去看伊，瘦得剩一把骨，哭得悽慘。哭啥，匪類一世人，享受一世人，可以了。

無所謂死或活，離開或留下，那就是父者的感覺。他在香港新加坡馬尼拉雅加達大阪都有事業有房子有固定女人像她母親。三言兩語就勾勒出一則傳奇，艾茉莉則是個意外。

艾茉莉記得的候鳥父親，始於機場。高大威猛的一把接過抱著她，目光灼灼的鑑賞也是確認。血濃於水，她好開心摟著嘖吻他臉。他笑問母親，這麼小你就傳授她這些招數啊？一如小獸以乳汁認母以氣味識父，他的髮油，臉上脂油，手指菸薰，每日一瓶約翰走路，兩眼朦朦。母親蜷身翹臀暘在他大腿上，要她跳支舞唱首歌娛興。父親餵她一口酒，她眉也沒皺一下，咂咂嘴。好，虎父無犬女，架著她腋下騰起。她踩著他的小腹，知道父親的重量與實在。

買給她娃娃屋玩具，收拾妥是一大箱。她提著，跟他親嘴說拜拜。

微灰早晨，在窗玻璃上劃著，雲層飛機有如蚊蠅。

因信仰得永生，因分別得到自身。

因愛得虛無。愛父親嗎？很難很難回答。什麼是愛。

母親總是將話筒遞給她，要她叫爸爸。有沒有乖，有沒有長高，有沒有更漂亮，靚女。

母親耳語她複述，爸爸不可以泡妞。

母親半夜大醉給一個陌生男子架進屋，嘔吐，脫剩奶罩三角褲的發酒瘋，男子不離不棄服侍了通宵。離去時喚她小妹妹給了張千元鈔。

電話響，母親殘敗著臉，接了就罵，幹你娘死港仔新聞看不懂是不台灣股市崩盤全世界就你不知道錢給不給一句話一百萬才多少塞你屁眼都嫌不夠你大老婆兒子女兒送英國貴族學校小老婆女兒讀市立國小連學費都沒著落你良心給狗吃了還是給英女皇拐了。電話崩的給砸地下。

父親最後一次出現，母親請了阿嬤從鄉下上來，耳朵鉤著赤金耳環，提兩麻袋的醃菜蘿蔔乾麻油豆腐乳紅心番薯。

紅霞似水的黃昏，阿嬤燒一桌菜，吃得熱騰騰，母親剝蝦，一尾尾紅燙的放進父親碗裡疊得尖了。

多謝哂，夠了夠了，父親說，夾起一尾分到她碗裡。他吃得慢而享受，腮邊一條浮筋隨著咀嚼牽動。

黎明前她突然醒來，咬著唇看他拊胸，頭臉漲如紅柿，齒縫斷氣很想說什麼。咿、噁。以為在做噩夢。艾茉莉記得他巨大一墩慢慢慢慢坍塌在她身上，口水滴她臉，她尖叫推開，推不開，一條豬公趴下來。必定是在做噩夢，屋子採光極好，一長排的大窗，晨光與晚霞血海深仇，母親與阿嬤拿著一筒衛得浣溼巾，抽出一張又一張，命令她去蓋著他的口鼻。蓋著蓋著，再一張，快、快。她們則合力按著他掙扎抽搐的手腳，直到他沒了呼吸，方肥大臉漲成醬紫色。母女突瞪眼睛，咯咯狂喜，供桌的燈紅紅照著，阿嬤一把扯斷父親脖子上的粗金鍊條，張口喘大氣。

血霞潑浸一頭一身，三人圍著地上男身，輕盈舞著，拍手，轉圈。美麗新世界。

艾茉莉此後每逢天陰低階的日子，就有血的渴望。死時總是獨自一人。

大老婆飛來將父親接回去。母親電話姊姊淘哭訴，請四個保鏢多高強兩個負責扛人兩個提防我會擋路派頭多大咧駛伊娘掛一支香奈兒黑目鏡正眼都不看我一下。

第二天放學返家，父親的衣物鞋襪照片被剪得碎碎爛丟一屋。

工讀認識傑洛米，第一眼，覺得兩腿腹裡溫柔飽滿，所以很快決定給他。沒有畏怯沒有害羞，只覺得冰涼躺下，給火熱撬開。此後終生得著傑洛米性感迷人的眼睛。母親賞她一巴掌，半邊頭熱辣聾了，她手口並用打罵，你姪不見笑我飼你這大漢是給查甫人玩免錢的這呢姪愛人幹我早知賣你去倒著賺我較快活你穿這啥學生人你穿這啥。

牛仔褲兩條褲管正面剪開到大腿根，緄茸茸假狐毛，走動露出黑網襪。阿母剪刀給我。母親將她所有衣服都剪了，讓她出不了門，阿嬷負責監視。

她穿小女生的白棉內衣，看著阿嬷膝上堆一塊紫紅綢，雙手巧勁的做盤扣。她好奇問，阿嬷答入棺材時要穿的。

阿嬷上來同住都有七八年了，背愈來愈駝，幽靈一樣無聲無息的煮飯洗衣抽菸，每幾個月南下返鄉一趟，再來時烘烘太陽味，有些酸餿，坐在小板凳攤一地舊報紙塑膠袋窸窸窣窣，自言自語，鹹菜嘛死囉，舊年給勾去兩個，阿儉阿好，再來不知輪著誰人。

艾茉莉突然覺得夠了，九七回歸大典，看電視轉播，她想或許人叢中可以認出父親，五星旗冉冉上升，不對不對，他死在好多年前的血紅黎明。

喀嚓她自己剪一刀，髮渣掉下。阿嬷放下針線，多年來第一次抬頭看她，那兩眼睫毛倒插，總是溼爛。

突然清醒並且滿滿的力氣，就像見到傑洛米，阿曼達陰陰的掩著臉笑，伸長手遞給她一張千元鈔，去買束紅玫瑰，長莖的，進口的，就說是你自己送他的。粉紅霞光中，一臉一背的汗捧進傑洛米房間，身體冰涼。

艾茉莉魂靈出竅的清醒。夾在兩個老女人中活了許久許久，一如埋在阿嬤的醬缸裡。母親開始搜她的衣櫃穿她的衣服，她看著只覺得累。夠了，可以了。

她起身，打開大門，赤腳精靈般走出去。

戴安還是喊痛，該睡覺想睡覺可是一躺下氣就上來，自我檢查，摸著怎麼有硬塊，天啊會不會是乳癌，趕緊坐捷運去關渡檢查。當初發3G執照，內線消息只核准三家，股價直升百元俱樂部，母子財迷心竅，解了定存都去搶購股條，以爲搶到了金條，我勸我分析股條沒法律效力沒保障，不要飛蛾撲火，不聽還罵我烏鴉嘴，結果一公佈，何止三家，通通有獎，一夕間股條變撇條，爛攤子全丟給我收拾。我宋七力還是清海無上師嗎，他們全家老小就非把我榨乾逼瘋不會罷手。

銀髮老太太說，大器晚嘉住Great Neck，老汪住East Hampton，都在長島，老汪新外號是拉法葉，他自己取的呢，笑死了老頑童。蔣夫人住過的蝗蟲谷離大器晚嘉家不遠，夫妻倆騷包，駕Lexus，十月樹葉顏色層次豐富也最美，天空藍得滴油，有時車子開過去就紛紛掉下像一陣大雨，車子一直開，我錯覺就會開進一個夢幻天堂，當下流出歡喜的淚水。

她聽得癡了，一剎那以為夢幻天堂就在眼前，兩脅呼呼長出翅膀，伸手去接那淚滾落成珍珠。

她抽出一張隨身包衛生紙，給了老太太，摘下雙焦眼鏡，鏡片上爬著一隻綠金昆蟲。老太太無聲的唸著什麼，厚墩的手一揮，蟲子飛去。雙方會心一笑。

會場那頭起了騷動，叫嚷笑鬧像噴泉一柱柱的湧高，百無聊賴的望去，卻看見那三層豪華大吊燈嘩啦啦搖晃，地震。

七人的座椅天體星宿一般也搖了搖，震波從臀部往內裡往上半身竄，不是聖靈受孕，卻或柔軟或硬殼的痂應聲迸裂，七人卻自以為是揭開生命之桶的封印。

桶中寶血葡萄酒，酸醋，豆渣，或蛇蠍蟾蜍乾福馬林嬰屍。

不等甜點上桌，她們找著阿曼達道別，輪流擁抱香臉頰，耳語著要幸福喔。咯咯笑了。露肩禮服讓新嫁娘灑銀粉的白纖雙手臂一字肩如同蠕蠕一條蛇。笑得有點累，眼角有細紋。

艾茉莉狹長眼若狐，不小心一揚手將殘酒潑在史東象牙白褲腳，無人注意到。

芝芝凝視阿曼達自始的勝利笑容，嘴角綻出笑紋，輕聲啐道，What a bitch.

威利黜兒一併流下淚。

她才注意到阿曼達手腕終得到阿嬷的玉鐲。

七人一群烏鴉似的到了屋外，曠遠處仍有超高樓在建，據說迄今是亞太首一，每數十層則有弧壁外張一次，形若花開富貴，節節高升。爲防制海島處於大陸板塊容易堆擠衝突的地震帶，建築中心裝置六百噸鋼筋混凝土巨大球體，術語曰阻尼器，狀若子宮，來日大難，消弭震波於無形無色無味中。

仙仙說從她住處看，正巧每月一次的滿月在超高樓背後升起，一如在爬雲梯。

威利噌聲，都市惡勢力惡地形的陽具崇拜，我要抵制，絕對不進去，萬一走錯或昏頭進去了，也絕不消費。

超高樓夜夜已經亮起一長串通天的精白燈粒，外星異獸的濕卵疊生，巴洛克式繁殖奇觀。

等候百花聖母複眼母獸彌賽亞的降臨。

溫暖甜膩的大風，不知所從來，不知何所去，她們的影子很小很小。

——原載二〇〇四年十月號《幼獅文藝》

楊孟珠／

因

楊孟珠

台灣台中人，1966年生。清華大學中語系畢業，現任高中教師。散文、小說獲時報文學獎、教育部文藝創作獎、國家台灣文學館「故鄉的文學記憶」獎、大墩文學獎等。

我已經很久沒回家。

沒回家，是因爲我根本不需要一個三房二廳、外加廚房、陽台的空間，也不想花時間，花腦力去應付其他人；更不想成爲像吳爾芙這種強迫症似的，老會在IKEA、生活工場大減價時刻，去搬張椅子，買個杯子、盤子回來的佈置狂女人。

媽媽買給我的房子，我交給吳爾芙，我不喜歡一個可以塞進其他人的屋子，這樣會讓我找不出拒絕阿貓阿狗來找我的理由。尤其媽媽跟弟弟，他們不是阿貓阿狗，他們有鑰匙，他們會在我打開門的那剎那，讓我見識什麼叫不速之客。他們通常會做客很久，插入我的生活，形成恐怖的超連結。

吳爾芙就是弟弟的女朋友，她是弟弟上次來我這裡進行「網路一夜情」的新夥伴。弟弟的網路一夜情到底發生多少夜，我懶得管，反正他與媽媽住一起，管他是媽媽的事。

弟弟可能有點喜歡吳爾芙吧，不然不會把她帶回家——雖然這應是我的家，總之吳爾芙就這樣莫名其妙在我這裡住下來，像被金屋藏嬌的小情婦，等著弟弟突然從台北來。

我也喜歡吳爾芙，可是我受不了她。不，應該說我還是習慣一個人無聊打著哈欠、走來晃去的生活。

我關在我的房間裡，不理吳爾芙已經把媽媽買給我的房子佈置成日本偶像劇松嶋菜菜子、松隆子的家，可是吳爾芙顯然不只要這樣，她有日劇女主角喜歡「溝通」的毛病，她會三不五時闖進我的房間講些：「牆上的鐘我換了，妳覺得好不好看」、「我買了一個新的馬克杯，給妳喝牛奶」……無關緊要的話。

我不看時鐘，也不喝牛奶，我頭痛。於是我搬到學校的宿舍去住，二人一間的研究生宿舍，室友張愛玲唸生命科學，成天不見人，不是在深山捉魚，就是在實驗室比對這個魚與那個魚的基因。我愛張愛玲。

我唸無聊的文字學，文字隨手可得，不必出門打撈，墊便當的報紙隨便抄幾個字，畫成鬼畫符的金甲文貼在牆上，想像它的進化原理，就覺得盡了當學生的本分。

●

吳爾芙老愛來找我，跟我講她幫我洗了床單，整了書架，刷了馬桶……，還養了一隻揀來的貓。我不讓她進到寢室來，寧願餵蚊子站在男賓止步的女宿大門聽她喋喋不休。

她說她打算來幫我佈置宿舍，還帶來一本充斥雜物的雜誌讓我挑，什麼地中海風情床單、峇里島燭台、極簡主義置物櫃、中國燈籠罩燈……，我邊翻雜誌邊打哈欠，覺得儘是一些廢物。

我騙吳爾芙說張愛玲把寢室當實驗室，所以我們寢室有解剖一半的青蛙乾，十多個不知在養什菌的培養皿，也有很多裝死魚的福馬林罐，還有呢？我腸枯思竭想理由，嗯，我們的書桌早變成解剖檯，書櫃是標本架，佈置，免了吧。

吳爾芙覺得不可思議，「怎麼會碰上這種室友？」她換話題，技巧地批評她不認識的張愛玲，她說：「怎麼可以把妳的書桌都佔了呢？不能原諒，哪天來幫妳打包，我們搬回去住我們的家。」

那一刻，我突然知道爲什麼弟弟會喜歡她，原來她跟我媽很像，叫我搬回家臉上所流露的那個傻勁，實在像；而且說「我們家」的理所當然也如出一轍。

我開始口齒不清說起張愛玲的好處。沒一句眞話，上下文破綻百出。但我平日語言表現本就像失語症，講起話來，每個句子被白蟻啃過，坑坑洞洞，吳爾芙把我的謊言漏洞當成我獨有的修辭學，她終於不堅持己見，叫我下次偷幾枝張愛玲的試管送她，她要拿去佈置。

•

哎呀，原來吳爾芙像我媽，我媽像吳爾芙。我又蹺課了，躲在沒人的寢室，一邊畫著鬼符的象形字，一邊想著這深奧的相似性問題。我與我媽有基因關係，爲什麼相似的不是我是吳爾芙？我用毛筆在白紙寫了一個大大的因，突然很訝異它怎麼沒有進化，以前這樣這樣現在也這樣。

爲什麼有些字不進化？我晃頭晃腦想像古板的教授會說出什麼答案？瞇著眼再看被我貼在牆上的因，突然發現這個字早就被假借掉了，馬路邊的行人號誌燈就長成這德行。

愈不進化的字愈容易被它用。教授說，因本意是一個人臥躺在席子上，人躺席子有依據、憑藉之意，引申沿襲。可是我不沿襲我媽。

因

◎楊孟珠

大大的(因)的象形，也讓我想到爸爸，想起他已在療養院躺了一年多。

那時我還跟媽媽、弟弟住一起，爸爸早不見人影。因爲一夜情。

爸爸那世代的一夜情不是網路一夜情，可以做完了拜拜，電腦螢幕上也delete拜拜，從此天涯海角。

爸爸那種什麼酒店、三溫暖的一夜情，太眞實也太人生，難以脫離既有軌道。軌道是慣性是生活是人際關係，於是一夜情在對方總找得到你的情況下，變成二夜情、三夜情……，變成有女人陰惻惻打電話來我家，說爸爸愛她，她懷了爸爸的孩子。

眞實，難以進化，眞實讓所有的人事攪和在怨恨、嘶吼、傷害的耗損上，彼此退化。

爸爸受不了媽媽的一哭二鬧三上吊，乾脆離家與女人同居。媽媽找不到爸爸發洩情緒，不得不轉移，沉迷於算命測字排流年看命盤。突然間，大家都很忙，家裡只剩下我與弟弟。

我和弟弟除了上學哪裡也不去，每天窩在家中上線。弟弟在電腦裡養了數個美少女，他說這叫源氏計劃，養她們是爲叫她們脫衣服。我輪流用白先勇、陳映眞、七等生、王文興……的化名，在BBS站練打字速度，有時用注音、有時用倉頡、或大易，還有嘸蝦米。

爲什麼用他們的名字？因爲我修了一門叫「現代文學」的課，有神經質眼神的女教授把他們的名字叫魂似地吸吸不休，我聽得煩，翻開他們的書，盡是些沒有進化的事寫來寫去，也煩。所以他們最大的功用就是名字被我假借用來上BBS，證明這堂課我有學點什麼。

我統計過，百分之三的人認識白先勇，百分之一的人可能知道陳映眞，因爲螢幕上偶爾會出現「哇靠，我還馬奎斯咧！」，或「怪叔叔，怎麼你也來了？」這種很IN的句子。

至於七等生，大家自動把它轉注成七年級生；王文興太平凡，很多人叫王文興，很多人以為我是他們的小學同學，但根據他們key在螢幕上的字，我考證不出他們與作家王文興有小學同學關係，所以應該是沒有人知道我使用王文興這三個字的典故。

•

從我變成白先勇、陳映眞……，我逐漸明瞭我不需要一個有很多空間的家，我成天躲在我的房間，弟弟也是，我找他只要滑鼠一按去他的版，比從我的房間走到他的房間，敲門老半天也不應來得有效率。

就在我和弟弟開著不同視窗，在不同聊天室漫遊時，我們家的客廳、廚房、飯廳漸漸蒙上灰塵，變儲藏室，我和弟弟把房間不用的東西，包括上學期的課本、報廢的列表機、穿膩的球鞋、不想再吃的餅乾……全部丟出來。

媽媽曾經數落過我們，但她心不在焉，她碎碎唸幾句，就忙著趕赴某某大師的約去聽開示。

有的大師要媽媽做法，我們家因此多了魚缸、桃樹，還有掛在陽台的照妖鏡。有的大師

因

◎楊孟珠

要媽媽去玩股票，因為大師說，失之東隅收之桑榆，媽媽這幾年走的是事業運、升官發大財，這種運不適家庭主婦，逢之一定有沖剋，一定要找個事業忙，這叫化解。

媽媽從菜籃族起步，每天殺進殺出，忙得天昏地暗，連她的房間也變得像儲藏室，堆滿失去季節的衣物。我和弟弟照舊在我們的網路世界晨昏顛倒。

魚死了，桃樹枯了，媽媽愈來愈有錢，她開始買房子，既理財又投資，還說等她比較不忙後，我們就搬到另外買的房子去住。

有一天，她出門前，想到什麼似地打量我們完全失序的家，搖搖頭，說：「這裡就算了，不管了！」

可是也是有一天，我放學回家，突然發現媽媽坐在沙發上疊衣服，客廳的雜物收得乾乾淨淨，已經停電很久的魚缸水草曼妙，有八條顏色鮮麗的熱帶魚在裡面優游吐氣，地板上還有拖地未乾的痕跡。媽媽說：「爸爸要回來了。」

●

媽媽禁止我們再躲在房間裡，因為爸爸要回來了，我們都要照顧爸爸。

爸爸變成植物人被救護車咿嗡咿嗡送回家，樓下的鄰居圍觀過來，我和弟弟站在八樓高的陽台往下看，不知是否天熱，陽光蒸騰出一種不實在的感覺，我覺得忙著跟鄰居應酬的媽媽渾身帶勁，像終於搶到台詞的女演員。

爸爸動也不動躺在擔架床上，像一塊快融化的冰，五官糊糊的，我突然懷疑或許這是一場騙局，我們已經那麼久沒看到爸爸，搞不好這是一個長得很像爸爸的陌生人。

弟弟有讀心術，轉頭對我說：「那可能是被踢來踢去的遊民。」

我惡狠狠瞪弟弟，弟弟不再說話。

我不是責備他，只是想透過他的臉進行親子鑑定。父子間總要有一點眉眼上的相似吧？弟弟的臉無法讓我想起爸爸，我只好繼續向記憶深處搜尋，可是我好像用錯關鍵字，半天連不到正確的網頁。

•

媽媽爲了讓大家方便照顧爸爸，撤掉沙發，把爸爸擺在客廳，從此我們上下學、上廁所一定會看到爸爸，也會看到媽媽爲爸爸灌食、抽痰、拍背、擦澡、清理褥瘡、換尿布的表演。

那當然是表演，我和弟弟偷偷ICQ交換意見。

媽媽每次都會說，「姐姐啊，來幫爸爸拍背」、「弟弟啊，你去多弄一點水，要擦澡」，可是我和弟弟什麼都不會，也什麼都沒做，只是全程觀禮這怪異儀式，呆呆看媽媽把爸爸折騰來折騰去。

爸爸被媽媽折成蝦樣，媽媽說這樣好翻身，我和弟弟點點頭。可是沒一會兒，爸爸身上的日式罩衫被脫掉，只著紙尿褲躺在我們眼前，媽媽毫不遲疑繼續動手撕開紙尿褲的貼片，我感覺爸爸喉頭氣切口插的藍色透明管，劇烈地晃一下。

我刻意避開視線，但爸爸下體像乾淨住宅區裡一小塊久未整理的草坪，大老遠引人注目。媽媽還是沒有發現我臉上一閃而過的尷尬。她是茅山女道士，鋪排一連串的程序，每個動作都誇大，我無厘頭想起高三背過的〈庖丁解牛〉。

「爲之四顧，爲之躊躇滿志」，可形容媽媽。爸爸的小弟弟在媽媽躊躇滿志「做法」下，始終垂頭喪氣，符合我們對植物人的認知。

•

媽媽後來走火入魔，居然把網路切斷，訓誡我和弟弟要像正常家庭的小孩，在客廳看電視，在餐廳吃飯，多陪陪爸爸。

她開始關心我們的功課，要我們在爸爸旁邊擺書桌寫報告做習題，我和弟弟快瘋了，現在誰不用電腦寫報告，做習題？

我只好研究文字學，因爲只有那些是電腦打不出來的字。我在爸爸身邊安靜畫了厚厚一疊咒，因此考上研究所，名正言順搬到中部媽媽爲我買的公寓，不再回家。弟弟比較可憐，想辦法混網咖。

媽媽一直不放過我，拚命打電話叫我回我們家，但我實在沒興趣回去參加我們家的儀式。

就這樣，有一天弟弟從遙遠的網咖呼叫我，原來因爲少了我和弟弟的觀禮，媽媽意興闌珊，已經把爸爸送到療養院。

可是我還是不回家，連我現在住的房子我都丟給吳爾芙。我打算過幾天去療養院看爸爸。我覺得療養院也不錯，生命如廢物，如果無法進化，佔據一個床就夠了，像㊅。

——原載二〇〇四年十月三日《中國時報》

（本文獲第二十七屆時報文學獎短篇小說首獎）

朱百鏡／Pulp Fiction

朱百鏡

台北市人，1976年生。淡江大學建築研究所碩士。碩士論文《台客文化》討論大戰過後漢族移民後裔的處境與身心矛盾；另有網路攝影集《Qoo的事後煙》、《器官倒置》，8mm短片《背影之媽媽掃地版》、《母帶》（未公開放映），網路詩集《迴》等作品。現為規劃師。

1

那一年，我十八歲。正陷在八月榻榻米旁木板走道的悶熱裡。聽說這裡以前是個日本警察住的房子；同學們羨慕我家有走廊，因爲他們家的房子都沒有走廊。

家的旁邊就是大馬路，雖然不至於萬人空巷，但也夠吵了。對著我家正門的是派出所，隔著馬路就是公車站牌。等公車的高中生，帽子拗得老高，書包的背帶短短的，猥瑣的用大拇指和食指做OK狀手勢拿著菸，眼睛一大一小，看著隔壁女校穿著白制服黑裙子女生的吊橋。隔壁的房子剛拆，隔著我家的圍牆堆了一大堆建築材料，小朋友們玩著彈珠，順便和鄉音頗重的、剛下班回家的爸爸玩起捉迷藏。拉開木稜落地窗，換了又換卻還是不堪折磨的紙窗最終被玻璃取代，這樣的重量足夠讓好不容易乾爽的背脊冒出一些汗滴。手指玩著上禮拜掛上的、馬司令送來的風鈴，放榜之後的第一個禮拜一，我昏昏沉沉的直到媽媽要我幫她點煤球生火。

這木頭走廊還是悶熱，神奇的是我家老爺子回家換好白色麻製內衣、用水管把他心愛的蘭花滋潤一番後，吹進來的風有植物的香味，還有一種直達心臟的沁意。

晚飯時，老爺子提起過幾天要去台北補習班準備重考的事情，嚷著要媽媽張羅補習費；我端著飯碗也不想多說什麼地猛扒，其實我知道我的妹妹們斜眼掃了我一下，互看了一下。吃飽之後我爬上屋頂，假裝自己在看星星，其實食指在和院子裡的楊桃樹枝繞圈圈；官校放假的哥哥不久也爬上來。

「往好處想，台北咪絲多。」他說。

「我官校同學說那裡有一條街，在建中旁邊，整條街都賣小本兒的。」說完，我跟他去他房間看了幾本拚了老命在堀江買的、官校藏了好幾個禮拜之後帶回新營的、美國來的小本兒的。有一種不成文的規定，看小本兒的時候必須一隻手拿，伸得直直的，遠遠的，用一隻眼睛瞇著看。

和哥哥一起搭五分車去坐縱貫線，接著他往高雄，我往台北。

我只是發著呆，任憑月台上背著大木箱叫賣便當的小販，「扁東扁東……」的用高分貝刺激我的耳膜；車子裡倒吊著的大同電扇似乎沒什麼作用，小孩子的哭鬧聲和他媽媽腳邊的超大木製行李箱增強了悶熱指數，小孩的爸爸不耐地罵著幹你娘，不知道他老婆有沒有因此感到一絲性的愉悅。我想著小時候全家人一起坐著火車，媽媽穿著旗袍，爸爸幫我把我的三分頭硬是分了個邊，身上穿著哥哥穿不下所以給我的褐色西裝，妹妹們穿著小洋裝和紅色漆皮皮鞋，去舅舅家裡過年的事情。

舅媽帶著假意的親切，說著儂來儂去的國語，領著我去放行李。我的行李很簡單，只有兩件襯衫和兩套內衣內褲，至於褲子就是我穿在身上的省中卡其褲。還有跟著我兩年的省中籃球；記得那次把球帶回家之後，哥哥還不知道去哪裡找了個網子給我裝球。表弟表妹們很久沒見面，站在房間門口偷看被我發現之後嘻笑的跑開。我把媽媽交代的生活費拿給舅媽之後躺在木板床上，想起了家裡榻榻米的味道。

黃昏的時候去附近國校的球場打球，差點被台北的台客吃了凱子，踏馬的要是在新營我早就去糖廠找堆人嗑他爛飯；球場的另一邊走來一個年紀跟我差不多大的男孩，好像很罩，那些台客馬上馬戲閃人。

2

我抱著我的電吉他，邊彈邊跟爸爸說盧貝松TAXI裡面的音樂其實是昆丁塔倫提諾電影裡的；這首曲子在TAXI的原聲帶裡找不到，反而要去Pulp Fiction那張才有。他說他沒聽過我彈的曲子，但是我確定自己有跟他一起在家裡看過TAXI一二三集的DVD。

他懶懶的躺在沙發上按著遙控器，買冷氣送的電扇轉著，吹來的是一陣帶著貓尿味的酸風。退伍之後他幾乎每個下午都這麼過，除了偶爾出去打牌。剛畢業又找不到工作的我，每天跟他兩個人在家裡當廢柴。

從淡水搬回家裡大學加碩士八年的家當堆滿了一整屋，他看不過，早上六點刷了牙吃了早餐之後開始幫我收；他不知道我的MAC還沒關，MSN的簡訊登登登的一直來，我在裝睡。

下午起床之後又是廢柴時間，爸爸問我為什麼有人要穿著水手服拿著木吉他自拍之後還在照片上用毛筆寫「勿忘影中人」（眼睛上還畫了一條粗黑線）。

「好玩吧。」我抱著電吉他說著，「總不能跟你說那是一種藉由模仿的行動中意會自身內心的匱乏，再從匱乏的心理反思找尋本體的過程吧。」我心裡想著他大概是翻到了我研究所時代拉崗的報告；拉崗、盧貝松、昆丁塔倫提諾這三個人對他來說，應該是一點意義都沒有。

晚上幾個眷村玩伴約了一起吃飯。回家時我開著爸爸的進口轎車，繞了台北一大圈把他們夠義氣的一個一個「順路」送回家。路上有家檳榔攤叫做吃不先，官校畢業在馬祖當副連長的大弘說著因爲檳榔很難吃，所以把他放著不先吃的冷笑話。後來才從他女友口中得知，他眞的不知道吃不先是吃不膩的意思。

毫無生產力的一天過去了，我躺在床上，想起鹿港不見天街的老照片，跟我舊家那裡比髒比亂簡直就是小巫見大巫。我想起了田野調查時在鹿港和同學排隊買肉包的景象，想起了對面陳媽媽家賣的花捲和豆沙包；蒸籠打開的瞬間，我家用來補破屋頂的廢鐵皮招牌，上面斗大的「芭芭拉皮鞋」五個斑駁的紅字被白色蒸汽淹沒，漸漸模糊淡去。

3

「我念書的時候，只有土台客才會去相館拍這種照片。」昨天晚上在爸爸高級進口轎車的換片夾裡放了許多電音，車子發動之後就音樂大作。「開車的時候聽這種音樂跟個小太保似的，沒有人會相信你是碩士畢業的。」接著就是一堆趕快去找工作之類的耳邊風。我關掉音樂，想起大三的暑假去LA找姑媽，一台ACURA雙門跑車停在我面前，裡面的人搖下車窗用蹩腳的英文問路，車裡放的是阿妹的寂寞保齡球，而且是超大聲。

「你啊，命太好。」

「以前大伯念軍校的時候用幾個月的薪餉買了一台變速車，我羨慕得要死。」

「你現在還不是開Lexus……。」我心裡murmur著。

「家裡那時候什麼吃的都沒有，每天的便當都是奶奶拿紅蘿蔔、白蘿蔔、豆干切丁，炒一炒每個人裝一份帶去學校。」

「雖然爺爺是當官的，但是他很清廉。家裡一堆人送給他的金華火腿放到發霉也沒人要吃，那時候奶奶都拿去跟人家換米和麵粉。」我想到爺爺曾經跟我說「蕩官地然九師邀請請背背低（當官的人就是要清清白白的）。」這個意象在腦子閃過之後，爸爸馬上重複說了一次，顯然我們想到同一件事。

我抱著我的大背包，手指頭玩著iPod的白電線，想起二〇〇〇年總統大選時跟一個台南來的同學大吵一架的事情；他知道我是「純種」外省人之後，一直說我是既得利益者，霸占他家南部幾十甲的土地。他在我耳邊一直講一直講，講到我起度爛，然後翻臉。

4

自從在球場認識了他之後，接著又認識了一堆「台生」和「安台」。大家的球都打得不錯，不像那些王台客們，來籃球場帶著棒球棍，擺明的就是要吃國小小朋友凱子（總急）。

舅舅從新營上台北經商，買了自己的公寓。隔著巷子的對面是水廠宿舍；那是一整排兩層樓的房子，每一家都長得一模一樣，都有一個陽台，和舅舅家這一側比起來乾淨但卻有點無聊。他剛好就住在舅舅家斜對面，暑假的最後幾天，我打著赤膊拿著柯旗化英文坐在舅舅放在陽台上的涼椅，看到他打著赤膊手裡拈著香菸，對著樓下路過的兩個高中女生吹口哨。

她們抬頭望了一下，笑了笑講了幾句悄悄話，我低頭看了下一個片語，抬頭發現那兩個女生站在他家陽台上。高的那個比較白，和他打情罵俏的說他輕浮；矮的那個比較黑，偷瞄了我一眼。

「呦，泡咪絲喔。」

「被你把到了啊？」他站在罰球線上邊投球邊說：「那兩個是我老姊。」

「怎麼一黑一白差這麼多啊？」

「我大姊逃難的時候在上海生的，我老頭說他那時候帶了幾條金條在身上，本來以為夠用，哪知道有金條也買不起奶粉。」

「沒為什麼啊，因為就是沒有賣奶粉，我老頭買了做冰淇淋用的粉，和著水給她當奶喝。我媽常在說，就是因為這樣她才會又黑又矮，營養不良嘛。」

「少在那跟我哈拉，泡咪絲就泡咪絲，扯那麼多幹啥。」

「沒跟你哈拉，那兩個女的真的是我姊。」

「老姊啊。」我躺在木板床上，窗戶外面賣包子饅頭的老頭騎著腳踏車經過。我想起那比較矮比較黑的女孩，和旁邊那個跟他打情罵俏的女孩比起來，她似乎羞澀又文靜多了。

5

爸爸的Lexus用時速八十公里的速度，在羅斯福路上等速度的蛇行著；遇到地上的S符號時減速到五十公里，然後繼續以八十公里的速度到紅綠燈安穩的停下。

「早知道就切南昌路，逆向一小段就可以少等一個紅綠燈。」他有點得意的說著，我心想長大以後一定不要跟他一樣當個愛貪小便宜的中年男人。「以前羅斯福路還沒拓寬的時候，我跟你舅舅常常兩個人騎腳踏車從水源地騎到牯嶺街買書，就是走剛剛那條逆向的路喔。」我本來就知道日治時期這條路從公賣局在古亭轉彎可以一直通到新店，大正時期的台灣堡圖上就有這條路了。只是好懶，反正context和拉崗、盧貝松、昆丁塔倫提諾的下場不會差太多。

其實我還在爲了昨晚的事情跟他賭氣。回到家裡之後發現爸爸媽媽爲了停車單逾期未繳這樣的小事大吵一架；氣不過的是看到媽媽的窩囊，還有爸爸的咄咄逼人。「我認識你媽四十多年了。她什麼都好，就是有點神經質，又喜歡把心事悶著不說，從小時候就是這樣。」他似乎看出我在生他的氣，有點安撫我似的說著。

「你自己知道就好，明明知道她就是這樣，還不懂得對她好一點。」

「晚上早點回家吃飯吧，嘴巴甜一點。我今天大概會比較晚回家，不用等我吃飯了。」關上車門之後，他像飆車族一樣駛離，轉彎時輪胎還發出吱吱的摩擦聲，我點了一支菸，看著對街的小綠人和倒數秒數。

6

「長途台。」

「麻煩幫我接新營局218號，謝謝。」

「稍待。」他帶我去隔壁村裡的辦公室，一旁的小姐不耐煩的要我長話短說。

「媽。」

「我想，我還是跟大哥一樣去官校好了。」接著，媽媽跟我說了一堆像是弟弟跟我一樣沒考好，去念了家裡附近的私立高中，妹妹今年高三也在補習，老頭卻還是堅持家裡要請幫傭的事情。

「教材都改了，坐在補習班裡快半年了還沒辦法進入狀況。物理和化學的課本都不一樣，章節也全部改過了；國文多了很多沒看過的課，也少了很多；我最拿手的數學改了最多……。」我很想跟媽媽這樣說，但是她似乎不會太在意。模擬考怎麼都考不好，我有點沮喪。

回新營的前一天晚上，我整理完行李之後和他偷溜進國校裡打屁。我寫了一封信，要他轉給他姊。

「大姊還是二姊？」

「比較矮比較黑的那一個。」

「她很多人泡喔，不要看她又矮又黑。」

——原載二〇〇四年十月十日《中國時報》

楊　照／
一九九二

楊　照

本名李明駿，台北市人，1963年生。台大歷史系畢業，現任《新新聞》副社長，寫作多年，著有長篇小說、中短篇小說集、散文集、文化文學評論等三十餘種。近著為《問題年代》。曾獲吳三連文藝獎、賴和文學獎、洪醒夫小說獎、聯合報小說獎等。

她突然意會到，身旁這個名叫渥夫甘的男人，眞正吸引她的地方，就在他渾身透滿了死亡的氣息。

一九九二年夏天，他們正駛過洛杉磯的日落大道。夜已經很深了，帶著滿滿露涼水意的空氣從敞開的車窗灌進來，曲曲折折轉著彎的道路甚至沒有給她看見一片完整天空的機會，深黯彷彿藏著許多魅鬼或祕密的樹影頻頻向她的頭頂罩覆撲來，再匆匆投向她不敢回身檢視的後座。

除了一個街名，沒有什麼東西可以讓人聯想起多層色彩絢麗亂染的黃昏。她只能向記憶中求索一些足以釀製合適氣氛的材料。

「當我還是一個女孩的時候……」她這樣開頭跟渥夫甘說。

「可是妳現在還是一個女孩。」渥夫甘故意正經八百地糾正她。

「我是說小女孩，我現在不是小女孩了，即使用你的年齡的角度來判斷。」她將左臂搭上渥夫甘的右肩，有點撒嬌、又有點滄桑慵懶的味道。

「當我還是小女孩的時候，生活裡最浪漫的事就是日落黃昏。我們家住在城市邊緣，一排簇新的公寓立在一堆時日久遠、堆疊衍生的違章矮屋旁。往東是一條迂曲通往市中心去的馬路，朝西卻是整片整片時而翠綠、時而金黃、時而焦灰枯褐的稻田。附近的巷子大部分都被不同時期增蓋的房舍弄得柔腸寸斷，常常走一走赫然發現進了人家廚房，甚至就有兩戶人家一左一右闔家團聚正在吃晚餐。你走過去，他們照樣夾菜舀湯，或者大聲斥罵兒子這次的月考成績、抱怨總是盤高不下的蛋價。你的存在比遊魂還輕薄、透明。可是你千萬不能停下來，也不要張皇猶豫，再多走幾步，巷子又回來了，你又在街上了，即使是全然陌生的人，坐在門口乘涼都會跟你默默點頭示意。你的存在又回來了。他們是善良的好人，至少在公共空間裡是。你闖進人家私己生活的那一段不算數的，他們沒看到你，你也應該什麼都沒看到、沒聽到。

「只有一條向西開進田裡變成田埂的巷子是例外。雖然也是逼仄窄小，卻直直一路通透到底。站在那條巷口，你會看到類似峽谷般的景觀。尤其是夕陽黃昏。由金黃逐次降低明度彩度成暗紅的天空，像一張蟬翼薄的色紙貼在輪廓濃黑、複雜的剪影背後。由廣袤無垠的寬度迅速收成一線，格外凸出了色彩垂直分佈上的深淺變化。站在那裡看黃昏天際，會給你一種錯覺，好像不是落日一吋吋地沉，而是一塊布幕一吋吋慢慢拉上來鋪掛在天空上。原本在最底下的玫瑰紅漸漸升到第二層，露出豔豔的血紅。血紅又上去了，補來的是景深越拉越遠的豬肝紅。豬肝紅也上去了，現在最接近地平線的是灰晦沉重的絨紅。沒有那樣逼仄的峽谷效果，你不可能認真看清楚，黃昏夕暮的最後階段，天空的色彩安排是和常識預設相反的。太陽剛掉下去的地方像油畫，濃得一層疊一層。中央的部位則像膠彩，不透明卻也不太有質量。高高大約七十度仰角的部分呢？一片水彩玫瑰紅。半透明。你似乎可以看穿天空，看到藏在天空後面的什麼——純粹虛無吧。比玫瑰紅更高的地方，從你頭頂一直延伸向東方，已經是如假包換的夜黑了。

「你有過這樣的經驗嗎？……更精彩的是每年總有幾天，太陽會剛剛好從巷子隔劃出來的空間裡降下去。像一顆沿著軌道滑行的小鋼珠。你會看見太陽彷彿停在對巷的屋頂上被卡住了，隔了好一陣子才勉強擠進來。巷子太窄了吧，太陽在擠落的過程中被刮掉了一層皮，金金亮亮的碎屑叮叮咚咚地灑向四周，在房子的剪影上閃閃亂飄，久久才掉到地面，把巷子的泥地舖出一種有水在流動般的幻影。海市蜃樓是在水上看見陸地，我卻在陸地上驀地以爲有一條溪河向我奔湧而來……」

她一口氣講了一長串，渥夫甘眼睛看著擋風玻璃上開展的路景，一面以緩慢然而規律的頻率點著頭。她知道這其實只是渥夫甘的禮貌習慣，並不眞的表示聽懂了她到底在講些什麼。

她已經學會不在乎。一個在大學裡教了幾十年中國文學的美國教授，當然懂中文吧，可是日常對話的聽講能力恐怕還是相當有限。也許不會比她的英語好到哪裡去。渥夫甘一定不曉得什麼是「違章建築」，說不定也不怎麼確定「巷子」是什麼。

相處的這段日子，她一直都不用英語。渥夫甘試著講了一陣子「國語」，後來還是放棄了，專只講英語。她發現這樣也蠻好的。兩個人都大致知道對方在談哪一方面的事，卻又無法緊抓一字一句的意義。因爲沒有聽得那麼精確，關係也就比較鬆散，有許多空隙、漏洞。她知道自己是個極端敏感的人。以前和別人相處，總是不時被人家的話語刺傷。很容易受傷，受了傷又很難痊癒。然而渥夫甘不會傷她，也傷不了她。有太多音節會從她耳中混過去聽不懂，所以渥夫甘的話永遠沒有固定的意義，可以讓她自己咀嚼解釋。

而且她也不必小心翼翼地跟渥夫甘對話。可以隨心所欲滔滔地講下去。她發現過去生活裡聊天、說話原來是件很累人的事。每次平均只能說三句話就要換別人說。隨時都在抓別人話的段落插進去、接下去，乒乓球般快速來來往往。和渥夫甘說話就不一樣。總是不很確定對方的段落在哪裡。細細地慢慢地摸索對方眞心要講的重點是什麼。結果兩人都可以完完整整地講自己的意思，像作文或演講般，願意停、該停才停。

他們交談的模式最接近座談會。通常是她先提一件事講一段，然後渥夫甘順著她講的題目也講一段。她再從渥夫甘的話中找到另一個重點發揮一番，要不就是挑出來要求渥夫甘說得更詳細些。總有題目的。

渥夫甘當然曉得她談的是落日。於是他也說了一段關於落日的故事。她沒有辦法了解故事所有的細節，只知道又是關於集中營的。渥夫甘九歲的時候，被從猶太貧民區帶走，全家都被帶走，帶到不同的地方。和渥夫甘一起的還有他六歲的妹妹。他們上了軍用的大卡車一直開、一直開。不曉得到底要開到哪裡去。他妹妹緊緊靠著他，離家才半小時，妹妹就開始問：「我們現在在哪裡？」渥夫甘不知道。妹妹漢娜卻一直問，因爲她以爲哥哥是萬能、無所不知的。在車子裡昏昏暗暗的，甚至弄不清楚究竟開了多久，連到底離家多遠都猜不出來。

在集中營裡，漢娜還是不安地繼續問他：「我們在哪裡？」他被問得頭痛了，怎麼連這樣最簡單的問題都答不上來。「我們在哪裡？」渥夫甘略略尖起嗓子，學小女孩漢娜的口氣吧，說了一遍又一遍。後來甚至捨棄了英語，直接用德語發音。「我們在哪裡？」她完全不懂德語，可是她知道那是六歲漢娜的茫然哭訴。

德國人對時間抱持著無可救藥的執著。集中營裡什麼都沒有，他們只是在那裡等待被送進毒氣室裡「徹底解決」。可是每間囚室裡都還是高高掛著一面時鐘。有和沒有差不多的飯菜還是一定準時讓他們去領。渥夫甘他們的房間擠了二十幾個從五歲到十五歲的小孩，只有在高高的天花板下開一個三十公分見方的氣窗。有一天吃晚飯時，渥夫甘坐在牆角，突然一道微弱的陽光像風一般輕輕撲跌在他的手上。他從來沒看過有人皮膚那麼白。那是他自己的皮膚，白到陽光的黃紅顏色都沾染不上去。

他覺得有一股怪異的失衡感逼得他暈眩欲嘔。這陽光很不對勁。不應該在這裡。恍然間，他知道了錯誤出在哪裡。集中營是八點鐘吃飯，和以前在家裡一樣。從來沒有吃飯時外面還有這樣的陽光的。

他趕忙叫漢娜過來，「我知道我們在哪裡了。」他將漢娜摟在懷裡說。一個才九歲卻被迫必須扮演大人角色的男孩，抱著一個原本在家中被疼愛的六歲小囚犯。「我們在北邊，我們一定在很北的地方。」他教漢娜看那陽光。「地球偏斜一邊的關係，夏天時北方的白天比較長，太陽下去得比較遲。」

往後好幾天，他都在教漢娜有關地球、太陽系以及德國地理的種種。就九歲的小孩而言，渥夫甘的知識異常豐富。猶太人比較重視小孩的教育，和中國人一樣，更何況渥夫甘的爸爸媽媽都在大學裡教書。

她以前就聽渥夫甘提過，猶太文化與中國文化相似的地方。家族制度、文字傳統、道德理念什麼什麼的。所以美國學院裡研究中國文學、中國歷史的有一大部分是猶太人。「說不定也是因爲這樣，我們才那麼投緣？」渥夫甘輕輕在她臉頰上啄吻一下，用的是非常謙虛的疑問口氣。她不喜歡對凡事都抱肯定態度、自以爲是的人。尤其討厭那些認定她是中國人就應該怎樣怎樣的人。她其實一點也不覺得渥夫甘講的那些中國文化特質跟她有什麼關係。也許正因爲她身體裡沒有多少中國文化成分，所以才要找渥夫甘的猶太質素來作聊勝於無的補充？她莫名地這樣想。

九歲的渥夫甘很慶幸自己在學校裡曾經認眞學習。漢娜點頭聽他解釋的模樣讓他心酸，卻也讓他放心。至少漢娜又覺得可以依賴這個無所不知的哥哥了。他們每天一起守著窗口算太陽落下去的時間。這是他們唯一能掌握的地理方位資料。

兩個多月後，渥夫甘和另外七個小孩被帶離集中營，去一座學校充當實驗品。他們要證明猶太人有些特殊的種族劣根性，是永遠無法用人爲方式矯正的。他不了解他們選擇的標準是什麼，爲什麼漢娜沒有被選上，要離開集中營的時候，他在屋牆外聽到漢娜的哭聲。他覺得有預感自己就要死了，將再也見不到漢娜了。

他是再也不曾見到漢娜。戰爭結束後，他找到了哥哥威廉，也找到了父母的死亡證明。

可是漢娜卻好像從世界上消失了，怎麼也找不到。他老是在夜半，醒著或夢著，聽到漢娜在牆裡哭的聲音。一堵紅磚一塊塊砌得整齊方正的牆，漢娜在裡面。

「我必須找到那堵牆、找到漢娜。」渥夫甘握方向盤的手越抓越緊。他花了二十年的工夫在德國各地尋找。聽了二十年的夜半哭聲。他走遍了紀錄上有的集中營舊址，沒有那堵牆，也沒有漢娜。最後他只好自己畫了一張地圖，在地圖上標出一條清楚的線。「我只知道，那堵牆所在的地方，夏天裡日落最晚的時刻是午後九點零五分。」他重複了一次「午後九點零五分」。他照著那張地圖去找一個午後九點零五分的落日。九點零五分、落日、牆和漢娜全都連起來成爲他心中最脆弱的一塊地方。

「你找到那堵牆，找到漢娜了嗎？」她不想問，卻又不能不問。渥夫甘用和剛剛點頭時完全一致的節奏開始緩緩地搖頭。邊搖頭邊在嘴角掛上一個淒傷的笑容。

渥夫甘從來不流淚、不哭的。至少她沒看過。對於再大的悲哀，他的標準反應是面頰細細顫動，垂著眼袋的眼睛似乎努力地想要往上揚卻又一再頹然跌落，右邊的酒窩慢慢地朝後縮退，就這樣構成一個淒傷的笑容。

有一次和渥夫甘去看電影，高潮戲就是男女主角的死別。她哭得幾乎喘不過氣來。出了戲院，在化妝室鏡子裡看到自己紅腫得一塌糊塗的眼睛，她忍不住破涕爲笑，想想不過就是一場戲嘛，戲拍完了男女演員還不是活得好好的。想到這裡心情就輕鬆了。然後和渥夫甘散步走在街上，她隨口問起他對電影的看法，尤其是那悲哀的一幕拍得如何。渥夫甘沒說什麼，只是那樣淒傷地笑了笑。突然之間她的心直直往下沉。不曉得爲什麼，渥夫甘的笑裡有一種即使是號啕大哭、呼天搶地都無法表達的嚴重，一種永恆的失落。她突然覺得那不只是一場戲，好像眞的死去了什麼，死在渥夫甘的笑容裡。

車子繼續在日落大道上奔馳，她意會到其實不只是笑容，渥夫甘整個人透滿了死亡、失落的味道。不是一般刻板印象裡的腐爛陳屍一類的聯想，死亡是連那種味道都捉摸不著的。比較接近面對大海想像彼岸的感覺。你知道跨過了海一定有一片彼岸，可是卻無論如何注定眺望不到。渥夫甘和別人最不同之處就在：他好像從來不會有興趣在這岸的海灘上玩玩砂、撿撿貝殼、曬曬太陽，要不然就到海裡去泡泡水享受浪花，他永遠都在朝彼岸凝望，他甚至也不會英勇地駕帆出海試圖尋找彼岸，他定身在此岸繼續引領張眺不可能看到的彼岸。

這種死亡的感覺，其實她早該知道了。她早就注意到渥夫甘生命中特殊的情調，只是一直沒有了悟過來這就是死亡的氣氛。她想起來第一次和渥夫甘作愛。她主動的，把自己整個人投上去。臉貼他的臉，再拿從顴骨延續到下顎再到頸項的整片白皙皮膚廝磨渥夫甘弛軟多皺紋的臉頰。一手柔巧地鑽進他襯衫的鈕釦間撫摸他的肚皮，另一手故意對比般粗暴地扯開他的褲腰帶。

渥夫甘花了頗長時間才昂奮起來。很快地又消蝕退潮。她當著他的面自慰排解未獲滿足的慾望。多麼奇異、古怪的一場性愛。

渥夫甘什麼也沒說，好像也都不覺得有什麼不對。沒有覺得怎麼是由女人先發動的，尤其是一個東方女人。也沒有對自己的性表現有任何不好意思甚或惱羞成怒。而且還若無其事地接受了她張開雙腿撫揉自己私處的舉動。

雙雙赤身躺在床上時，渥夫甘告訴她他和亡妻最後一次作愛的情形。彷彿是知道了什麼似的，莎拉在去醫院前一晚狂熱地逗他，一再地在他耳邊喘氣嬌吟誦唸他的名字。一遍又一遍。第二天檢查發現是咽喉癌。更進一步的檢驗、開刀、放射性治療。直到死，莎拉沒有再讓渥夫甘碰她。

渥夫甘閉起眼睛跟她形容莎拉的動作。任何一個細節都能讓他激動不已。她很驚訝自己竟然沒有吃醋，沒有任何不良反應。只有在渥夫甘又露出那個淒傷笑容時，打了個寒顫。

現實生活對渥夫甘來說，只是延續對無數量死去人事物回憶的手段。她兀地領悟過來。他眞正的生活原來根本在彼岸，彼岸才有他認識的他在乎的他愛的人。難怪他無法停止眺望。

「洛杉磯是個有很多祕密卻不神祕的城市。」渥夫甘說。

「可是，告訴我，在走進毒氣室那一刻，人會想什麼？會想起那些敵人、仇人，我指的是那些看不到觸不到，在遠方決定了他們命運的人嗎？會咀咒他們、痛罵他們，在眼前彷彿看到他們惡魔似的面容嗎？」

「我眞的不懂，」車子被紅燈擋在路口，渥夫甘轉過頭來看她：「妳爲什麼會……妳眞的想知道這些嗎？……」

她沒說話。他們在洛杉磯的市中心停停走走，大概過了十來條街，她才用很低很低的聲音說：「要我告訴你爲什麼嗎？」

渥夫甘點點頭，「當然，告訴我吧。」

「當我還是一個小女孩的時候，」她說：「生活裡最浪漫的事就是日落黃昏。只有這個時間，父親會陪我們散步、說話。我們總是趕在太陽落山前吃完飯，走出來接受夕暉沐浴。父親總是站在我身後，用很柔和很柔和的聲音讚美自然。他是個敬業的公務員，每天總要帶很多公文回家來，太陽落了，他就回到屋裡繼續工作，我們小孩卻安安靜靜的不敢吵他。

「長大些我知道他是個法官。然後他退休了，然後他死了。在殯儀館守靈時，有一次我從靈堂裡走出來，突然一個中年婦人從背後叫住我，問我是不是死者的女兒。我說是。她把我拉到旁邊去，說：『我要告訴妳，我很高興妳爸爸死了，因爲他是個殺人兇手。他當法官當一輩子，判了一百多個死刑。一百多條人命。案子到他手裡就準死無疑。要害一個人就把他的案子讓你爸爸判。他從來不在乎生命，他也不知道死是怎麼一回事。現在他知道了。』

「我爸眞的殺了一百多個人，我後來發現。而且很多是上面怎麼命令，他就簽字寫一篇洋洋灑灑的死刑判決書。我不能想像，和我們一起看過夕陽，爸爸就進屋裡斷送一條人命。原來我一直和死亡生活在一起，卻全無感覺……」

她講不下去。喉頭哽咽著，她以爲自己要哭了。然而淚水卻沒有來。她搖搖頭，發現自己竟然笑了，和渥夫甘一模一樣的淒傷的笑容。

——原載二〇〇四年十一月號《印刻》雜誌

廖美娟／
沉睡的河

廖美娟

台灣台中人，1980年生。現就讀東華大學中文所碩士班。曾獲全國學生文學獎、台中縣文學獎。深深覺得生命殘忍而美好，不如盡興而歸。設有網路個人新聞台：「欲望是一顆柳丁」，網址：http://mypaper.pchome.com.tw/news/mayoo/。

這時，天剛濛濛亮，媛景突然睜開眼睛，聽見外頭的街道開始甦醒過來。

她可以想像得到外面的清潔隊員正在打掃，掃街車像一朵移動的雲，在柏油路上沿路灑水，還有一些貨車奔跑著，傳遞蔬菜或者魚肉或者，報紙。

這是一天的開始，而她不想醒來。

她知道自己必須在偉成起床前幫他燙好襯衫，煎好四個荷包蛋，烤六片土司，然後再打三杯果汁，還得去叫曉萱起床準備上課。然而，媛景固執地閉上眼睛，重新回到夢境裡，沉睡的祕境，腦子搖搖晃晃地，像在水中飄蕩一般，很安心，很靜。偉成被搖醒的時候，突然有一種恍惚感，今天是星期日嗎？印象中他似乎沒聽見妻子喚他起床的聲音。不對，今天才週二啊！他倏地坐起身，發現妻子仍在他身旁，平躺著，胸腔平穩而規律的一起一伏，睡得極熟。

搖他的是女兒。曉萱穿著睡衣站在床邊，對他說：「爸爸，我快要遲到了，今天媽媽沒有來叫我。」

他轉過頭去看時間，時針正指著七點，不多不少，偉成跳了起來，慌張地換下睡衣褲，床頭櫃上並沒有燙好的襯衫，他開始由著急轉為惱怒，邊呀一聲翻開衣櫥的門邊對著床上的妻子大吼：「媛景，妳怎麼沒叫我起床啊！今天老總要開會耶！萱萱，妳趕快去穿衣服準備好書包，爸爸等一下送妳去學校。我的西裝褲在哪裡？還有我今天要穿的襯衫呢？媛景？」

他邊胡亂釦著鈕釦邊走到床邊，妻子一點動靜也沒有，仍維持著之前的姿勢，嘴角甚至牽起一絲微笑，彷彿正作著美夢似的。偉成開始覺得奇怪，伸手去推媛景的肩膀：「媛景，你怎麼了，身體不舒服嗎？」

妻子呢喃了幾聲，翻過身去背對著他，仍是睡得極熟。偉成看看時間，決定拿起公事包趕忙往外走，女兒已經穿戴好在客廳裡等著他，他拿起鑰匙帶著女兒出門，臨走前對屋裡喊著：「媛景，我們出門了！」

門關上，屋子裡一片寂靜。

媛景仍熟睡著。她知道丈夫和女兒已經出門了，接下來她該整理家裡，把昨天的衣服丟進洗衣機，在九點整下樓等垃圾車，吸地板，再去採買晚餐。但她仍睡著，鵝黃色的蠶絲被像外殼一樣包裹住她，她覺得極其安全平靜。

然後，她見到總是在夢裡出現的那個男孩。

那是她國中時一直暗戀著的男同學，有一陣子他們坐在隔壁，她總是窺視著他的側臉，下課時看著他在遠處奔跑笑鬧的身影。他知道她的注視，偶爾帶著笑的眼睛遠遠地回應著。

她一直記得他們在學校以外的唯一一次見面。

那是冬末春初，她在文化中心外，牽著腳踏車正要離開，洋紫荊艷粉色地花瓣像雪一樣飄著，偶爾拂過臉頰，輕輕地搔著肌膚。她蹲下身去撿拾捧滿掌心，起身時看見他站在遠處望著她，嘴角仍是一抹笑。她一慌兩手一撒丟下花瓣跨上腳踏車逃跑了。

她再也沒見過他。

之後她離開家鄉求學工作，再也沒回去長住處。遊子變成了過客。

那已經是很久以前的事了。她陸續交過幾個男朋友，也曾有過噴淚灑血的戀愛經驗，但總覺得平靜的生活才屬於自己，她需要可以掌握的人生。不確定的人生，就留給那些勇敢的人去追求吧，到最後他們會發現，安定才是生命的原始需求。

偉成是她認識的人中最適合結婚的。出去約會時她總是護著她不讓人潮擠著，她不用處理事情，偉成會幫她擔當負責，對未來他有清楚實際的規劃。研究所畢業後他進入一家在業界中排行前三的科技公司，存到一百萬時對媛景提出結婚的建議，她沒有理由不接受。他們在結婚第三年生了曉萱，媛景自願放棄貿易公司的行政工作，專心在家相夫教子。

其實她很喜歡工作，每天到公司裡熱熱鬧鬧的，可以和一群同事聊天或者出去逛街喝茶，也可以買自己喜歡的衣服飾品，但為了家庭著想她應該辭去工作。媛景因為自己做了這樣的犧牲感到悲壯偉大，於是在平靜安和的家庭生活中也獲得了一種成就與滿足，這是她的家。從知道偉成有外遇之後，媛景開始每晚夢見那個小男生。

夢中他仍是那樣稚嫩年輕的臉，還是個國中小男生的樣子。在夢中他們並不交談，媛景覺得自己又變成當初那個害羞生澀的小女孩，仍舊遠遠地望著他跑跳笑鬧著。

這次，她決定要走過去。

她慢慢靠近，男孩也轉過身來站定，面對著她，嘴角牽起那個讓她心動的笑容，對她伸出手，媛景走近拉起他的手點點頭，在這邊，她可以不用長大。

洋紫荊開始繁盛地綻放然後飄落，在他們周圍旋成一圈花牆。媛景微笑。

偉成趁著中午休息時打電話回家，電話響了十幾聲都沒有人接。他開始擔心起來，不知道妻子怎麼了。會不會是自己和慧雲的事被她發現了？他與慧雲啊，只能說是相見恨晚。

他記得國中時坐在隔壁的那個女孩總是遠遠望著他，但從沒有和他說過話。那女孩皮膚很白，上課時被老師叫起來說話總是輕輕回答，像飄的一樣。她並不是自己喜歡的類型，但有人注意自己總是值得驕傲的一件事。後來畢業，記憶也就淡了。

直到公司新進一批人員時，他發現坐在左側新進的女同事時常窺視他。當他轉過頭去確認時，總看到她剛別過去的側臉，髮絲還因爲突然地轉頭微微搖晃。後來他火了，乾脆直接走到她旁邊問：「請問你有什麼事嗎？」慧雲抬起頭來，雪白的臉漫紅了一整片，「我是張慧雲，你的國中同學，你……，一定不記得了吧。」

偉成的確不記得了。可是他一直記得那時她臉頰上沁了幾滴汗珠，他突然有股衝動想伸手幫她拂去。從那天起，他們開始在下班後一起喝茶逛街，有時偉成也到慧雲的小套房去，她是他安定生活中的一點刺激與樂趣。慧雲最大的好處是從來不提離婚的事，她很滿足於情人的角色。這也是他一直維持這段關係的主因。

而偉成一直很滿意娶到媛景這樣的妻子。

她一向給人安心平靜的感覺，秀美的臉龐笑起來時會覺得天氣也跟著變好，她答應跟他結婚時偉成想啊這是人生最好的安排了。爲了專心當他的妻子和曉萱的母親，媛景辭掉貿易公司的工作，她說那工作作息不正常，他衡量著自己的薪水足夠一家開銷也就答應了。媛景變成一個專職的妻子，每每吃著熱騰騰的早餐穿上直挺乾淨的襯衫時，他再次確定自己娶她是對的。

放下話筒，他轉身到樓梯間去，慧雲說中午在那邊等他。他得跟她談分手的事了，必須在媛景提起前解決這段感情，他不容許自己的家庭有所崩壞。

走到樓梯間時，他看見慧雲將背倚在牆上，低著頭的側臉像國中美術課時畫的大理石頭像般完美地切割背景，她的左頸肩上有一顆痣，襯著白皙的肌膚更雪一般清透，像隨時會融化一樣。她聽見腳步聲時抬起頭來，看見是偉成便笑了，偉成的心頭顫了一下，這個女人這麼美啊，而她正愛著自己呢。

•

媛景覺得自己的身體像沙一樣潰散，男孩已經消失了。

她在一間廟宇裡面。

有某種儀式即將舉行，她知道。這裡是彼岸，不屬於她的國度。但她看著廟宇裡剛跨進門來的男人，覺得自己會跟他一樣，就一直留在這裡。

一面櫥窗裡展示著許多物品，旁邊還有文字解釋。

沉睡的河

◎廖美娟

輪迴之舟，渡河之時所乘之舟，男者以菩提葉摺成，女者以荷花瓣摺之。

她看著展示的兩條小舟，腦子裡跟剛漿好的紙一樣空白，等待隨時被寫滿。剛出生的嬰兒也是這樣的嗎？沒有了前世的記憶，重生時靈魂是否空白像一張剛作好的紙？她記得剛有曉萱時，總愛獃看著小女兒滴溜溜轉的眼睛，多想知道這小東西腦子裡在想些什麼啊？或者什麼也不想？思想從何時開始？她自己已經不復記憶了。

突然男人過來拉著她的手，說：「快點，儀式就要開始了。」她莫名地順從跟隨，發現自己已經換上了及地的連身白色長裙，赤著腳，手上捧了一片扇子般大小的荷花瓣。她加入一群同樣妝扮的女舞者當中，開始沉穩而嚴謹地踩起舞步。一舉手一投足都如此熟練，她知道跳完這支舞就可以搭船了。

搭船往哪去？她看著遠方的男人，男人頷首，無言凝望著她，她堅定地繼續著舞步，搭船要渡往哪去？她不知道。但知道男人會與她同行。

下一個畫面時嫒景看見自己開始沉沒。

沉沒時好多畫面一下子像電影快轉似的唰唰唰衝過她眼前。

她看見一個女孩對她笑著，她知道那是阿辛。

國中時阿辛對她很好，總是在班上太妹找麻煩時護著她。一次上體育課，遠方有球朝嫒景後腦勺砸過來，嫒景正發著獃根本沒聽見她的警告，阿辛衝過來用身體擋球護住她。其實阿辛個子比她嬌小許多，但那一瞬間她張開的身軀讓媛景覺得自己像是個小女孩般被呵護著。

國中畢業後阿辛沒繼續升學，但她們一直極要好，直到有天在一間茶舖的小包廂中，阿辛接連抽了好幾根菸，隔著桌子對她說：「我一直都很喜歡你，是像男女間的那種喜歡。」媛景勉強地笑著，突然覺得小包廂裡有些悶熱狹窄，桌子變成無聲的河隔絕了一切，她過不去，阿辛也過不來。她說：「對不起，可是我們還會是朋友的，一直都會。」在那之後她拒絕了每一次阿辛的邀約，再也不出現在她面前。

她逃走了，也失去了阿辛。

然後是一隻手往她的胸部狠狠地襲來，她感到劇痛，整個身子從腳踏車上跌下來。襲擊她的男人騎著摩托車遠颺而去，膝蓋上因爲擦過柏油路磨爛一大塊皮，她站起身來扶起腳踏車，血不斷滴在白色球鞋上漫開來。兩個男生走過她身邊，驚恐地看著她然後經過，沒有隻字片語沒有扶持。她獨自在清晨的道路上開始毫無抵抗地掉起眼淚。他們的舉動，讓她覺得像在水裡掙扎一樣寒冷而無助。

然後呢？水漫過頭頂，媛景感到身子無止盡地下沉，沒有想要掙扎的慾望，她覺得這樣很好。水裡面有一種很奇妙的聲波震動，陽光透過水面折射閃爍，媛景覺得自己乾淨到不在任何地方，存在對她來說是一種負擔。不存在，她可以一直這樣像水草一樣隨波流動。她不存在。

但有人狠狠的把她從水裡拎出來，她想大吼，卻啞啞的只感到嘴角冒出一些泡沫。衝出水面時她發現自己必須呼吸，像是魚突然失去鰓變成人類，開始大口大口的喘著氣。她在一條河流中央，岸邊，有一個女人探頭看著河水。

那是她自己。

「爸比，你來接我好嗎？媽咪還沒來接我。」偉成放下話筒，開始對妻子產生莫名地厭惡感，她是怎麼了？對自己有什麼不滿也是夫妻間的事，怎麼可以不去接女兒，那是她當媽媽該盡的責任啊。這時電腦顯示收到一封新郵件，是慧雲寄來的。

偉成你去接女兒吧，我會幫你做好剩下的工作。

偉成對著螢幕微笑，拿起鑰匙直接離開辦公室。經過慧雲身旁時她低著頭，細細的髮絲低垂在臉側。偉成想起中午在樓梯間的見面，那隻手纏在他脖子上像蛇一樣滑膩柔軟。他沒有對她說出要分手的話。

曉萱一上車就問：「爸比，媽咪今天怎麼了，她早上也沒有幫我準備便當耶。」

「不知道耶，可能是身體不舒服吧。我們現在馬上一起回家去看好不好。」偉成開著車順著擁擠地車河緩緩移動，妻子會不會等著自己回家談慧雲的事呢？我應該要徹底否認還是承認一切請求原諒？偉成的心思跟隨車陣，混亂地往前漂流。

靠近家門時，他看見大門的燈亮著，空氣中瀰漫著食物的氣味，妻子一如往常正在準備晚飯。他鬆了一口氣，至少妻子還維持著一貫的作息。小女孩先跳下車去衝到廚房。

「媽咪，你今天怎麼沒來接我？我等好久喔，後來是爸比來接我的。」

媛景蓋上鍋蓋轉過身來，在圍裙上擦擦手。蹲下來撫摸小女孩的臉，「對不起喔，妹妹，今天媽咪身體不太舒服，睡著睡著就錯過時間了。我今天有煮你最喜歡吃的馬鈴薯泥喔。先去洗手洗臉好不好。」小女孩高興的點點頭，跑回客廳裡對著剛進門的偉成大叫：「爸比，媽咪今天有煮我愛吃的馬鈴薯泥喔！」偉成對她笑了笑，看著女兒跑上樓去，他側身進入廚房，站在媛景的背後看了一會，才問道：

「妳今天是怎麼了？」語氣裡帶有一點責備，他暗想這應該是最自然的態度。

媛景繼續搗碎鍋裡的馬鈴薯，背對著他回答：「沒什麼，今天身體不太舒服，一直覺得好累好想睡，現在已經好多了。」偉成走上前摟摟她的肩膀：「沒事就好了，自己身體要注意點。」媛景放下手裡的工作，回身對他綻開一個小女人式的微笑：「我沒事啦，你不用擔心我。」偉成覺得，會有這種笑容的媛景，應該沒有發現自己和慧雲的事才對，只是累了吧。於是他從口袋裡撈起鑰匙說：「我公司裡還有些事沒處理完，先回去一下，妳們先吃吧。」

揮揮手看著偉成離開，媛景回過頭繼續搗爛馬鈴薯泥的工作，她回想著醒來前的最後一段夢境。事實上，那是她大學時期的一段眞實經歷。

她在岸邊。

沉睡的河

◎廖美娟

她剛踱步到這裡，走到這河流的岸邊。不遠處站著一個男人正在拍攝河谷，那是帶她來到這裡的學長，一個擅長攝影與寫詩的男人，理所當然的，也擅於收集女人。

這男人並不是濫情，只是對愛情熱度消退得比退潮還快。對於每一個女人，他都投注眞實的感情，和他交往過的情人總能發現自己的獨特與美麗，在接受合情合理甚至是爲對方著想的分手理由之後，也能繼續維持好朋友的關係。這樣的人，似乎無法去怨恨或者埋怨，只能怪緣分盡了而已。

媛景討厭他。因爲他讓自己陷於一種不確定的泥淖當中。但是她還是無法拒絕他的邀約，一起到了這條河邊，欣賞他所說像絲綢般柔軟發亮的河流。

她靠近水邊，探看著高低交錯爬滿整個河岸的水生植物，隱約露出的水是濃稠地藻綠色，不遠處的河面微微發亮扭動著。突然間一切都靜了下來，她產生惶惶然地恐懼感，覺得有什麼會衝出來將她攫下水底。

什麼也沒發生。

風吹過浮動著河邊的水生植物。身後有腳步聲，她轉頭，是學長來到她身邊。

「很美吧。」她點點頭，「像油畫一樣，很濃厚。」他在河岸邊坐下，看著水面。

「其實，我一直很喜歡妳唷，媛景。」媛景的身子僵硬了起來，眼睛仍盯著水面直直看著。「可是，如果我和妳在一起了，那麼一切就會不一樣了。我知道，妳不一樣，妳最後一定會徹底從我生命中消失掉，還帶著不好的回憶。我不想失去妳啊。」媛景注視著一根約兩三公尺長的枯木在河中載浮載沉，不時劃破平靜的水面。「我們這樣子很好啊，學長，我覺得這樣很好。」她轉過頭來看著他，突然他俯身下來親吻了她，她閉上了眼睛，沒有逃開。

睜開眼睛時她正好看見那根枯木消失在漩流當中，河面像什麼都沒發生過一樣，恢復平滑表面，彷彿絲緞一樣，若有似無地撫過她的瞳孔。

從那次後她再也不曾和他見面，她知道下次見面時他們會開始作愛。

再也不曾見過這些人。

這些人。國中時暗戀過的人，阿辛，那些男人……，許多許多的人經過她產生多種可能，然後消失了。她現在擁有的，就是曉萱還有偉成，而他們未必眞正屬於她。

嫒景心想：「如果我在夢中浮出水面時可以對岸上的自己說話，我是不是可以告訴她即將發生的事，重新作一次選擇？但夢，也只是夢而已。就算可以重來，還是一樣吧。」她嘆口氣笑了笑，將愛心形的馬鈴薯泥裝盤，端到餐桌上和其他菜餚擺在一起，脫下了圍裙。

在日本料理店的小包廂中，偉成的手機突然響了。一旁的慧雲停下筷子，靜靜看著他接起手機，手機裡傳來小女孩哭泣的聲音：「爸比，媽咪又在睡覺了，我怎麼搖都搖不醒她，你趕快回來好不好，我好怕！」

嫒景知道自己應該起床，邊看八點檔連續劇邊陪曉萱做功課哄她入睡，然後洗澡。上完面霜吹乾頭髮之後準備明天要燙的襯衫還有早餐等等，但蠶絲被像繭一樣安全地包裹住她，夢境是安穩而平靜的河水輕輕搖晃流動，她繼續沉睡著。

河流不斷地往前流動，有一片泛黃的葉子從樹上旋轉掉落，在水面上漂散流動著，最後流向看不見的彼端，消失了。

——原載二〇〇四年十一月十九～二十二日《台灣日報》

（本文獲第六屆中縣文學獎）

附錄：

九十三年度小說紀事

邱怡瑄

一月

- 由九歌文教基金會、中國文藝協會、道藩文藝中心、中華民國筆會聯合舉辦的「王藍先生追思會」，於九日在中國文藝協會舉行。於二〇〇三年十月過世的小說家王藍，以小說《藍與黑》聞名於世。追思會上張曉風、李奇茂、司馬中原等多位好友追憶其生前處世爲人。
- 苗栗縣文化局出版資深作家江上的《江上小說集》一套三冊，於十一日舉行新書發表會。
- 公視以張愛玲一生爲主題的連續劇《她從海上來》於十二日上映，編劇王蕙玲同時發表二十七萬字的同名劇本書《她從海上來——張愛玲傳奇》。

93年小說選

二月

- 皇冠出版張愛玲遺作《同學少年都不賤》，收錄未曾發表的同名中篇小說與創作、譯作散稿。
- 成立於一九五四年二月二十二日的《皇冠雜誌》，於十九日舉行五十週年記者會，同時揭曉「讀者最喜歡的五十本皇冠叢書票選活動」，以及公佈並舉行第五屆「皇冠大眾小說獎」贈獎典禮，首獎得主為謬西（本名邢台明）的《魔蠍》。
- 九歌出版社於二十九日出版年度散文選、小說選發表，本年度更增加年度童話選一項。小說選主編為林秀玲，選出十三篇作品，年度小說獎由朱天文〈巫時〉獲得，其餘入選小說為駱以軍〈發票〉、施叔青〈勸君切莫過台灣〉、楊麗玲〈戲金戲土〉、白先勇〈Tea for Two〉、林俊穎〈雙面伊底帕斯〉、王定國〈櫻花〉、甘耀明〈伯公跳舞〉、辛柏毅〈滄道庄〉、張耀升〈縫〉、王家祥〈西嶼坪少一人〉、吳敏顯〈放貓〉、許正平〈假期生活〉。
- 總統選舉所引發的濃厚政治氛圍對出版界產生了連鎖效應，麥田與二魚分別推出與族群議題相關的書籍，前者由齊邦媛、王德威主編《最後的黃埔：老兵與離散的故事》，後者則由蘇偉貞主編《台灣眷村小說選》。
- 小說家陳映眞受邀赴港擔任香港浸會大學駐校作家兩個月，為浸大主持小說創作坊，並於三月三十一日起主講四場講座。訪港期間引起香港報刊「陳映真熱潮」，紛紛刊出訪談、評論等文章。

三月

• 第二十四屆巴黎書展於十八日揭幕，主題爲「中國文學」。介紹台灣、中國、香港及海外華人作家作品。應邀的台灣作家有黃春明、朱天文、李昂、黃凡、陳黎等，黃春明因腳傷取消行程。二十二日李昂獲頒「法國文化藝術騎士勳章」，肯定其創作成就。

• 創立於一九五四年三月二十九日的《幼獅文藝》於三十日舉辦五十週年慶茶會。會中除有詩人朗誦及《幼獅文藝》文學短片播放，並陳列《幼獅文藝》五十年大事紀，以及張愛玲、周夢蝶等珍貴作品版本展示。爲紀念難得的五十週年，《幼獅》更製作特刊、《幼獅文藝》五十年總目錄光碟、「幼獅文藝五十年」網站等，完整紀錄半世紀文學風華。

四月

• 《男人幫雜誌》總編輯、青年小說家的袁哲生於六日在汐止山區疑因躁鬱症自縊身亡，得年三十八歲。袁哲生一九六六年生於高雄，曾兩度獲時報文學獎首獎，著有

《靜止在樹上的羊》、《寂寞的遊戲》、《秀才的手錶》、「倪亞達」系列、《羅漢池》等書，以獨特的語言風格爲文壇注目的優秀創作者，辭世的消息引起文學界與出版界人士震驚與惋惜。

- 文建會公佈「文學國度」人才培育方案。內容規劃有：鼓勵新進作家創作的「培土計畫」；協助作家第一次出版的「初書計畫」；讓專業作家精深創作的「攜手計畫」；以及台灣現代文學作品外譯出版的「導航計畫」四部分。
- 國家台灣文學館主辦、台東大學兒文所承辦的「台灣少年小說研討會」於二十四、五日舉行，發表論文九篇，並邀請張子樟、李潼進行專題演講，會後有作家對談及綜合座談。
- 行政院客家委員會「台灣客家文學數位資料庫」建置計畫，四月底發表第二波成果，這項計畫爲期兩年，由聯合大學承辦，目前資料庫收有吳濁流、龍瑛宗、鍾理和、鍾肇政、李喬、杜潘芳格、曾貴海等十二位作家重要代表作、手稿、作品導讀、作家身影等。
- 第二十九屆九歌少兒文學獎於四月底揭曉得獎名單：文建會少兒文學特別獎呂紹澄〈有了一隻鴨子〉，評審獎劉美瑤〈剝開橘子以後〉，推薦獎蔡麗雲〈阿樂拜師〉，榮譽獎彭素華〈紅眼巨人〉、毛威麟〈藍天鴿笭〉、姜天陸〈在地雷上漫舞〉、王俍凱〈米呼米桑．歡迎你〉、林杏亭〈流星雨〉。

五月

•由誠品書店、聯經出版公司、聯合副刊、公視共同舉辦「最愛100小說大選活動」，歷時半年的「全民票選」至第二階段「最愛20」選出讀者最愛的二十部小說，依票數高低爲曹雪芹《紅樓夢》、J.K.羅琳著／彭倩文譯《哈利波特》、蔡智恆《槲寄生》、托爾金著／朱學恆譯《魔戒》、蔡智恆《第一次親密接觸》、蕭麗紅《千江有水千江月》、朱少麟《傷心咖啡店之歌》、聖·修伯里著／張譯譯《小王子》、村上春樹著／賴明珠譯《挪威的森林》、羅貫中《三國演義》、珍·奧斯汀著／夏穎慧譯《傲慢與偏見》、徐四金著／黃有德譯《香水》、白先勇《孽子》、金庸《天龍八部》、蘇偉貞《沉默之島》、水泉《風動鳴》、藤井樹《我們不結婚，好嗎？》、鹿橋《未央歌》、馬奎斯著／宋碧雲譯《一百年孤寂》、大仲馬著／鄭克魯譯《基度山恩仇記》。

•由台積電文教基金會、聯合報副刊主辦的第一屆「台積電青年學生小說創作獎、書評獎」，「創作獎」大獎黃子權〈殘碁〉、劉昀欣〈逃〉，優勝獎林孟寰〈水瓶〉、張心捷〈糖漿海岸〉、王傳智〈阿特之死〉、邱鈺珊〈光影〉、李宣佑〈遺忘〉、董中昀〈回歸物語〉、林聖岳〈赦罪〉、焦子愷〈安那其〉、陳怡君〈雨〉。「書評獎」首獎陳玠安，二獎翟翺，三獎張鈞甯，佳作謝函君、梁思溢、陳又津、李宣佑、王齊庭、張怡珍、簡廷涓、余佳恩、高意婷、許容慈、陳上慈、劉雅郡、陳盈文、郭騰傑、藍凱泓、陳芳誼、許容禎、羅玉亞、黃資婷、蕭函青。

・中國文藝協會於四日舉行五四文藝節，以及九十三年榮譽文藝獎章與文藝獎章頒獎典禮，榮譽文藝獎章文學小說類得主為段彩華，文藝獎章小說創作類得主為甫過世的袁哲生。

・遠景出版社負責人沈登恩於十二日因病去世，得年五十六歲。被形容為「戰後第一代成功的出版人」的沈登恩，民國六十三年與鄧維楨、王榮文等人共同開立遠景出版社，出版黃春明、七等生、陳映眞、白先勇等作家作品，並以大部頭形式引進金庸武俠小說、倪匡科幻小說掀起熱潮。其過世引起文化界一片欷歔。

・曾是五、六〇年代的重要文學地標的「明星咖啡屋」，歇業十五年後於十八日重新開幕。這個位於台北市武昌街的藝文聖地，蘊育了《現代文學》、《文學季刊》等重要的文學刊物，也是許多經典作品的誕生之處。開幕當天，多位當年流連明星咖啡屋的文壇人士黃春明、周夢蝶、陳映眞、陳若曦、施叔青等亦前來慶賀。

・由巫永福文化基金會主辦的二〇〇四年「巫永福三大獎」，巫永福文學獎為黃武忠《看天族》。

・文建會指導，中央日報、明道文藝主辦的第二十二屆「全國學生文學獎」，大專小說組第一名李儀婷〈神明〉，第二名黃信恩〈紅綠燈〉，第三名羅世孝〈鼠鼠鼠〉，佳作陳栢青〈髮旋〉、顏健富〈安南河慢慢流〉、吳妮民〈南方有嘉姓〉。

九十三年度小說紀事

◎邱怡瑄

六月

● 為紀念小說家楊逵的百年冥誕，靜宜大學台文系及台中市文化局共同規畫「楊逵百年紀念活動」系列活動，有「楊逵文學紀念劇——牛犁分家」、「在大地上寫詩——重回東海花園」、「在大地上寫詩——楊逵文物展」、「楊逵文學國際學術研討會」等。

● 第六屆磺溪文學獎公佈得獎名單，小說類不分名次為林慧儒〈窺〉、黃香瑤〈分岔〉、張若潔〈師者〉、詹廷輔〈我的世界沒有星星〉、林宜觀〈牡蠣〉。

七月

● 海翁台語文學雜誌舉辦的第一屆「海翁台語文學獎」小說類正獎王貞文，佳作胡長青。

● 以《老三甲的故事》廣為讀者喜愛的已逝作家嶺月，家屬與友人為紀念她的成就，於一日舉行《嶺上的月光——嶺月作品選集及紀念文集》新書發表會。

● 被稱為「台灣科幻小說之父」的張系國，近年來持續創作民生主義系列小說，十七日發表其中的「住」書《城市獵人》。

● 行政院新聞局舉辦的第二十八屆「金鼎獎」，一般圖書類文學語文類由黃凡《躁鬱的國家》獲獎。

‧台中市文化局舉辦的第七屆大墩文學獎公佈得獎名單，短篇小說第一名蘇家盛〈決定養鴿的那日午後〉，第二名黃令名〈暗流〉，第三名李崇建〈花樣年華〉，佳作謝文賢〈阿亮〉、陳億襄〈金水家的黃金〉、鄭宗弦〈紅龜心事〉。

八月

‧苗栗縣第七屆夢花文學獎暨張漢文先生文化紀念獎於三日公佈得獎名單，短篇小說首獎高翊峰〈一部無關蟹足腫的紀錄片〉，優等獎薛淑麗〈湮譜試練記——古鏡中的臉〉、何川〈鯉魚〉，佳作獎藺奕〈色境〉。

‧黃碧雲二十九日來台發表新作《沉默‧暗啞‧微小》，並在台北牯嶺街小劇場一連三天以讀劇方式呈現小說裡〈沉默咒詛〉、〈暗啞事物〉兩個段落。

九月

‧「國軍第四十屆文藝金像獎」文字類得獎名單一日揭曉。「短篇小說類」：何雨彥、黃英雄、蔡健豐、塗天威、楊雨河。

‧九歌出版社公佈「新人培植計畫」，以一年兩百萬元的預算資助十位長篇小說創作者，以期能夠蘊育更多好作品。同時推出「典藏小說」新書系，由陳雨航策劃，重現經典作品；首批有顧肇森《貓臉的歲月》、張賢亮《男人的一半是女人》，繼之推出鄭

九十三年度小說紀事

◎邱怡瑄

清文《峽地》、廖輝英《今夜微雨》。

•台南縣第十二屆南瀛文學獎公佈得獎名單，短篇小說首獎許榮哲〈遊行隊伍〉，優等連鈺慧〈來去看醫生〉，佳作包垂螢〈紅梯〉、魏崇益〈青芒果的滋味〉、賴宥任〈緋聞輪迴之謎〉。

•雲門舞集負責人林懷民推出新作《陳映眞．風景》，詮釋陳映眞作品中糅合浪漫和頹廢的人道精神，自陳映眞〈將軍族〉、〈兀自照耀著的太陽〉、〈山路〉等作品中抽取故事或人物原型轉化發展。

•第二十六屆「聯合報文學獎」於十六日公佈得獎名單，短篇小說類大獎郭光宇〈我不是故意的〉，評審獎郭昱沂〈雪後〉、曾曉文〈旋轉的硬幣〉。

•壽圓文教基金會、文建會指導，台灣文學協會及聯合報副刊主辦的第五屆「寶島文學獎」，得獎名單爲：首獎郭漢辰〈王爺〉，評審獎黃心怡〈浮光掠影〉，佳作佘佳玲〈紫色溫泉粉〉、柯延婷〈風水〉、顏健富〈現實生活〉、王裕雄〈瑪莉的週末上午〉。

•屏東縣第六屆大武山文學獎公佈得獎名單，短篇小說獎第一名李秋慧〈再見王船〉，第二名碼儷菁〈她〉，第三名傅怡楨〈邱妙津與我〉，佳作張進興〈鬥〉、陳穎茂〈讓夫〉、蔡秋玉〈依靠〉。

•桃園縣第九屆桃園文藝創作獎得獎名單公佈，短篇小說前三名爲沈秋蘭〈四名工人命案〉、林奎佑〈掌紋〉、戴玉珍〈相逢回仔港〉，優選作品爲曾文樹〈最後顫音〉、黃蘭燕〈七點零三分〉。

十月

•第二十七屆「時報文學獎」於二日公佈得獎名單，短篇小說首獎楊孟珠〈因〉，評審獎葉夏生〈女人與一枚香精標籤〉、許琇禎〈我只是暫停一下〉。

•南投縣第三屆玉山文學獎暨美術獎短篇小說類首獎從缺，優選葉嘉民〈危城之戀〉、范云杰〈青梅〉，佳作簡明雪〈番王舞菇〉、李秋慧〈窯情〉、黃信恩〈薑〉、林淑珍〈紅蕃薯〉。

•鍾肇政、葉石濤、琦君、柏楊、齊邦媛五位資深作家，於十五日由陳水扁總統頒贈「二等卿雲勳章」，表彰其致力藝文創作的貢獻。

•國家台灣文學館十七日慶祝創館一週年，也爲適逢八十大壽的鍾肇政與葉石濤慶生，舉辦「在文學的時光迴廊中對話：葉石濤與鍾肇政」展覽活動，陳列鍾、葉二老著作及相關評論，內容上以兩人的創作年表爲經緯進行作品陳列，共約兩百餘件。

•《文訊》雜誌二十二日續辦一年一度的「文藝界重陽敬老聯誼活動」，三百餘位資深作家、藝文前輩齊聚聯歡，今年出席者有甫返台的琦君、潘壘，以及潘人木、艾雯、劉枋、司馬中原、張默、向明、蔡文甫、商禽、黃天才等。

•《聯合文學》於三十一日舉行創刊二十週年慶祝茶會，並同時頒贈第十八屆「聯合文學小說新人獎」及「二〇〇四全國文藝營創作獎」。「聯合文學小說新人獎」得獎名單爲，中篇小說首獎（文建會特別獎）劉翰師〈海童〉；短篇小說首獎（文建會特別獎）蘇敬仁〈初級商務英文會話〉，推薦獎謝育昀〈出外〉，佳作獎劉韋廷〈排除等待時間〉、田永（筆名田耳）〈鄭子善供單〉、盧福田〈人體拼湊藝術家〉、何晉勳（筆名南無）〈消失的陰影窩〉。「二〇〇四全國文藝營創作獎」小說類首獎沈信宏〈我的可口可樂〉，佳作李崇安〈芎燼血〉、侯雅馨〈癮〉。

- 高雄縣政府舉辦的第四屆鳳邑文學獎新人獎短篇小說獎第一名沈信宏〈原來、原來〉，第二名賴信榮〈新世紀心事紀〉，第三名張耀仁〈雪奔，美濃〉；佳作周志新〈離婚〉、李良安〈送終〉、藺奕〈唄〉。
- 由宜蘭縣文化局舉辦的第一屆蘭陽文學獎於十六日「宜蘭紀念日」舉行頒獎典禮，小說類第一名屠佳〈往事〉，第二名吳敏顯〈落魚仔雨〉，第三名張英珉〈螢之生〉，佳作林子瑄〈土伯〉、吳妮民〈大水〉、洪敏珍〈最後的夏天〉。
- 台東縣文化局續辦中斷多年的台東縣作家作品集，共選出三本不同文類的作品，小說類爲齊萱《言歡記》。

十一月

- 台北律師公會舉辦的「二〇〇四法律文學創作獎」揭曉得獎名單，首獎爲黃丞儀〈相遇〉，評審獎劉裕實〈尋找杜蘭朵〉，特別獎侯紀萍〈失衡的天平〉，佳作黃錫淇〈高山畫眉〉、黃賜珍〈小雅的律師路〉。

- 以《塔裡的女人》、《北極風情畫》聞名於世的作家無名氏，在過世兩週年後，由文壇友人於六日舉行「無名氏追思紀念會」，文史哲出版社並發表《無名氏文學作品探討與追懷》。
- 法國波爾多第三大學與德國波鴻魯爾大學分別於二～四日以及八、九日，各舉辦一場「台灣文學國際研討會」，主題爲台灣文學史編撰及台灣文學研究現況，參與學者來自台灣、中國、法國、德國等地。台灣作家楊牧、黃春明、李昂、朱天文等在研討會中與讀者進行對談。
- 由靈鷲山佛教基金會、聯合報副刊、聯合新聞網、宗教博物館共同舉辦的第三屆「宗教文學獎」十四日舉行頒獎典禮，短篇小說首獎石尚清〈喧囂〉，二獎吳婷婷〈一個叫做阿笨的男孩〉，三獎莫非〈扣應〉，佳作翁紹凱〈天堂的角落〉、郭漢辰〈道德社〉、戴玉珍〈盆栽〉。
- 交通大學科幻研究中心與中國時報人間副刊舉辦的第四屆「倪匡科幻獎」，「科幻小說獎」首獎王經意〈百年一瞬〉、陳巍仁〈Ark-T〉，佳作鄭年亨〈島嶼湖〉、黃顯庭〈子夜巴士〉、陳冠華〈瑪雅〉、楊佩瑩〈結婚進行曲〉。
- 由文建會、台灣日報、琉璃工房、愛盲文教基金會合辦的第六屆「文薈獎」，極短篇小說第一名黃文成〈城市的影子〉，第二名高世澤〈救生員〉，第三名黃心怡〈記者〉，佳作邱惠敏〈螞蟻入侵〉、彭美蓮〈神說〉、陳建成〈凝視遠方〉。

●國家台灣文學館主辦、聯合報副刊承辦的「台灣新文學發展重大事件研討會」，於二十八、九日舉行，邀請學者王潤華、石光生、向陽、江寶釵、呂正惠、李瑞騰、洪銘水、高天恩、陳芳明、陳信元、彭瑞金、黃英哲、應鳳凰、謝世忠等，針對日據時期新舊文學論爭、台灣話文論爭與母語文學運動、《橋》副刊的爭論與戰後初期台灣文學重建問題、「中國文藝協會」的成立與反共文學、現代派成立、《現代文學》創刊與現代主義文學、一九七〇年代鄉土文學論戰、台灣文學本土化論爭《台灣文學史綱》出版、山海文化雜誌創立與原住民文學運動、蘭陵《荷珠新配》的演出與實驗劇場、台灣文學的體制化與國家台灣文學館成立、兩大報文學獎的設立、Chinese Pen 創刊與台灣文學外譯、《殺夫》事件與女性書寫十四件台灣新文學發展的重要事件。

十二月

●九十三年度「教育部文藝創作獎」於三日舉行頒獎典禮，短篇小說類優選廖律清〈阿公不見了〉、邢台明〈馬可的故事〉、陳士鳳〈記得的，遺忘了〉，佳作林雯殿〈刺刀〉、蔡佳玲〈麗人賦〉、高翊峰〈黑黑黑〉。

●中國時報公佈二〇〇四開卷十大好書，入選小說有陳淑瑤《地老》（聯合文學）、施叔青《行過洛津》（時報）、史鐵生《務虛筆記》（木馬）、陳雪《橋上的孩子》（印刻）。

・著名兒童文學作家李潼二十日病逝，得年五十二歲。李潼，本名賴西安，一九五三年生於花蓮，創作領域廣及民歌、兒童文學、小說、散文、劇本等，創作力驚人，曾出版《少年噶瑪蘭》、《屏東姑丈》、《相思月娘》、《望天丘》等六十餘部作品，在當代小說、散文及兒童文學界具有重要地位。

・聯合報二〇〇四讀書人年度最佳書獎公佈，入選小說有黃凡《大學之賊》（聯合文學）、陳玉慧《海神家族》（印刻）、駱以軍《我們》（印刻）。

・爲讓寫作者能專心投入長篇小說的創作工作，國家文化藝術基金會設立「長篇小說創作專案」補助計畫。九十四年度補助計畫共有四人入選，分別爲許榮哲《漂泊的湖》、童偉格《西北雨》、梁琴霞《黎青》、王聰威《遙遠一端的回聲——哈瑪星故事》。獲本專案補助之作品預計於兩年後創作完成。

◎本篇〈九十三年度小說紀事〉承蒙文訊雜誌社資料室提供資料，謹此致謝。

九歌文庫 (719)

九十三年小說選
Collected short stories 2004

主　　編：陳　雨　航
發 行 人：蔡　文　甫
執行編輯：陳　慧　玲
發 行 所：九歌出版社有限公司
臺北市八德路3段12巷57弄40號
電話／02-25776564・傳真／02-25789205
郵政劃撥／0112295-1
網　　址：www.chiuko.com.tw
登 記 證：行政院新聞局局版臺業字第1738號
門 市 部：九歌文學書屋
臺北市長安東路二段173號（電話／02-27773915）
印 刷 所：崇寶彩藝印刷公司
法律顧問：龍躍天律師・蕭雄淋律師・董安丹律師
初　　版：2005（民國94）年3月10日

定　價：250元

ISBN 957-444-206-3　　Printed in Taiwan

國家圖書館出版品預行編目資料

九十三年小說選／陳雨航主編. —初版.
—臺北市：九歌，2005〔民94〕
面；　公分. —（九歌文庫；719）
ISBN 957-444-206-3（平裝）

857.61　　　94002120

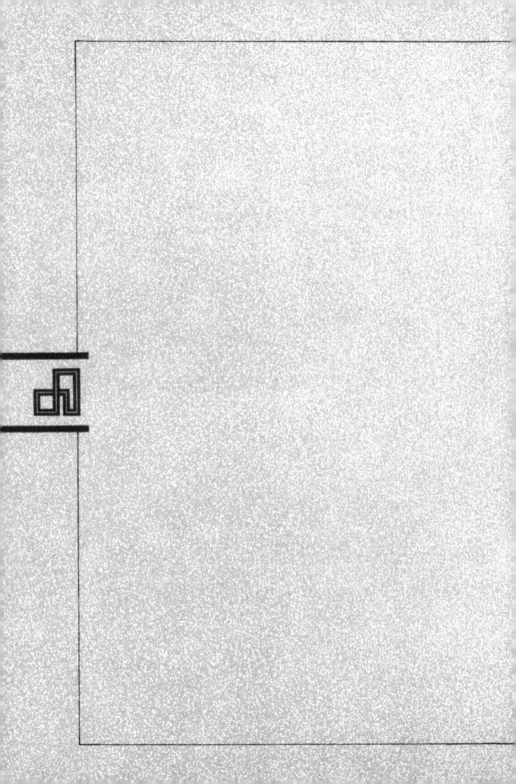